KB196562

치바 토시치

안중근

1979년 12월11일 한국에 반환된 유묵 爲國獻身軍人本分(위국헌신군인본분)의
본 제본 앞의 저자 사이토 타이켄 주지

이토 사건 후 여순을 떠나 조선총독부 헌병으로 돌아간 무렵의
치바 토시치(32세), 기츠요(24세) 부부(1917년 경성의 헌병숙사 앞에서)
이후 치바 토시치는 1919년 10월 11일부터 1920년 9월 22일까지
한국 함경북도 지방의 경찰서장직을 무사히 마치고 일본으로 돌아갔다.

▶ 모친 조 마리아

안의사 의거 후 모친 조씨(趙氏)는 자부 김아려(金亞麗), 손자 분도 · 준생(俊生), 두 아들 정근(定根) · 공근(恭根) 등 일가를 거느리고 연해주에 망명, 안의사 일가를 조국독립운동의 명문으로 이끌었다.

▶ 안의사 부인 김아려(마리아)와 장남 분도, 차남 준생

의거 직후 하얼빈에서. 안의사의 부인은 1878년 재령(載寧)에서 김홍섭(金鴻燮)의 딸로 태어나 17세 때 안중근과 결혼하고 슬하에 2남 1녀를 두었다. 하얼빈 의거 후 국외로 망명, 연해주 북만주 중국 등지로 유리 거주하다가 1946년 상해(上海)에서 작고, 그곳에 묻혔다.

안의사의 딸 현생(賢生)

부친 안태훈(安泰勳)과 동생 정근(定根), 공근(恭根)

안의사의 딸 현생(賢生), 외손녀 황은실(黃恩實), 은주(恩珠), 사위 황일청(黃一淸)

안의사와 단지동맹의 동지 황병길(黃丙吉)과 백규삼(白奎三) 그리고
국내진공작전의 동지였던 엄인섭(嚴仁燮)

▶ 홍석구 신부와 정근 · 공근 동생에게 유언하는 안중근 의사
1910년 3월 9, 10일 여순 옥중에서

▶ 이토 히로부미

한국침략의 원흉이며 동양평화의 교란자

▶ 러시아 대장대신 코코프체프

코코프체프는 이토와 회담하기 위하여 먼저 하얼빈에 도착해 이토를 기내영접까지 하였다.

▶ 의거시 사용한 브로닝 권총

안의사의 총기번호는 브로닝 262336(上)이고, 우덕순의 것은 263975이다.

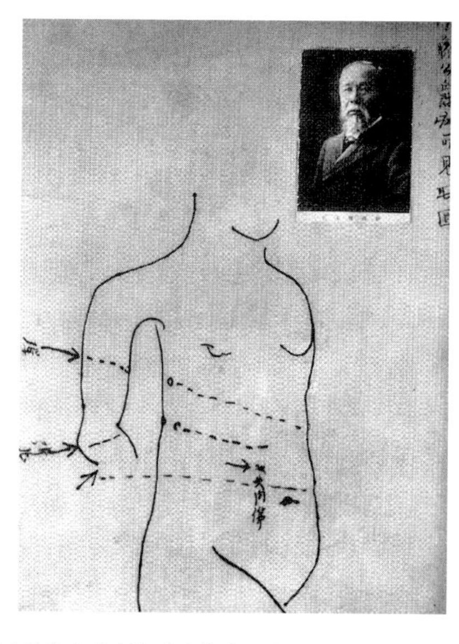

안의사가 발사한 의탄과 이토 히로부미의 수탄부위도

뒤로 수갑이 채워지고 쇠사슬에 묶인 안중근 의사

우덕순(연준)

유동하(강로)

조도선

안의사의 '여순공판과 사형' 시
일본내각 총리대신 카츠라 타로

미소부치 다카오 검찰관

안의사의 '여순공판과 사형' 을 총괄 지휘한
일본외무대신 코무라 주타로

마나베 주죠 재판장

하얼빈 의거 때 현지에 급파되어 수사와 공판을 조
역한 한국통감부 경찰부장겸 조선군 헌병사령관
아카시 모토지로.
아카시는 이후 한국애국지사 600여 명을 체포 ·
투옥하고 '105인 사건' 을 조작하였다.

가마다 마사하루 관선변호사

미즈노 요시타로 관선변호사

▶ 옥중의 안중근 의사
단지한 손이 선명하다.

조셉 빌렘(Joseph Wilhelm:한국명 홍석구) 신부

감방내 부착된 '죄인수칙'

특수감방 제22호 내부

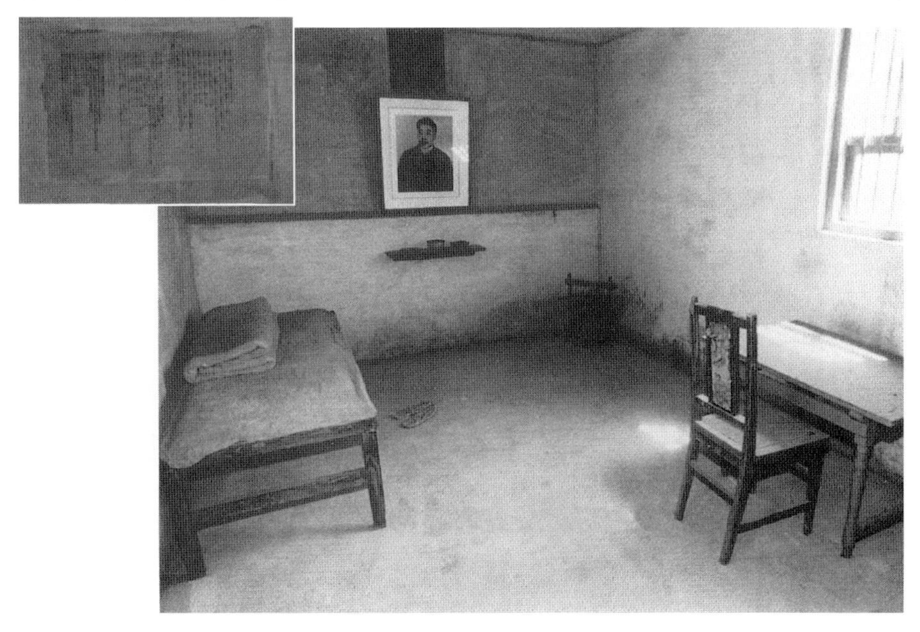

안중근 의사가 수감되었던 감방이라고 감옥당국이 소개하고 있다.

1994년 1월 16일 안중근과 인연이 있는 대림사를 찾은 한국관광단

1994년 9월 4일 치바 토시치 헌병 부부의 묘를 찾은 어머니 합창단원들

법요에서 노래하는 어머니 합창단

1995년 9월 3일 한일 합동 추모 법요와 현창비 앞에서 「진혼무」를 봉납하고 있는
한국의 무용단원들

안중근 의사와 치바 씨의 현창비문(顯彰碑文)

한민족의 주권을 빼앗은 일본 대륙침공의 상징 이토 히로부미가, 나라의 쇠망을 통감하여 의병을 일으킨 구국의 영웅 대한의병군 참모중장 안중근(1879~1910)에 의해 1909년 10월 하얼빈역에서 살해당했다.

이 사건은 일본으로서는 애통한 국가 원훈의 죽음이었고, 한국으로서는 비원의 민족 보전을 위한 만부득이한 의거였다. 이와 같은 상호 대립의 현실 속에서 혼고오(本鄕, 栗駒町) 출신의 총독부 육군 헌병 치바 토시치 씨(千葉十七, 당시 25세)는 여순 감옥의 죄수가 된 안중근 의사(安重根, 당시 30세)를 감시하는 간수의 임무를 맡고 있었다.

진솔하고 정의로운 동북인의 한 사람인 치바 씨의 눈에 비친 옥중의 안 의사는 진정으로 나라의 운명을 걱정하고 민족의 독립과 명예를 지키기 위해 몸바친 청렴한 인격의 소유자였기에 그는 평화를 향한 안중근 의사의 고매한 이념에 진한 감동을 받았다. 그러나 안 의사를 공공연히 칭송할 수 없었던 당시의 정세 속에서 치바 씨는 동정을 넘어 존경의 마음마저 품게 되었고, 머지않아 형장의 이슬로 사라져 버릴 안 의사를 애석히 여겼다.

안중근 의사 역시 당시의 일본인으로서는 흔치 않은 치바 씨의 인간적인 대우에 대한 보답으로 처형 당일인 3월 26일 아침, 군인인 치바 씨의 인격에 어울리는 글을 붓글씨로 써서 선물했다.

위국헌신군인본분(爲國獻身軍人本分, 나라를 위해 몸바치는 일은 군인의 본분이다)

치바 씨는 귀향 뒤에도 안 의사의 사진과 유묵을 모신 불단에 향을 피워 고인의 명복을 빌며, 한일 양국의 독립적이고 명예로운 친선과 평화를 염원하다 와카야나기 오오바야시(若柳町 大林, 구 오오카무라)에서 사망했다. 미망인 기츠요 역시 남편의 뜻을 따라 불단에 치바 씨의 사진을 함께 모셔놓고 생전에 남편이 했던 대로 향을 피우고 두 사람의 명복을 빌다 세상을 떠났다. 치바 씨 부부의 아름다운 선행에 감동을 받은 문중 사람들은 여러 곤란 속에서도 고인의 뜻을 이어 70여 년간에 걸쳐 안 의사의 유묵을 소중히 보관해 왔다.

제2차 세계대전 이후 독립한 아시아의 우방 한국의 발전을 기원해온 미우라 코오키 · 구니코(三浦幸喜くに子) 부부를 포함한 치바 토시치 씨의 유족은, 1979년 안중근 의사 탄생 백주년 축전 소식을 접한 뒤 반환을 결심하고 도쿄 한국연구원을 통해 안 의사의 고국 한국의 수도 서울에 있는 안중근의사숭모관에 그 유묵을 바쳤다.

한 나라의 귀중한 유품을 그 나라 국민들에게 돌려준 사실이 알려지자 이를 기념하여 칭송해 마땅한 안중근 의사와 치바 토시치 씨의 흔치 않은 돈독한 우정을 표창하고자 일본의 문화인, 정치가, 일본 거주 한국인 및 미야기현의 유지들이 치바 씨가 잠든 와카야나기쵸 대림사(大林寺)에 이 비석을 건립했다.

안 의사의 명일에 즈음하여 한일 양국의 영원한 우호를 기원하며……

1981년 3월 26일

미야기현 지사 야마모토 소이치로

치바 토시치와 기츠요 부부의 묘 앞에서 합장하고 있는 안중근 의사의
직계 손자인 황은주(黃恩珠, 오른쪽) 씨와 일족인 안춘생(安椿生, 왼쪽, 당시
한국독립기념관장) 씨(1992년 9월 5일 대림사 법요식에서)

내 마음의 안중근

옮긴이 **이송은**

동덕여자대학교 무역학과 졸업. 일본어능력시험 1급 합격. ㈜엔터스 코리아에서 번역가로 활동중.
영상번역으로 일요스페셜 「통한의 증언－북송선」「나고야의 태양 선동열」 등과 추적 60분 「한일 어업협정 파기 그 이후」외 다수가 있고 단행본 번역으로는 「한의학 대백과사전」「인간은 왜 섹스를 하는가?」「환상세계 3」「마법사전」 등이 있다.

내 마음의 안중근

사이토 타이켄 지음 | 이송은 옮김

집사재

내 마음의 안중근

개정 1쇄 인쇄일 / 2024년 12월 20일
개정 1쇄 발행일 / 2024년 12월 25일

지 은 이 / 사이토 타이켄
사진제공 / 안중근의사숭모회
옮 긴 이 / 이송은
발 행 인 / 최화숙
발 행 처 / 집사재

출판등록 / 1994년 6월 9일
등록번호 / 제10-991호

주소 / 서울시 마포구 성미산로2길 33 202호

전화 / 335-7353~4
팩스 / 325-4305
E-mail / pub95@hanmail.net
pub95@naver.com

ISBN 978-89-5775-329-3 03830

값 17,000원

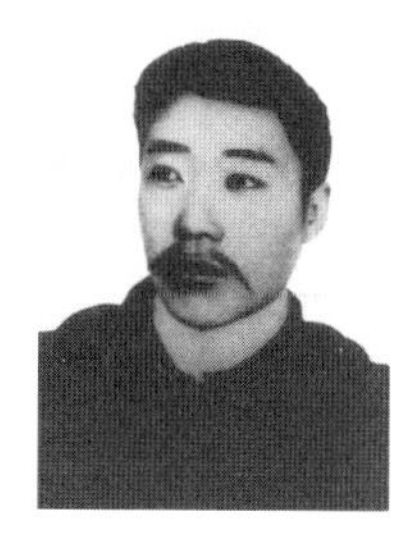

안중근(安重根)
1879(고종16)~1910

연 보

한말의 교육가 · 의병장 · 의사(義士). 본관은 순흥(順興). 황해도 해주 출신. 할아버지는 진해현감 인수, 아버지 진사 태훈과 어머니 조씨 사이의 3남 1녀 중 맏아들이며, 아내는 김아려이다. 어려서는 응칠(應七)로 불렸고 해외생활 중에도 응칠이라는 이름을 많이 사용하여 자가 되었다. 6, 7세 때에 황해도 신천군 두라면 청계동으로 이사하였다.

아버지가 만든 서당에서 동네 아이들과 함께 사서(四書)와 사기(史記)를 읽었다. 또 틈만 나면 화승총을 메고 사냥하여 명사수로 이름이 났다. 16세가 되던 1894년에 아버지가 감사(監司)의 요청으로 산포군을 조직하여 동학군의 진압에 나서자 이에 참가하였다. 다음 해에 그는 천주교에 입교하여 '토마스'라는 세례명을 얻었다. 한때는 성당의 총대(總代)를 맡아서 많은 일을 하다가 뒤에 만인계(1,000명 이상의 계원을 모아 돈을 출자한 뒤 추첨이나 입찰로 돈을 융통해 주는 모임)의

채표회사(만인계의 돈을 모아 관리하고 추첨을 하는 회사) 사장으로 선임되었다. 그 뒤로 성당의 신자들과 만인계의 어려운 일을 도맡아서 수완을 발휘하기 시작하였다.

1904년에 러일전쟁이 일어나자 해외망명을 결심, 산둥을 거쳐 상해에 도착하였다. 이곳에서 지면이 있는 프랑스인 신부에게 '국내에서 교육 등 실력양성을 통하여 독립사상을 고취하는 것이 급선무'라는 충고를 듣고 다음 해에 귀국하였다. 1906년 3월에 진남포 용정동으로 이사하여 석탄상회를 경영하다가 정리한 뒤 서양식 건물을 지어 삼흥학교를 설립하였다. 곧이어 남포의 돈의학교를 인수하여 학교경영에 전념하였다. 1907년에는 국채보상기성회 관서지부장이 되어 반일운동을 행동화하기 시작하였다. 이해 7월에 한일신협약이 체결되자 북간도로 망명한 뒤 약 3, 4개월 뒤에 노령으로 갔다. 노브키에프스크를 거쳐 블라디보스토크에 도착, 한인청년회 임시사찰이 되었다. 이곳에서 이범윤을 만나 독립운동의 방략을 논의하였고, 엄인섭 · 김기룡 등 동지를 만나 동포들에게 독립정신을 고취하고 의병참가를 권유하였다. 의병지원자가 300명이 되자 김두성 · 이범윤을 총독과 대장으로 추대하고 안중근은 대한의군참모중장으로 임명되었다. 이때부터 무기를 구하여 비밀 수송하고 군대를 두만강변으로 집결시켰다. 1908년 6월에 특파독립대장 겸 아령지구총사령관이 되어 함경북도 홍의동의 일본군을 공격하고 다음으로 경흥의 일본군 정찰대를 공격, 격파하였다. 그러나 제3차 회령전투에서는 5,000여 명의 적을 만나 혈투를 벌였으나 중과부적으로 처참한 패배를 당하였다. 천신만고로 탈출한 뒤 노브키에프스크 · 하바로프스크를 거쳐 흑룡강의 상류 수천여 리를 다니면서 이상설 · 이범석 등 애국지사를 만났다. 노브키에프스크에서는 국민회 · 일심회 등을 조직하여 애국사상 고취와 군사훈련을 담당하였다.

1909년 3월 2일에는 노브키에프스크 가리(可里)에서 김기룡 · 엄인섭 · 황병길 등 12명의 동지가 모여 단지회(일명 단지동맹)라는 비밀결사를 조직하였다. 안중근 · 엄인섭은 침략의 원흉 이토를 김태훈은 이완용의 암살 제거를 단지(斷指)의 피로써 맹서하고 3년 이내에 성사하지 못하면 자살로 국민에게 속죄하기로 하였다. 9월에 블라디보스토크에서 『원동보』와

『대동공보』의 기사를 통하여 이토가 러시아의 대장대신 코코프체프와 하얼빈에서 회견하기 위하여 만주에 오게 됨을 알게 되었다. 안중근은 우덕순 · 조도선 · 유동하와 저격 실행책에 대한 중대모의를 하고 만반의 준비를 하였다.

1909년 10월 26일 이토를 태운 특별열차가 하얼빈에 도착, 코코프체프와 약 25분간의 열차회담을 마치고 차에서 내려 러시아 장교단을 사열하고 환영군중 쪽으로 발길을 옮기는 순간 안중근이 뛰어나오며 권총을 발사, 이토에게 3발을 명중시켰다. 러시아 검찰관의 예비심문에서 '한국의 용병 참모중장, 나이 31세'로 자신을 밝힌 다음 거사 동기를 '이토가 대한의 독립주권을 찬탈한 원흉이며 동양평화의 교란자이므로 대한의용군사령의 자격으로 총살한 것이지 안중근 개인의 자격으로 사살한 것이 아님'을 밝혔다. 관동도독부지방법원 원장 마나베의 주심으로 여섯 차례의 재판을 받았는데 안중근은 일반살인피고로 취급하지 말고 전쟁포로로 취급하기를 주장하였다. 국내외에서 변호모금운동이 일어났고 변호를 지원하는 인사들이 여순에 도착하였으나 허가하지 않으려 하였다. 심지어는 일본인 관선변호사 미즈노와 가마다의 변호조차 허가하지 않으려 하였다. 재판과정에서 그의 정연한 태도와 당당한 논술에 일본인 재판장과 검찰관들도 내심 탄복을 하지 않을 수 없었다. 관선변호인 미즈노는 검찰관에 대한 그의 답변 태도에 감복하여 "그 범죄의 동기는 오해에서 나왔다고 할지라도 이토를 죽이지 않으면 한국은 독립할 수 없다는 조국에 대한 적성(赤誠)에서 나온 것은 의심할 여지가 없다"고 변론하였다. 언도공판은 1910년 2월 14일 오전 10시 30분에 개정되었는데 재판장 마나베는 사형을 언도하였다. 죽음을 앞둔 며칠 전 정근 · 공근 두 아우에게 "내가 죽거든 시체는 우리나라가 독립하기 전에는 반장(返葬)하지 말라. 대한독립의 소리가 천국에 들려오면 나는 마땅히 춤을 추며 만세를 부를 것이다"라고 유언하였다.

3월 26일 오전 10시 여순감옥형장에서 순국하였다. 그의 일생은 애국심으로 응집된 행동의 인간상으로서 총칼을 앞세운 일제의 폭력적인 침략에 대한 살신의 항거였다.

차 례

안중근 의사와 여순형무소 간수 헌병
치바 토시치 이야기

기원의 날들

늦은 가을날의 짙푸른 하늘은 저무는 석양을 아쉬워하기라도 하듯 자신의 무한한 두 팔로 대지를 감싸안고, 한 무리의 고니가 노을이 붉게 물든 서산 줄기를 가르며 날아간다. 낙엽이 지기엔 아직 이르지만, 어느새 불어오는 바람이 제법 쌀쌀하다. 이른 삭풍에 실려온 고니떼가 춤을 추듯 차례로 절 마당에 내려앉는다. 사찰의 경내라지만 주위가 대부분 논으로 이루어진 이곳의 베고 난 벼이삭을 주워먹기 위해서이다. 사방이 논뿐인 마당 한켠에 서 있는 은행나무의 샛노란 이파리들은 먼 하늘에서 내려다보아도 지금이 결실의 계절임을 한눈에 알아보게 했다. 고니들은 해마다 10월이면 거르지 않고 부근 늪지로 찾아와서는 봄이 오는 그날까지 여러 달 고단한 날개를 쉬어갔다.

'역시 올해도 그날이…….'

치바 토시치는 절 툇마루에 걸터앉으며 감개무량한 듯 고니의 무리를 바라본다.

쉰을 바라보기엔 아직 몇 년의 여유가 있지만, 최근 몇 년간 병을 달고 살아온 치바의 상태는 마치 임종을 앞둔 노인의 그것 같았다. 때때로 이곳에 찾아와 만추의 햇살 아래 무리지어 노니는 고니를 바라보거나 묘지의 비석 따위를 돌아보며 마을의 옛일들을 떠올리곤 한다. 그것은 마을의 역사인 동시에 치바 씨가 걸어온 인생의 발자취였다.

치바가 기억하고 있는 '그날'은 바로 1909년 10월 26일이었다. 이날 오전 9시 만주(현 중국 동북부)의 하얼빈역에 도착한 일본의 원훈, 추밀원(樞密院, 일본 구 헌법에서 천황의 정치자문기관) 의장 이토 히로부미는 마중나온 러시아 재무장관과 30분가량 회담을 나눈 뒤 환영식장으로 향했다. 역구내의 플랫폼에서 러시아군 의장대를 사열하고, 각국의 외교단과 인사를 마치고 곧이어 하얼빈 재류 일본인 환영단 쪽으로 걸음을 옮길 때였다.

러시아 군대의 후방에서 다가온 신식 머리에 양복을 입은 한 청년이 불과 4미터 밖의 가까운 거리에서 이토를 향해 잇달아 총탄을 발사했다. 꼬리를 물고 울려퍼지는 금속음과 함께 이토의 발길이 멈추는가 싶더니 이내 무너지듯 쓰러졌다.

그로부터 30분 후인 오전 10시, 이토는 한마디 말도 남기지 못한 채 세상을 떠났다. 청년이 발사한 세 발의 탄환은 전부 급소에 명중하였으므로 이토는 그 자리에서 즉사한 거나 다름없었다. 이토를 죽음에 이르게 한 그 청년의 이름은 안중근. 당시 한국 독립의병군 참모중장이었던 그는 그 사건을 절체절명의 의거라고 주장했다.

치바는 당시 여순의 관동 도독부 육군 헌병 상등병의 신분으로 이 사건을 접했다.

'이토공이 왜?'

하얼빈에서 날아온 속보를 접한 치바는 순간 자신의 귀를 의심했다. 이토의 죽음이 순식간에 세상에 알려지자 여순 지역 역시 계엄이 선포되었다. 사건 다음 날 치바가 소속되어 있는 헌병대는 안중근의 신변에 대한 정보수집과 체포된 그를 여순형무소로 호송하는 임무를 띠고 급히 하얼빈으로 파견되었다. 밤새 어둠 속을 달리는 하얼빈행 열차에 몸을 실은 치바는 그 엄청난 범행을 저지른 한국인 안중근에 대한 끓어오르는 분노로 숨이 막힐 것 같았다.

'왜 이토공을 죽여야만 했을까?'

생각하면 할수록 불 같은 증오가 치밀어올랐다.

사건이 있은지 일주일 뒤인 11월 3일, 헌병대는 무사히 안중근을 여순형무소로 호송했다. 그러나 그곳에는 또 하나의 막중한 과제가 치바를 기다리고 있었다. 처형이 집행되기까지 앞으로 5개월간 여순형무소에 수감된 안중근의 간수를 맡게 되었기 때문이다.

솔직히 말해 치바는 안중근의 간수라는 임무가 그다지 내키지 않았다. 단순히 그가 일본의 원훈을 살해한 중죄인이어서만이 아니었다. 그에게서 느껴지는 정체 모를 불안감 때문이었다.

안중근과 치바 토시치, 두 사람의 이야기는 여기서부터 시작된다.

'이 사내는 일본의 가장 위대한 정치가를 죽였다. 이것이 어찌 의거란 말인가?'

처음 안중근이 감옥에 들어왔을 무렵, 치바는 그의 얼굴을 대할 때마다 머리가 복잡했다. 또 왜 그가 이토를 살해했는지 너무나 궁금했다. 그러나 여순에서 취조가 시작된 11월 14일 이후로 안중근에 대한 생각은 조금씩 변화가 일기 시작했다.

'안중근이 이토공을 살해한 것은 개인적인 원한이 아니다. 일본을 향해 무언가를 진지하게 주장하고 있다.'

이때까지 석연치 않았던 살해 동기가 검찰관의 취조를 통해 차차 밝혀지면서 생각했던 것보다 뿌리 깊은 배경이 있음을 깨달았기 때문이다. 이를 계기로 치바는 안중근의 취조에 깊은 관심을 갖게 되었다. 무엇보다 검찰관의 질문에 답하는 안중근의 주장이 전부 일본의 한국 통치에 관련된 사항이란 사실에 치바는 놀라움을 금치 못했다. 그는 현재 당면한 내정문제뿐 아니라, 지금까지의 역사적 사실을 하나하나 들어가며 일본의 잘못을 비난했다. 그의 주장에 따르면 일본의 정치적 정점에서서 20여 년간 한국의 내정에 깊이 관계하고 위협한 자가 이토라고 했다. 이 점에 대해서는 충분히 납득이 가진 않지만, 전혀 헤아릴 수 없는 건 아니었다.

지난 3년간 한국과 중국에서 일삼은 일본의 정책은 분명 탐욕으로 가득한 수탈정책이었다. 안중근의 말대로 두 나라에 대한 일본의 통치는 근본부터 잘못된 것일 수 있다. 유감스럽게도 일본의 잘못을 신랄하게 비판하고 있는 이 한국인 사내는 예사 인물이 아닐지도 모르며, 또 앞으로 그의 입에서 어떤 진술이 튀어나올지 조마조마했다.

하지만 옥중의 안중근은 늘 솔직했다. 여순형무소의 규율을 잘 따랐고, 어떤 지시에도 예의바르게 행동했다. 평소 모습에서는 일본의 원훈을 죽인 흉악한 자라고는 도저히 생각할 수 없게 만드는 묘한 분위기와 함께 쉽사리 가늠할 수 없는 인간의 깊이가 느껴졌다. 하얼빈에서 여순으로 호송하는 과정에서도 느낄 수 있었지만, 수감된 후의 안중근은 이전보다 더 의연해서 연일 계속되는 검찰관의 취조에도 그의 태도는 조금도 흔들림이 없었다. 그리고 치바는 신문(訊問)에 대한 그의 대답에 점차 귀 기울이게 되었다.

"안중근의 당당한 태도와 답변에 검찰관도 혀를 내두르는 모양이야."

상사들이 이렇게 속삭일 때마다 치바는 '역시 이 사내는 보통 사람이 아니다' 라는 생각이 들었다.

간수가 된 지 한 달쯤 지나자 이미 안중근에 대한 치바의 마음은 완전히 달라져 있었다. 그렇게도 거부반응이 들었던 '의거' 라는 주장에도 차차 시각을 달리하게 되었다. 사건 후, 하얼빈 총영사관에서 있었던 검찰관 신문에서 안중근은 이토를 살해한 이유로서 15개조에 이르는 '공적 죄상' 을 진술했다.

치바는 요즘 들어 그것을 겨우 이해하게 되었으며, 만일 그중 일부 조항이나마 실제 있었던 사실이라면 안중근이 주장하는 '의거'의 이유가 된다는 생각을 하기에 이르렀다. 치바는 눈을 감고 안중근이 한 말을 되뇌어 보았다.

〈하나, 이토는 약 10년 전 한국의 왕비를 시해토록 지시했습니다.〉

〈하나, 이토는 동양평화를 교란시켰습니다. 즉 러일전쟁 때부터 '동양평화를 유지하기 위해서'라는 미명 아래 한국의 황제를 퇴위시키는 등, 당초의 선언과 정반대의 결과가 야기되어 2천만 한국 국민은 분개하고 있습니다.〉

〈하나, 이토는 한국이 원치 않음에도 불구하고 한국보호라는 명분으로 한국에 불이익을 끼치고 있습니다.〉

〈하나, 이토는 한국 군대를 해산시켰습니다. 이에 분노한 한국 국민들이 의병을 일으키자, 이토는 많은 한국의 양민들을 살해했습니다.〉

안중근이 검찰관에게 말한 '이토의 죄상' 중 몇 가지는 치바 자신도 기억하는 것이었다.

〈명성황후 시해는 1895년 미우라 고로(三浦梧樓)'가 공사였을 때인가? 그럼 당시 이토공은 제2차 내각수상……〉

〈한국 군대 해산은 1907년의 일이니, 이토공의 한국 통감 시절……〉

〈의병 진압은 우리도 알고 있다. 그러나……〉

치바는 하나하나 기억을 더듬을 때마다 답답한 심정으로 안중근의 얼굴을 떠올렸다. '안중근이 하는 말이 다 사실이구나' 하고 생각하니 일본이 한심하게 느껴졌다. '만일 내가 안중근의 입장이었다면 나도 그처럼 할 수 있었을까?' 이런저런 생각을 하다 보니 치바는 고향에서 일하고 계실 양친과 한가로운 농촌 생활이 몹시 그리웠다. 비록 가난한 산촌이지만, 그곳 사람들은 누구와도 다투지 않고 행복하게 살아간다.

이것이 평화라면 안중근의 조국인 한국은 분명 불행한 나라다. 그의 말대로 모든 책임이 일본에 있다면, 이 사건은 얼마나 비참한 일인가 하는 생각에 치바는 기분이 씁쓸했다.

24세의 치바는 성실하고 정의감 넘치는 청년이었다. 그런 치바에게 '나라의 평화란 가난하더라도 국민들이 독립해서 살아갈 수 있는 것' 이라는 소박한 진리를 가르쳐준 것은 다름 아닌 안중근이었다. 정확히 말하자면 안중근과 검찰관과의 문답을 통해 치바 자신이 얻은 깨달음이다. 신문 때마다 한 치의 양보도 없이 일본의 과오를 하나하나 지적하는 안중근을 보면서 치바는 '조국 일본의 평화' 의 소중함을 새삼 뼈저리게 느꼈다.

'고향의 산신님은 지금의 나를 보고 뭐라고 말씀하실까?'

치바는 고향과 조국을 생각할 때면 언제나 소년 시절부터 마음 깊숙한 곳에 자리잡고 있는 고향의 산신님이 떠올랐다. 그의 생가가 있는 마을에는 구리고마(栗駒)라는 산이 있는데, 그곳에는 마을 사람들이 섬기는 산신님이 있어서 산 위에서 마을 사람들을 애정 어린 눈빛으로 지켜보고 있다고 한다. 아버지는 그를 꾸짖을 때면 언제나 푸른 산을 가리키며 "너희들의 일거수일투족 모두를 저 산신님이 내려다보고 계신다"고 말씀하셨다. 또 폭설로 마을의 집들이 처마 끝까지 눈 속에 파묻혀서 며칠씩 갇혀 지낼 때도 아버지는 덧문을 꼭 닫고, "산신님이 노하신 거야"라며 조용히 근신하라고 이르셨다. 치바는 아버지와 마을 사람들이 두려워하는 산신님의 존재가 무엇을 의미하는지 잘 알고 있었다. 대자연을 상대로 살아가는 마을 사람들에게 자연신의 존재는 마음의 지주였다. 그러나 치바에게는 다른 소원이 하나 있었다. 아버지가 어떤 일이 생길 때마다 말씀하셨던 '고향의 산하를 생각하며 마음을 닦는 것' 이었다. 늘 정직하고, 생업 속에서도 반성할 줄 아는 소박한 태도로 살아가길 바라셨던 아버지의 가르침 덕분에 치바는 어린 시절부터 자기도 모르게 '눈에 보이지 않는 존재에 대한 외경심' 을 지니고 살아온 진실로 순박한 사람이었다.

그런 치바의 눈에 비친 옥중의 안중근은 언제나 맑고 깨끗했다. 그는 언제나 예의바르게 행동했으며, 어떤 신문에도 굽히지 않고 당당히 주장했던 그의 말처럼 조국의 운명을 염려하고 민족의 독립과 명예를 지키기 위해 온몸을 던진 인간적이고 고귀한 인품의 소유자였고, 치바는 그런 그의 사람됨에 끌렸다. 또한 안중근은 독실한 천주교 신자여서 아침저녁으로 하루도 거르지 않고 열심히 기도했다. 돈독한 신앙심 때문인지 안중근의 행동에는 사람의 온기가 있었고, 그 따스함은 상대방의 마음에도 그대로 전해졌다. 안중근의 훌륭한 됨됨이에 치바는 자신도 모르게 친근감을 품게 되었다.

검찰취조가 거의 끝나갈 즈음 처음으로 안중근과 조용히 이야기할 기회가 찾아왔다. 그날은 일요일이어서 마침 치바가 당직근무를 하는 날이었고, 당시 안중근은 자신이 염원하던 옥중기의 집필을 시작하고 있었다. 그것은 안중근 자신의 생애를 글로 엮은 자서전이었다. 집필로 바쁜 안중근을 위해 치바는 종이와 필묵을 차입해준 뒤, 휴식시간에 담배를 권하며 그의 집안 소식을 물어보았다. 그러자 안중근은 '지금 옥중기에 쓰고 있는 중'이라며 양친의 얘기를 꺼냈다.

"아버지는 몇 년 전에 돌아가셨습니다만 어머니는 진남포에서 건강하게 살고 계십니다."

그는 유서 있는 집안 출신에 걸맞게 생활수준도 보통 이상이었다는 것, 교육열이 높은 양친 밑에서 매우 엄하게 예의 범절을 배웠다는 것, 또 16세 때 적당한 인연을 만나 장가를 들어 세 아이까지 두었지만 지난 3년간 조국의 위기를 가만히 보고만 있을 수 없어서 국사로 분주한 나날을 보내다 보니 안타깝지만 가족들과 만나지 못하고 있다는 것, 앞으로 이 사건으로 인해서 가족들이 어떻게 될지 걱정이라는 등등 많은 이야기를 들려주었다.

이번엔 "부모님은 다 건강하게 지내고 계시나요?" 하는 안중근의 질문에 치바가 고향은 가난한 농촌이라는 등의 고향 형편을 두루 얘기해 주었다.

그의 말을 듣고 난 안중근은 이렇게 말했다.

"아무리 가난하더라도 평화롭게 산다는 것은 다행스런 일입니다. 부모님께 잘해 드리세요."

치바는 남들 못지 않게 자신의 가족을 사랑하는 안중근의 온유한 인품에 큰 감동을 받았다.

해가 바뀌어 1910년이 되었다. 작년 연말부터 여순형무소에는 어수선한 분위기가 감돌았다. 안중근에 대한 일본 정부의 방침이 '긴박하게 돌아가고 있다'는 소문이 나돌았다. 안중근에 대한 취조가 1월 26일에 끝나자, 2월 7일부터 이미 공판이 시작되었고, 진행 역시 급속히 이루어져 2월 14일에는 마침내 판결이 나왔다.

'역시 사형인가?'

그러나 이렇게 급히 서두르는 이유는 대체 무엇일까? 치바는 이상한 생각이 들었지만, 그로서는 어쩔 방법이 없었다. 남몰래 안중근을 존경하게 된 치바는 마음 깊은 곳에서 '안중근을 잃는 것은 안타까운 일이다. 분명 한국의 미래를 위해 한몫할 인물인데……'라고 아쉬워했다. 그래서 안중근과 이별하는 날까지라도 정성을 다해 잘해 주리라 다짐했다.

판결에 대해 안중근은 공소하지 않았다.

그 이유 중 하나는 안중근에게 깨끗한 죽음을 권하는 어머니의 충고 편지 때문이었다.

"자네가 이 늙은 어미보다 먼저 죽는 것을 불효라 생각한다면 어미는 웃음거리가 됩니다. 자네의 죽음은 자네 한 사람의 것이 아니라, 한국 국민 전체의 분노를 지고 있는 것입니다. 만일 공소한다면 그것은 목숨을 구걸하는 것이나 다름없습니다."

이 이야기를 듣자 치바는 갑자기 사건에 대해 품고 있던 의문이 흔적도 없이 사라졌다.

'안중근의 의거는 한국인 모두의 염원이었구나.'

치바는 안중근의 어머니를 비롯한 한국 국민의 조국독립에 대한 염원이 얼마나 절실한 것인지 이해할 수 있었다. 그리고 담담한 안중근의 태도야말로 어머니의 민족적 긍지와 기개 덕분이라 생각하니 새삼 가슴이 뭉클해졌다.

이리하여 안중근의 사형은 확정되었고, 이제 처형만이 남아 있었다.

'이곳에 참배하러 오는 것도 금년이 마지막일지도 모르겠구나.'

한참 전부터 툇마루에 걸터앉아 혼잣말을 되뇌던 치바는 여러 번 한숨을 내쉬며 주위를 둘러보다 경내의 고니들에게 시선을 멈췄다. 이윽고 노을빛에 선명하게 드러난 서산의 등 뒤로 넘어가는 해를 하염없이 바라보았다. 마치 무엇인가를 간절히 기원하는 사람처럼.

늦가을의 석양 아래 노니는 고니들의 풍경은 철새처럼 천리 타향인 만주와 연해주를 오가며 괴로움에 방황하던 자신의 추억을 되살아나게 했다. 그러나 이제 추억을 뒤로 한 채 오직 기원만이 내가 할 일이다. 유구한 생명으로 이어져 있는 조상들, 안중근에 대한 참회, 서산에 계신 산신님을 향한 기원. 치바는 이런 눈에 보이지 않는 모든 것들이 자신의 몸과 마음을 깊이 감싸고 있다는 생각이 들었다. 아니 오히려 그것들에 이미 자신의 '목숨'을 맡겼다는 느낌마저 들었다. 그렇게 함으로써 그는 간신히 마음의 평정을 유지할 수 있었다.

'홀로 힘들었지만, 언젠가는 마을 사람들도 알아줄 날이 오겠지.'

요즘 들어 이런 말을 자주 중얼거리게 된 치바는 몇 차례 '안중근의 이토 살해는 일본인의 한 사람으로서 깊은 동정을 느낀다'는 말을 가까운 마을 사람들에게 할 기회가 있었다. 하지만 마을 사람들은 그를 이해하기는커녕 '우리 원훈을 죽인 한국인에게 어떻게 그런 말을 할 수 있냐'며 오해하기 일쑤였다. 그 후로 치바는 이 사건의 전말을 아내와 친지 이외의 사람들에게는 얘기하지 않게 되었고, 세월이 흐를수록 점점 고독한 나날을 보내게 되었다. 마을 사람들을 비롯해 대부분의 일본 사람들이 싫어하는 안중근을 위해 홀로 두 손 모아 조용히 명복을 비는 것만이 마음을 달랠 수 있는 유일한 방법이었다. 말년이 다가오자 치바는 자신의 마음을 잘 알고 있는 아내에게만은 안중근에 대한 유언을 하기로 마음먹었다.

치바의 아내 기츠요는 이웃 마을인 미야기현 구리하라군 오오카무라의 니카이도 요시사부로의 셋째 딸로 태어났다. 안중근의 사후 3년째 되는 해인 1913년 2월 20일, 기츠요는 한국에 근무중인 치바와 결혼했다. 당시 치바의 나이는 28세, 기츠요는 21세였다. 그 후 치바는 요노츠네 소학교 출신자로서는 최고의 지위인 헌병특무조장까지 승진했으나 뜻한 바 있어 군에서 퇴역하고 한국 통감부 경찰관으로 전직한 뒤, 그의 마지막 임지인 연해주에 가까운 한국 북부의 함경도에서 경부보로 퇴관했다. 1921년 4월 고향으로 돌아온 그는 아내와 생가 근처에 집을 장만하고 여생을 보냈다. 귀향 직후 시골의 작은 철도회사의 총무부장으로 취직한 그는 종점역인 죠오가마치 이와가사키(현 구리코마쵸)에서 호소쿠라 광산까지 연장하는 노선 확장공사에 최선을 다해 일하다 동료들의 아쉬움 속에 얼마 전 회사를 그만두었다. 이유는 최근 3년 사이 병으로 자리에 눕는 일이 많아졌기 때문이다.

"진이 다 빠지도록 힘들게 일했지만 그래도 저 대륙은 내 인생의 전부나 마찬가지야. 후회는 없어."

젊은 시절 중국에서 보낸 힘든 군 생활 탓에 기력이 쇠진해진 치바는 스스로를 위로하기라도 하듯 아내에게 그렇게 말했다.

치바는 아내에게 안중근의 유묵을 잘 보존할 것과 그가 영락정토로 갈 수 있도록 끊임없이 불공을 드려 달라는 유언을 남겼다.

안중근을 위해 남몰래 참회의 불공을 올리는 치바의 행동은, 당시의 일본인으로서는 도저히 이해할 수 없는 일이었다. 그러나 겨울이 가까워질수록 치바는 말할 수 없는 아픔에 온몸을 떨어야 했다. 그는 아픈 마음을 누르며 또 하루를 위해 아침 식사 전에 안중근의 사진 앞에 향을 올리고 두 손 모아 참배했다. 어느덧 하루의 일과가 되어 버린 그 일은 하루라도 하지 않으면 마음이 편치 못했다.

안중근의 유묵은 무엇이고, 또 치바는 대체 무엇을 참회했을까?

치바의 술회에 따르면, 사건이 있은 후 4개월이 지나고 안중근이 옥중기의 집필을 서두르고 있던 어느 날이었다. 이미 결정된 사형집행을 기다리는 동안 안중근은 옥중기에 자신의 지론인 『동양평화론』을 글로 남기기를 소망했다. 정성을 다해 집필에 몰두하던 안중근은 잠시 명상에 잠겨 있었다.

'이제 며칠이나 남아 있을까?'

치바는 착잡한 심정으로 그를 지켜보고 있었다.

사형 판결 후에도 안중근이 공소하지 않고, 이토 살해를 자신의 죄로 인정하고 스스로 죽음을 택한 이유 중 하나는 '깨끗한 죽음을 바란다'는 어머니의 충고 때문이라는 것을 치바 역시 이미 알고 있었다. 안중근의 어머니가 '이토 살해는 안중근 한 사람의 일이 아니라, 한국 국민 전체의 공분을 짊어진 이른바 한민족의 독립을 위한 만부득이한 의거였다'고 지적한 일은 치바에게 있어서 솔직히 큰 충격이었다. 치바에게도 고향에 늙으신 부모님이 있었다. 일본, 아니 어떤 민족에게도 존엄한 생명의 끈을 이어주는 부모가 있을 것이다. 그런데 어째서 이렇게 서로 죽여야만 하는가? 치바는 문득 어린 시절부터 듣고 자랐던 자신의 고향인 동북지방의 선조들이 천대받았던 과거가 떠올랐다.

치바의 조상은 먼 옛날 미개하다는 이유로 오랑캐 취급을 받으며 중앙권력의 지배를 받았다. 물론 많은 피와 희생의 결과 일본은 하나의 국가로 통일되었다. 참으로 부조리하게도 문명개화의 그늘에는 반드시 일방적인 희생자들의 눈물이 그칠 날이 없었다.

'이것이 인류의 업보인가?'

치바는 깊은 생각에 잠겼다. 명상에 잠겨 있는 안중근을 보며 '역시 일본은 한국 국민들에게 사죄하지 않으면 안 된다'는 죄의식에 마음을 다잡고 안중근을 불렀다.

"안중근 씨!"

그는 자신을 부른 사람이 치바인 것을 확인하고는 안도의 표정을 지었다. 순간 치바는 긴장했다.

"안중근 씨, 일본이 당신 나라의 독립을 유린한 일은 정말 미안하게 생각합니다. 일본인의 한 사람으로서 진심으로 사죄하고 싶습니다."

치바는 사죄의 뜻으로 머리를 깊이 숙였다.

그러자 안중근은 얼른 자세를 바로 하고 치바의 두 손을 굳게 잡으며,

"치바 씨, 그런 말씀은 듣기 송구스럽습니다. 당신한테 그런 말을 듣다니……."

치바는 엉겁결에 말문이 막혀 버렸다.

"왜 한일 간이 이처럼 불행한 사이가 되었을까요? 그것이 이토 한 사람의 책임이 아닐 수도 있지만, 일본의 대표적인 인물이었기에 그를 없애기 위해 쏠 수밖에 없었습니다. 그리고 저는 분명 살인죄를 범했지만, 그 죄는 바로 제 자신의 인(仁)이 부족한 탓입니다. 인이 부족했다는 것은 한국 국민 전체의 죄이기도 합니다. 다만 이번의 제 행위가 장차 조국의 동포와 젊은이들에게 애국심을 일깨우고, 독립심을 불태울 수 있는 본

보기가 되었으면 합니다."

안중근은 이미 공판에서도 진술한 말이라며 치바의 마음을 위로하기라도 하듯 친절하게 얘기해 주었다.

두 사람은 시간 가는 줄도 모르고 대화를 나누었다.

안중근은 자신의 간수가 된 치바의 고충이 이만저만하지 않다는 것을 알고 있었다. 이 점에 대해 감사하면서 "서로의 입장이 달라 어쩔 수 없는 일이니 자신의 임무에 마지막까지 충실하는 것이 중요합니다. 유사시에 나라를 위해 몸 바치는 것이 군인의 본분이니까요"라며 치바를 격려해 주었다. 나라의 독립을 지키는 것이 얼마나 중요한지, 그리고 평화를 유지하기 위해서는 "타국의 영토는 단 한 치라도 범해서는 안 된다"고 안중근은 자신의 지론인 동양평화의 뜻에 대해 계속 설명했다. 치바는 안중근의 말을 하나하나 마음에 새기며 들었다. 그의 말은 참으로 이치에 합당했으므로 납득하지 않을 수 없었다. 남이 보기에는 고지식하기 짝이 없는 그이건만, 그에게는 안중근의 인격과 배경까지 파악한 뒤에 이해하고 받아들일 줄 아는 도량이 있었다. "이런 인간성을 갖게 된 건 고향의 풍부한 자연과 역사 속에 흐르는 선인의 기질 덕분이겠죠"라고 치바는 자신의 생각을 말하곤 했다. 무엇보다도 정직하게 사물을 관찰할 수 있는 그의 마음에는 대자연이 지닌 정직한 이치와 엄격하면서도 대범한 표정 같은 것이 깊게 투영되어 있다. 즉 치바의 사고에는 시대의 추세나 편견에 휩쓸리지 않는 소박한 견해가 고집스럽게 자리하고 있었다. 이런 치바의 마음에 감동한 것일까? 굳게 잡은 안중근의 두 손에는 따스함이 가시지 않았다.

치바의 '사죄'로부터 한 달 뒤인 1910년 3월 26일. 마침내 안중근은 처형의 날을 맞았다. 이날은 아침부터 비가 내리는 추운 날씨였다. 안중근은 모친이 보내온 새하얀 명주 한복으로 갈아입고 옥중에서 조용히 기다리고 있었다.

여순형무소는 이른 아침부터 어수선했고, 묘한 긴장감이 감돌고 있었다. 간수인 치바는 반년을 사이에 두고 죽어가는 두 사람의 모습이 눈에 아른거려 마음을 가눌 수가 없었다. 일본의 원훈으로 추앙받던 이토의 죽음도 가슴 아픈 일이었지만, 이제 자신이 존경하게 된 안중근과도 사별해야 하다니……. 새삼 인생의 무상함을 느꼈다. 그러나 치바는 여느 때와 다름없이 부동자세로 안중근의 감방 앞에 서 있었고, 형장으로 향할 시간은 점점 다가오고 있었다.

그때였다.

"치바 씨, 일전에 당신이 부탁한 글씨를 지금 써드리겠습니다."

치바는 순간 자신의 귀를 의심했다. 부탁은 했지만, 이미 체념했던 일이기 때문이었다. 안중근은 그를 재촉하기라도 하듯 서둘러 벼루와 붓, 비단천을 가져오게 했다. 안중근은 자세를 바로 하고 단숨에 써내려갔다.

爲國獻身軍人本分

庚戌三月於旅順獄中 大韓國人 安重根 謹拜

안중근은 치바를 바라보며 말문을 열었다.

"친절하게 대해 주셔서 진심으로 감사합니다. 동양에 평화가 찾아오고 한일 우호가 재현되는 날 다시 태어나 당신과 만나고 싶습니다."

그리고 조용히 고개를 숙였다.

순간 치바는 말로 표현할 수 없는 감동에 사로잡혀 머릿속으로 '안중근 씨 고맙습니다' 라고 소리치고 있었다. 끝내 소리내어 말하지 못한 채 지난 몇 년 동안 한국과 중국에서 보냈던 추억들을 돌이켰다. '안중근이 이미 말했듯 과거를 돌아보는 것은 일본의 과오를 새삼 들추는 것 같아 괴롭다. 의병을 진압하고, 죄 없는 사람들을 잡아들이는 것 말고는 달리 방법이 없었을까? 차마 눈 뜨고 볼 수 없었던 일들이 너무 많았다.'

치바는 이런저런 생각 속에 안중근이 선사한 「나라를 위해 몸 바치는 것은 군인의 본분이다」란 내용의 유묵을 보면서, 비록 군인의 임무상 어쩔 수 없다 치더라도 조금은 부끄럽다는 생각이 들었다. '안중근 씨, 당신에게 진심으로 사죄하고 싶습니다. 앞으로 좋은 일본인이 되도록 온 힘을 다하겠습니다.' 그는 처음으로 참회했다.

그리고 가혹한 처형의 시간이 다가왔다.

안중근이 마지막으로 베풀어 준 성의에 치바는 깊은 감사와 참회로 슬픈 작별을 했다. 안중근은 곧바로 천천히 일어나 단정한 걸음으로 형장을 향해 나아갔다. 안중근의 31년의 짧은 생이 끝난 이날은 달은 다르지만 이토의 기일이기도 했다. 이 모든 일이 원한에 의한 것이라 생각하니 이날은 치바의 일생에서 가장 긴 하루였다. 그 후로 그의 인생에 깊은 그늘이 드리워졌다.

"헌병 아저씨 또 절에 가네."

치바는 군인 시절부터 콧수염을 길렀고, 헌병이었으므로 퇴역 후에도 마을 사람들은 그를 여전히 '헌병 아저씨'라고 부르며 다정하게 대했다. 자식이 없었던 치바는 마을 아이들을 몹시 귀여워해서 추석이나 설이면 용돈까지 건네며 '열심히 공부해서 훌륭한 일본인이 되라'고 입버릇처럼 말했다. 그러던 그가 요즘 마을에 소문이 날 정도로 부쩍 절을 찾는 일이 잦아졌다. 무엇에 홀린 사람처럼 경내와 묘지를 돌기도 하고, 법당 툇마루에 걸터앉아 5백 년을 넘긴 소나무를 스치며 날아드는 고니의 무리를 물끄러미 바라보곤 했다.

문득 생각난 듯 치바는 자신과 비슷한 연배의 주지를 찾아가서는 내세에 관해 이야기를 나누는가 하면, 하루는 "3대에 걸친 업보가 무엇이냐"고 불쑥 묻기도 했다. 요즈음 들어서는 마치 애원이라도 하듯 "오늘 하루만이라도 선업(善業)을 쌓고 싶다"며 날이 갈수록 불교 교리에 빠져들었다.

이처럼 그가 근래 '불교의 길'로 마음이 끌리게 된 것은 여순형무소에서 사별한 안중근이 마지막으로 남긴 '새로 태어나서 다시 한번 만나고 싶다'던 소망의 의미를 이제야 이해하게 되었기 때문인지도 모른다.

치바가 자주 찾던 곳은 아내 기츠요의 친정이 대대로 묘를 모신 대림사(大林寺)라는 선종의 절이다. 이 절은 8백여 년 전, 그때 당시 오슈라 불리던 동북지방의 이와테현 히라이즈미를 중심으로 일대 왕국을 이룩했던 후지하라 가문의 키요히라, 모토히라, 히데히라 3대 장군의 묘를 모신 쥬손사의 맥을 이은 고찰이었으나, 그 후 가마쿠라 시대에 일어난 선종에 의해 재흥되었다. 또 이곳은 원래 근면성실하고 강건한 지방무사 계급의 근거지이기도 했다. 그런 유래 때문이었는지 치바는 아내의 고향에 집을 마련했고, 군인으로서의 말년을 충실히 보내기 위해서는 이 절이 자기에게 가장 적합하다고 내심 믿고 있었다.

어느 날 경내를 서성이던 치바는 마음이 놓인 듯 이렇게 중얼거렸다.

"내 고향도 가깝고, 서산을 바라보면 언제나 몸과 마음이 상쾌해지는군."

치바의 안심입명(安心立命)을 맡은 대림사는 히라이즈미의 쥬손사에서 남쪽으로 약 20킬로미터 떨어진 미야기현 북부 구리하라군 와카야나기쵸에 위치해 있다. 또 그가 '서산'이라 부르며 아꼈던 산인 구리고마산은 서쪽 방향으로 30킬로미터 떨어진 곳에 있었는데, 높이는 겨우 1,628미터에 불과하나 국립공원으로 지정되었을 만큼 산수가 아름다운 봉우리로 유명하다. 동쪽 산기슭에 펼쳐진 칸나리 평야는 대림사 주변을 포함해 일본의 대표적인 '사사니시키'라는 쌀의 산지로서, 한가로운 산기슭에는 지금도 농민들이 떠나지 않고 조용하게 살고 있다.

'조용하다'는 표현은 눈 많고 인적 없는 이곳의 풍경을 말하는 것이기도 하지만, 예로부터 오랑캐로 무시당해 오면서 길러진 이 지방 특유의 참을성 있는 기질을 의미하고 있다. 평생토록 몇몇 친지들 말고는 누구에게도 '안중근과의 숨은 우정'에 대해 말한 적 없는 치바의 조심스런 성격 역시 이곳의 환경과 무관하지 않다.

안중근을 떠올릴 때마다 '서산 너머 저 길을 쭉 따라가면 그가 잠든 요동반도 남단에 이른다'는 생각을 하며 우연히도 여순과 같은 위도에 위치한 서산의 저녁놀을 하염없이 바라보았다.

늙은 소나무 가지가 바람에 흔들리고, 또다시 고니가 날아들어 법당 툇마루로부터 열 칸쯤 떨어진 곳에서 마치 그의 모습을 엿보기라도 하듯 긴 목을 한껏 뽑고 있었다. 하지만 그는 미동도 없이 서산에 물든 저녁놀만을 하염없이 바라보고 있었다.

"떠난 사람은 세월이 지나면 잊혀진다."

치바는 그렇게 중얼거렸다. 무엇인가 깊은 생각에 잠겨 있는 것 같았다.

'일본의 한국 통치는 무엇을 의미하는가?'

치바는 자신의 마지막 근무지였던 함경도에서의 일들이 떠올랐다. 안중근이 처형된 지 몇 년 후 그는 아내 기츠요와 함께 한국의 최북단에서 근무했다. 당시 그는 한국통감부에 소속된 경찰관이었고, 지난해로 마친 헌병조장이 자신이 오를 수 있는 최고의 자리임을 깨달은 그는 그동안 헌병의 임무에 대해 생각한 바가 있어 군에서 퇴역했다. 여기서 '생각한 바'란 한국과 만주 통치에 대해 안중근도 규탄했듯, '헌병의 무력통치'에서 비롯되었다는 생각에 치바는 죄책감에 빠져 있었다. 태생이 정직한 탓에 무력으로 약자를 괴롭혀 왔다는 사실이 너무나도 부끄러웠던 그는 괴로운 자신의 임무를 하루 빨리 마치고 싶었다.

하지만 그렇다고 해서 지금 당장 그곳의 일을 모두 청산하고 고향에 돌아갈 수 있는 처지도 못되었다. 장남이 아닌 이상, 스스로 고향에 집과 어느 정도의 전답이 마련되지 않는 한, 고향에 돌아가 본들 아무 소용이 없었기 때문이다. 이것은 농촌 출신인 그에게 주어진 운명이었다. 상사의 권유도 있었고, 치바는 겸사겸사 경찰관이라는 제2의 인생을 시작했다. 그는 신임지로 향하는 길에 늘 염원해 왔던 한 가지 소원을 이룰 수 있었다. 그것은 바로 안중근의 고향인 황해도 해주에 있는 수양산에 가보는 일이었다. 치바는 하루라도 빨리 안중근의 고향에 가보고 싶었다. 그래서 안중근이 말한 '한국의 비참한 현실'을 자신의 눈으로 직접 확인하고, 일본의 장래를 생각해 보고 싶었다. 아직 찬 기운이 가시지 않은 이른 봄이었으나, 강화만에 인접해 있는 해주 일대는 따뜻해서 지낼 만했다. 그는 안중근의 출생지인 수양산 아래에 이르자 눈을 뗄 수가 없었다. 비옥한 농지가 산간을 누비듯 펼쳐져 있는 그곳은 분명 살기 좋은 고장이었다. 순간 치바는 감개무량했다.

그런데 안중근의 고향인 황해도 지방의 농지는 이미 대부분이 일본인 지주의 소유였다. 그도 후에 알게 된 일이지만, 한국에서 토지제도가 혼란했던 조선 말기, 중앙권력이 무력화되자 관료와 권세가에 의해 토지점거가 공공연히 이루어진 것이 그 발단이었다. 어느새 토지사유권이 확립되자 이 점에 착안, 1876년에 체결한 '강화도조약'으로 한국 진출을 계획한 일본 정부는 약삭빠르게 토지조사사업에 착수해 방대한 토지의 국유화와 많은 일본인 대지주를 만들어 낼 수 있는 기반을 구축했다. 당시의 대지주들은 모두 일본 상인이었다. 조약이 체결된 이후 한국은 바다를 건너온 일본인들의 횡포가 제동할 수 없는 상태에 이르렀고, 일본 관헌의 보호를 받는 상인들은 약탈을 일삼았다. 바로 한일통상장정(韓日通商章程)에 의해 보호받는 일본 제품들이 세금 없이 수입되었으므로 그들은 갈수록 폭리를 취했다. 더구나 일본화폐가 한국에서 통용되면서 일본의 재벌자본이 한국에 도입되자 일본인들은 광업이고 농수산업이고 닥치는 대로 수탈했다. 특히 농지의 수탈은 상상을 초월한 것이었다. 일본인들은 영세 농민들로부터 정당한 매매로 토지를 취득한 것이 아니라 농민들이 고리대금을 쓰면서 저당으로 잡힌 토지를 거두어 들였다. 안중근의 고향에서 가까운 황해도 개성에서는 일본인의 8, 9할이 한국인을 상대로 하는 고리대금업자였다는 기록이 있다. 가난한 농민들은 대개 식량을 구하기 위해 어쩔 수 없이 일본인들로부터 고리대금을 썼다. 당시 사람들이 일본인 고리대금업자들을 '허리에는 권총, 손에는 망원경'이라고 표현한 것만 보더라도 일본인들의 토지 수탈이 얼마나 가혹한 것이었는지 짐작하고도 남는다.

이러한 상황 가운데 한국의 토지조사사업은 러일전쟁 후인 1905년부터 전국적으로 확대되어 치바가 함경도에 재직했던

1918년 말까지 계속되었다. 일본의 국가적인 보호 아래 추진된 토지조사사업은 1910년의 '병합' 이후, 소유권이 명확치 않은 토지를 전부 몰수하여 국유지로 편입했다.

그 결과 한국에는 많은 소작인들이 생겨났고, 얼마 후 일본인 이민이 증가함에 따라 한국 농민들은 조상 대대로 경작해 오던 농촌에서 쫓겨나 '배고픈 유랑민'으로 전락하고 말았다.

가난한 농촌 출신인 치바는 일본의 토지조사로 인해 시작된 일본인들의 '한국 농민에 대한 천대'를 도저히 눈 뜨고 볼 수 없었다. 빈농이 대부분인 함경도에 부임한 후로는 더욱 절실했다. 그곳은 북으로는 러시아의 연해주, 서쪽으로는 광대한 만주 대륙과 인접해 있었으므로 일본의 식민지 정책에 견디지 못한 한국 농민은 계속해서 러시아나 만주로 도주했다. 이런 현상은 1908년에 설립된 동양척식주식회사의 발전과 함께 더욱 가속화되었다. 반관반민(半官半民)의 동양척식주식회사는 금융, 비료판매, 수리조합, 산림경영, 토지개량, 일본인 식민 등 다각적으로 사업을 확장시켜 갔다. 특히 토지개량사업에서는 전국 각지에서 기름진 땅을 골라 수리조합의 설립을 강행하여 풍년은 물론이고 흉년이 들건 수해가 나건 마찬가지로 조합비와 대출금의 이자를 징수하는 반영구적인 착취 기반을 구축했다. 이 결과 얼마 지나지 않아 한국 농토의 8할 이상이 일본인의 지배하에 들어가게 되었다.

한국의 농민들은 조상으로부터 대대로 물려온 농토를 빼앗기고 소작인으로 전락하여 자신이 경작한 쌀은 모두 일본인들에게 바치고 좁쌀로 허기를 달랬다. 함경도에서 근무하며 이

광경을 목격한 치바는 "일본 군대와 경찰관헌의 방조로 한국의 농촌이 파멸되어 가고 있다"던 안중근의 탄식이 떠올라 견딜 수 없었다.

'일본인의 수탈이 이렇게까지 혹독할 줄이야……'

반드시 안중근에게 사죄해야 한다는 생각이 더욱 절실해졌다.

어느 추운 겨울날 치바는 순찰 중에 들른 한 농가에서 냉면을 대접받았다. 메밀과 감자가루로 반죽해 뽑아낸 면에 꿩고기와 배를 넣은 육수를 부어 맛을 낸 것이었다.

"요즘엔 쌀도 없고, 닭도 칠 수 없어 몽땅 산에서 구한 걸로 먹고 산답니다."

얼굴에 주름이 가득한 주인 노인은 미안한 듯 낯을 붉혔다.

치바는 할 말이 없었다. 하지만 따뜻한 온돌방에서 먹는 시원한 냉면은 아주 일품이었으며, 너무나 고마웠다. 아니 미안했다.

침략자인 일본인에게 이렇게까지 따뜻하게 대해 주다니, 죄책감이 들었다. 치바는 정중하게 예를 표하고 돌아서 나오며 눈시울이 후끈해짐을 느꼈다. 언제부턴가 '세상을 떠난 사람은 세월이 지나면 잊혀진다'는 생각을 해온 치바는 안중근에 대한 한없는 그리움과 함께 '이 몸은 죽어서도 선산이 있는 땅에는 돌아가지 못하리라'는 신념과도 같은 각오가 엇갈리면서 문득 고향이 그리워졌다. 일본의 농촌에서는 장남이 아닌 자신이 고향을 버리고 타국에 뼈를 묻는다 해도 상관없는 일이었으나, 지금의 비참한 한국 사람들처럼 '내가 본 역사'도 모두 잊혀질지 모른다는 두려움에 슬퍼졌다.

"벌써 어둑하네요."

아내 기츠요가 마중 나와 있었다. 그러나 멀리 서산에 시선을 고정시킨 치바는 미동도 없이 서 있을 뿐이었다. 저녁놀은 언제까지 저렇게 아름다울까?

"산이 아름답게 빛나는군."

수많은 별들이 아로새겨진 밤하늘을 지긋이 바라보며 말했다.

그는 매일 아침저녁으로 안중근의 유묵과 사진을 모신 불단을 앞에 두고 두 손 모아 예불을 올렸다.

'인간의 일생은 꿈과 같고, 목숨은 아침이슬같이 사라지기 쉽다.'

새삼 인생의 무상함을 느낀 그의 기도는 '안중근과 한국 사람들'을 향한 참회와 사죄였다. 빈곤한 농촌에서 태어난 치바는 청춘을 걸고 한국으로 출병했으나, 안중근과의 만남으로 자신이 쌓은 군인관은 물론, 말년의 인생관마저 달라져 이제 안중근이 없는 하루하루는 생각할 수도 없게 되었다. 철저한 군국주의를 향해 치닫고 있는 일본의 눈에 뜨이지도 않는 작은 한 마을에서 아무도 모르는 한 인간이 세상을 향해 호소하자는 것이 아니다. 다만 마음의 평안을 구해 두 손을 모을 뿐이다. 그것은 동시에 유사 이래 인류가 품어왔던 '내세를 향한 소원'이기도 했다.

"죽은 안중근 씨는 지금 어디 계실까요?"

아내 기츠요가 물었다.

"저 넓은 대륙의 하늘에, 아니 그분은 천국에…… 아니야, 어쩌면 이곳 일본에 와서 우리들을 지켜보고 있는지도 모르지."

그는 잠시 말을 멈추었다 눈을 지그시 감고 다시 말을 이었다.

"어쩜 저들의 전생은 안중근을 비롯한 한국인들의 환생이 아닐까?"

치바는 요즘 경내로 날아드는 고니의 무리를 볼 때마다 그런 생각이 들곤 했다. 때로는 자신들의 조상을 포함해 전쟁이라는 인류의 끝없는 업보 속에서 죽어간 사람들의 환생일지도 모른다는 야릇한 감상에 빠지기도 했다.

12월로 접어들면서 눈발이 날리기 시작하자 치바의 건강이 부쩍 나빠졌다. 예전에 앓았던 가슴앓이가 재발했다. 그는 아내를 불러 전부터 마음에 간직해 온 유언을 조용히 전하기 시작했다.

"내가 죽거든 안중근의 사진 옆에 내 사진을 놓아주시오. 그리고 저 유묵은 소중히 간직하시오. 언젠가는 안중근의 조국에 돌려줄 때가 올 것이니, 그때까지는 우리의 가보로 생각하고 부디 외부에는 내놓지 마시오."

고이 간직해 온 안중근에 대한 모든 것을 아내에게 부탁한 그는 힘겹게 잔기침을 하다 아내가 알았다며 고개를 끄덕이자 그제야 마음을 놓은 듯 잠이 들었다.

해가 바뀌어 매화가 피어나기 시작할 무렵 치바의 병세는 더욱 나빠졌다. 안중근의 기일인 3월 26일이 다 되어가도록 전혀 회복될 기미가 보이지 않았다. 매년 안중근의 기일이면 아내와 함께 제상을 차려 진심으로 그의 명복을 빌어왔는데, 올해는 그나마 하지 못하게 될 거란 생각에 치바는 마음이 아팠다.

"걱정마세요. 내가 당신 몫까지 정성껏 제사 드릴게요."

안타까운 그의 심중을 헤아린 아내의 말에 "그래서야 되겠냐"고 대답하자, 아내는 "누워서도 예불은 올릴 수 있어요"라며 남편을 위로했다.

이처럼 서로의 마음을 잘 헤아리는 두 사람은 오랜 세월 안중근을 추모해 왔으나, 그 사실은 아무에게나 함부로 발설할 수 없었다. 아내 기츠요는 왜 그가 안중근을 경애하는지 잘 알고 있었음은 물론이고, 그녀 자신도 한국에서 생활하는 동안 많은 한국 사람들을 보며 그들의 아픔을 누구보다 뼈저리게 이해하고 있었다. 그래서 할 수만 있다면 남편을 안중근의 곁에 묻어주고 싶었다. 그녀는 이제 남편에게 주어진 날이 그리 길지 않다는 사실을 알고 있었기 때문이다.

치바는 마음속으로 '안중근과 내세에서 다시 만날 것'을 믿고 있는 듯했다.

다음 세상에서는 항상 평화롭길 바라는 것도 안중근을 사모하는 마음에서 생긴 것이다.

안중근의 기일을 사흘 앞둔 3월 23일 오후, 치바는 피를 토하며 힘들어했으나 저녁이 되자 다소 가라앉았다. 오랜만에 자리에 앉을 수 있었던 치바는 아내에게 불경을 가져다 달라고 부탁하여 최근 외운 '연명십구관음경(延命十九觀音經)'을 조용히 염송했다. 안중근의 사진을 바라보며 두 손 모아 몇 번이고 되풀이했다.

관세음 나무불 여불유인 여불법유연 불법승연
상락아정 조념관세음 모념관세음 염념종심기 염념불이심
(觀世音 南無佛 與佛有因 與佛法有緣 佛法僧緣
常樂我淨 朝念觀世音 暮念觀世音 念念從心起 念念不離心)

치바는 '연명십구관음경'을 외우며 안중근이 있는 곳으로 가게 되기를 기원했다. 눈을 감으니 어느새 석양 아래 밝게 펼쳐진 서산의 봉우리 한켠에 모르는 사람들과 함께 있는 안중근의 얼굴이 나타났다.

꿈인지 생신지 지나간 일들이 희미하게 뇌리를 스쳐 갔다.

어린 시절

치바 토시치가 태어난 생가는 대림사에서 서쪽으로 10킬로미터쯤 떨어진 구리고마산 기슭에 위치한 미야기현 구리하라군 도리야사키무라 사피라이라는 곳에 있다. '사피라이'라는 특이한 지명은 아이누어의 「사피나이, sapi-nai」에서 온 말이다. 동북의 오지에도 이와 비슷한 지명이 있는데, 그 원형은 북해도의 삿피나이(札比內)와 사츠나이(札內)에서 왔다고 한다. 뜻은 '메마른 시내, 즉 비가 오지 않으면 강바닥이 바싹 마르고, 비가 내리면 물이 흐르는 상태'를 가리킨다. 치바가 태어난 고향 마을에는 실제로 큰 냇물이 없었다.

또 사피라이라는 지명에는 이런 전설도 있다.

지금으로부터 약 910년 전 미나모토 요리요시 · 요시이에 부자가 '전 구년의 역(前 九年의 役, 1062년 지방 무사 아베 씨가 일으킨 반란을 미나모토 부자가 동국의 무사를 이끌고 평정한 사건-옮긴이)'에서 아베 사다토를 정벌했을 당시, 이곳 타무로가오카하치망구에 진을 치고 승리를 기원했다. 그리고 전승 기념으로 신사를 세웠는데, 그곳에 고마가타케에서 원숭이 한 마리가 축하의 단자쿠(短冊, 일본의 정형시인 와카나 하이쿠를 적는 길쭉하고 두꺼운 종이-옮긴이)를 물고 구름을 타고 날아왔다 곧 교룡을 타고 승천했다 하여 '사피라이'(猿飛來)라고 부르게 되었다고 한다.

치바 토시치는 이처럼 전설의 신비가 깃들어 있는 외딴 산촌에서 농사를 짓는 치바 신기치의 셋째 아들로 1885년 1월 15일에 태어났다. 이날은 음력으로 1884년 11월 30일이었으므로 그에게 토시치란 이름이 붙여졌다. 아버지 신기치는 아내 나가와의 사이에 3남 2녀를 두었는데, 젊은 시절부터 부지런히 일한 덕에 기울어가던 가업을 추스려 간신히 자작농으로 체면만은 유지할 수 있었다. 넉넉하지는 못했어도 빚도 없고, 남의 소작도 하지 않는다는 것은 당시 산촌에서는 흔한 일이 아니었으므로 토시치는 어릴 적부터 그런 아버지의 모습을 보면서 장차 자신도 크면 제대로 제 앞가림을 할 수 있는 사람이 되리라 마음먹었다.

"토시치, 저 구리고마산을 잘 봐둬라."

아버지는 뒷산에 있는 밭에 일하러 나갈 때마다 어린 아들에게 일렀다.

"저 산은 옛날부터 우리가 하는 일은 무엇이든 다 알고 계신

단다."

"산에는 산신이 계시죠?"

토시치는 아버지가 늘 하던 얘기를 기억하고는 먼저 말했다. 그러자 아버지는 "그래. 나쁜 짓을 하면 산신이 노해서 벌을 내리신다."라고 말했다.

아버지는 어린 토시치에게 이렇게 정직을 가르쳤다. 토시치는 장남이 아니었으므로 언젠가는 독립해야 할 운명이었다. 그래서 아버지는 늘 어린 자식의 앞날을 염려했다. 치바는 후에 이 일에 대해 '아버지는 얌전한 성격을 가진 나의 장래를 항상 염려하셨다. 늘 정직하게 자라길 바라셨다'고 일지에 적고 있다.

"고향의 구리고마산은 일생 동안 내 마음의 거울이었고, 산신도 실제로 계신다고 믿었습니다. 언제나 느낄 수 있는 대자연의 숨결은 마음의 지주가 되었습니다. 대륙에서 지내는 동안에도 산신이 계신 곳을 향해 두 손을 모아 예를 올렸습니다. 고향이 무척 그립더군요."

토시치가 마을의 소학교에 입학한 것은 1891년이었다. 학교라고는 하지만, 당시 교육제도가 확립된 지 겨우 10년밖에 지나지 않은 일본의 소학교는 교사도 수업내용도 옛날 서당의 그것과 별 차이가 없었다. 그래도 학교 건물은 2년 전에 신축한 새 건물이었으며, 이미 의무교육제가 실시되어 마을 아이들은 모두 학교에 들어가야 했다. 교육기간은 원칙적으로 만 6세에서 9세까지 4년간이었는데, 이것을 심상과라고 한다. 그리고 더 공부하고 싶으면 수업료를 내고 고등과에 진학해야 했다. 고등과를 병설한 '심상고등소학교'는 1897년까지도 그나마 지방의 주요 마을에나 있었다. 토시치는 고등과 공부를 더 하기 위해 다테번가로 성이 있는 이웃 마을까지 가야 했다. 결국 일본 근대화의 여명이 된 메이지 제도개혁도 토시치의 소년 시절에는 아직 정립되지 못했기에 향학열에 불타는 아이들이 그 혜택을 받기에는 아직 일렀다.

그 당시 아버지는 어디서 듣고 왔는지 곧잘 이런 말을 했다.

"현재 일본은 260년이나 계속되어온 토쿠가와 막부 시대의 제도와 풍습을 개혁하고 서양의 근대화를 받아들이고 있다. 영국과 독일을 본보기로 그들에게 뒤처지지 않는 강한 새 나라를 만든다는구나. 군대도 앞으로는 '국민개병'이 되어 능력만 있으면 누구든지 군인으로 출세할 수 있다. 이제 농민의 자식도 공부만 하면 훌륭한 군인이 될 수 있어."

국민개병의 군인이란 신분은 이제껏 무사나 지주들에 의해 억압받아온 농민들에게는 매력 있는 신분이었다. 그리고 이제 가난한 농촌 젊은이들에게도 한줄기 희망이 보인다는 생각에 아버지 신기치는 얼굴에 미소를 지었다.

그러나 농촌의 실정은 아직 냉혹했다.

토시치가 태어나기 약 20년 전인 1866년 7월, 다테번 북부(현 미야기현 구리하라군 일대)에서 대규모의 농민봉기가 있었다. 물론 토시치의 마을 사람들도 참여했다. 지난해부터 이상기후로 계속 흉년이 든 데다가 재정난에 허덕이던 번(藩)이 거둬들이는 가혹한 현물세 징수가 그 원인이었다. 군대관(郡代官)을 보좌하는 나누시·쇼야(名主 庄屋, 에도시대 막부 직할지의 연공 · 공무를 맡아보던 지방관 밑에서 민정에 종사한 구실아치-옮긴이)들을 선두로 수천 명의 농민들이 현물세의 감면을 요구하며 번주(藩主)가 있는 센다이성으로 향했다. 나누시 · 쇼야는 에도 시대의 정 · 촌장에 해당하는 직책으로, 칼도 찰 수 있었으며 지금의 촌장 이상의 권한이 있었다. 그들이 발기인이 되어 소라고동을 불고 깃발을 휘날리며 오오슈가이도로 돌진하니 길가에 있던 백성과 장사꾼도 합류하게 됨으로써 큰 사건으로 번지자 번에서는 총포대까지 동원해 진압에 나섰다.

이 봉기의 후유증이 아직 마을 사람들의 뇌리에서 지워지지 않은 상태인 1871년에 폐번치현(廢藩置縣, 명치시대 때 종래의 번제도를 폐지하고 현을 설치한 행정개혁-옮긴이)이 시행되자 토시치의 마을은 다시 엉망이 되었다. 고향인 구리하라 지방 등 북부 4군이 잠시 미즈사와현(水澤縣, 현 이와테현) 관할이 되어 마을의 분합이 두서없이 추진되었기 때문이다. 그리고 1873년의 세법개정으로 인해 이때까지는 물납(쌀)이었던 조세가 현금 납부방식으로 개정되자 자작 농가의 부담이 갑자기 늘어나 납세자들을 괴롭혔다. 세율도 높아져 곳에 따라서는 농지를 팔아 버리는 일도 생겼다. 지주에게 세를 바치는 소작인의 경우도 부담이 늘어나긴 마찬가지로, 농민들의 생활은 점차 궁핍해져 갔다. 그들은 부수입을 얻기 위해서 집집마다 가족 모두가 총출동하여 양잠이나 지주의 허드렛일을 하고 삯을 받는 등 뼈빠지게 일했다. 어떤 이들은 죽을 때까지 지주의 머슴살이를 해야 했다. 1873년 징병령이 공포되었다. 농가의 차

남, 3남을 대상으로 했으나 처음에는 일손이 부족한 농촌에서는 별로 지원하는 자가 없었다. 1876년에 치바의 고향인 사피라이를 비롯한 네 군의 마을이 미야기현으로 소속되었다. 그리고 1889년의 정촌제 시행으로 다시 이웃 마을과 합병되어 미야기현 구리하라군 도리야시키촌 사피라이로 정착되면서 비로소 마을은 안정을 찾게 되었다. 또한 군대의 기구가 정리되고, 만 17세 이상의 남자를 대상으로 국민개병제가 실시된 것도 그 해부터이다.

'농민의 자식도 공부만 하면 훌륭한 군인이 될 수 있다.'

아버지가 치바에게 이 얘기를 하게 된 것은 신정부의 부국강병책이 이 무렵부터 추진되면서 거국적으로 오른 사기가 지방의 산촌에까지 퍼진 연유로, 심지어 마을 노인들까지도 정국에 관해 이야기하게 되었다.

"명치유신에 온 힘을 다했던 사이고 타카모리나 오쿠보 토미찌 같은 이들이 죽고, 이제 이토의 시대다. 총리대신에 오른 그가 앞으로 어떤 일을 해줄지 기대가 되는구나."

아버지는 저녁을 들며 진지한 표정으로 이렇게 말하곤 했다.

1885년에 내각제도가 발족되었고, 초대 수상이 된 이토 히로부미가 수상에 재임명된 것은 토시치가 소학교 2학년이 되던 1892년이었다. 당시 아버지는 이토 내각과 일본의 장래를 애기하며 눈을 빛냈다.

"일본은 막부 말기에 체결된 구미 열강과의 불평등조약을 서둘러 개선해야 돼. 국민개병은 그들과 맞서 싸울 힘을 기르기 위해 만든 거다. 그건 그렇고, 조선에서는 요즘 여러 문제들이 일어나고 있다던데 어찌 될런지……."

가난한 산촌 마을이지만 사람들은 '일본의 진로'에 큰 관심을 갖고 있었다. 그리고 국력을 키우기 위해 메이지 시대에 일본이 국운을 걸고 조선으로 진출하는 문제, 이른바 한일외교의 장래도 일반 서민들 사이에서 화제가 되었다.

그중에서도 말년의 치바에게 평생 잊지 못할 존재가 되어 버린 초대 수상 이토 히로부미가 일본 근대화는 물론이고, 장차 큰 외교문제가 될 한일관계에 영향을 미칠 대정치가라는 것은 그도 소년 시절부터 잘 알고 있었다. 비록 동북지방의 외딴 산골이지만, 정치의 영향과 무관할 수 없었으므로 유신정부의 모든 제도개혁과 부국강병을 향한 나라의 방침은 토시치와 마을 소년들에게도 큰 격려가 되었다. 장차 청운의 꿈을 품고 고향을 떠날 이 젊은이들에게는 나라의 방침에 따라 소학교를 우수한 성적으로 졸업하는 것이 우선이었다.

"앞으로는 학문이 무엇보다도 중요하다."

아버지 신기치 역시 늘 토시치에게 학업에 힘쓰길 강조했다.

훗날 치바는 그때의 일을 이렇게 회상하고 있다.

"나는 솔직한 소년이었습니다. 호기심도 많고 역사에 관심이 많아서 아버지가 시키지 않아도 옛날 이야기 책을 많이 읽었습니다. 마을에서도 교육열이 있어서 소년들을 모아놓고 한문을 공부하게 했습니다. 또 한의사였던 한 이웃 노인이 역사 시간에 들어와 자신의 해박한 지식을 바탕으로 메이지유신을 비롯한 일본의 역사를 재미있게 가르쳐주었습니다. 이런 추억들은 아직까지 잊혀지지 않습니다.

그러나 가난한 산골에서 상급학교에 진학한다는 것은 꿈도 꿀 수 없었습니다. 아버지도 고등소학교까지만 가라고 했고, 때문에 꿈은 이루지 못했으나 후에 고등문관 시험을 보기로 결심하고 독학으로 계속 공부했습니다."

당시 그가 서당에서 배웠다는 '유신사(維新史)'는 당시로서는 귀중한 지식이었다. 그리고 말년에 자신도 깊이 관련하게 된 한국(1897년 10월, 국호였던 '조선'을 '대한제국=한국'으로 개칭했다)과 일본의 역사를 생각할 때마다 늘 그때 배웠던 내용이 떠올랐다. 치바가 나중에 알게 된 한일 간의 역사와 메이지시대 한일사의 개막을 여기서 조금만 살펴보자.

일본은 1868년(메이지 원년) 신정부 발족과 함께 신제도를 구미를 비롯한 외국에 통고하고, 조선에 토쿠가와 막부시대와 같이 츠시마번(對馬藩)을 중계로 간접외교를 계승한다는 방침을 전했다. 당시 부산에는 츠시마번이 책임지고 관리하는 왜관이 있었는데, 그곳에는 4백 명 이상의 일본인이 살고 있었다. 토쿠가와 막부가 토요토미 히데요시의 조선침략 후에 단절되었던 국교를 1607년에 회복시켰으나 츠시마번을 중계자로 한 간접외교는 계속되었다. 일본의 사절이 수도 서울까지 가지 않고 조선의 국왕에게 문서와 진상품을 제출하고, 희사품을 받아가는 사절외교 형식을 취했고, 사무역(私貿易)도 다시 인정되었다.

츠시마번이 부산 왜관에 정치체제 변경사항을 알리기 위해 사절을 보낸 것은 12월 중순이었다. 제출한 문서에는 「황칙(皇·勅)」이란 글자가 있었고, 날인도 조선에서 츠시마번주에게 준 옛날 도장이 아닌 일본 조정의 새 도장이 찍혀 있었다. 조선에서는 문서 접수를 거부하고, 사절에게 즉시 귀국할 것을 명령했다. 이것이 바로 메이지시대의 한일관계를 출발부터 복잡하게 만든 '서계문제(書契問題)'이다.

조선이 일본과의 교섭을 완강하게 거절한 것은 실권을 쥐고 있던 대원군의 쇄국주의 때문이었다. 대원군이란 국왕의 아버지에 대한 존호로, 본명은 이하응이었다. 국왕 고종이 아직 어렸기 때문에 대신 집권하고 있었다. 국내적으로는 재정이 궁핍하고, 대외적으로는 구미제국의 개국 압력으로 인해 다사다난한 시기였으나, 무력 저항으로 한층 더 강도 높은 쇄국정책을 실시했다. 또한 부산에서는 츠시마번주와 문제가 발생하여 왜관외교는 단절상태였다.

그래서 일본은 1873년 츠시마번의 철수를 결정하고, 왜관을 외무성 소관으로 돌려 명칭도 일본공관으로 고쳤다. 왜관의 2백 년에 걸친 역사는 이렇게 막을 내렸다.

이후 1875년 9월 발생한 강화도 사건은 한일외교의 전기가 되었다. 조선 근해의 측량을 목적으로 파견된 일본군함이 급수를 위해 강화도에 접근했다가 포격을 받은 것이다. 한강하구에 위치한 강화도는 수도 서울에 물자를 운반하는 수로의 안쪽에 위치해 있으므로 일본뿐 아니라 당시 개국을 요구하던 구미 열강도 공격을 받았다. 이 사건을 계기로 일본에서는 정한론(征韓論)이 더욱 확대되어 조정과 민간 모두 감정이 고조되었다.

1876년 2월 27일 이 사건으로 강화도에 상륙한 일본의 전권단(全權團)은 조선과 '강화도조약'(조일수호조규)을 체결했다. 조약의 내용을 보면 부산 이외에 두 곳의 항구를 개항하고, 6개월 이내에 통상규칙과 조약의 세칙을 협의하여 15개월 후에는 일본공사의 서울 주재를 인정할 것이 포함되어 있었다. 그러나 일본이 통상 개시를 요구하는데 비해 조선은 교린정책 회복에 그쳤기 때문에 조약은 상호적인 것이 아니었다. 개항에 관한 교섭은 순조롭게 이루어지지 못했으며, 여러 문제들이 계속 쌓여만 갔다. 조선의 개화파와 수구파의 대립으로 국론이 소란해져 심지어 무력 투쟁으로까지 번졌기 때문이다.

같은 무렵 일본에서는 1877년에 있었던 서남전쟁에서 메이지유신에 큰 공을 쌓았던 사이고 타카모리가 전투에 패배하여 사망했고, 역시 유신정부에서 가장 개혁적이며 정한론을 반대하던 키도 타카요시도 사망했다.

그리고 다음 해에는 유신정부의 중심인물로서 정한론에 반대하던 오쿠보 도시미치 역시 사망했다. 이와 같이 명치유신을 감행하는데 지도적 역할을 수행한 세 사람의 잇달은 죽음은 유신정부의 수뇌부 구성에 큰 영향을 끼쳤다. 키도 타카요시를 모시던 쬬슈번(長州藩)의 하급무사인 이토 히로부미와 같은 인물들이 그들을 대신해 신정부의 지도자로 대두되었다.

'강화도조약을 시작으로 본격적으로 시작된 유신 일본의 조선 진출공세는 1895년의 청일전쟁이 종결될 때까지 강제적으로 추진되었다. 약 20년간 조선의 정치정세는 망국적 당파싸움에 휩싸여 있었고, 이를 계기로 일본과 청국은 조선의 지배권을 놓고 노골적인 다툼을 시작했다. 결국 전쟁에 승리한 일

본은 조선을 예속화하고 급속히 지배권을 확립해 갔다.'

치바가 안중근에게 들었던 이 이야기의 내용대로 근세 조선이 외국과 처음으로 체결한 강화도조약으로 일본은 조선 내정에 깊숙이 파고 들어갔다. 메이지유신 이후 아직 남아 있던 호전적인 일자리를 잃은 무사들을 이끌고 해외진출을 향한 정열을 불태우던 일본의 정세에 그 원인이 있었던 것으로 보인다. 이 과정에서 발생된 대조선 문제를 치바는 다음과 같이 회고하고 있다.

'개국 이후 일본과의 무역이 활발해졌는데, 조선에서 일본으로 가는 수출품 중 쌀이 8할을 차지했으므로 쌀 부족을 둘러싸고 관리의 쌀 부정유출 사건이 일어나기도 하고, 군인들에게 월량(月糧, 현품지급)을 13개월치나 지급하지 못해 5천여 병사가 390일이나 무급으로 근무하는 상태였다. 농민도 농사 지은 쌀을 먹을 수 없는 상황이어서 실업과 기아에 허덕이는 부랑민이 넘쳐나게 되었고, 내정이 극도로 피폐해 있었다.'

이 결과 끝내는 조선에서 병사들의 폭동이 발생했다. 이것이 바로 1882년에 일어났던 임오군란이다. 당시 조선은 대원군 대신 명성황후를 중심으로 명성황후 일족이 권력을 잡고 있었다. 명성황후는 조선 국왕인 고종의 비로, 대원군 부인의 동생이었으나 대원군과는 국운을 걸고 싸움을 계속했다. 명성황후 일족이 지향하는 근대화 정책 중에 군의 양식화가 있었는데, 여기에서 낙오된 병사와 양식군대 사이에 일어난 것이 임오군란이었다. 군의 양식화 훈련을 지도하던 일본군 장교가 살해당하자 군란진압으로 집정 자리에서 물러나 있던 대원군이 왕명에 의해 다시 등장하면서 정변화되었다. 반란군에는 명성황후 일족의 정책에 불만을 품고 있던 민중들도 합세했다. 그들은 대원군을 보호한다는 미명하에 더욱더 거세졌다. 이를 진압할 수 있는 사람은 대원군뿐이라는 판단 아래 그를 다시 불러들였으나, 결과적으로는 명성황후 일족 타도와 일본에 대한 무력투쟁으로 그 성격이 변해 갔던 것이다.

이러한 정세변화는 조일(朝日) · 청일(淸日) 관계까지 복잡하게 만들었다. 당시 조선은 내정과 외교에 있어서 완전한 독립국이었지만, 아직 청국의 속국이기도 했다. 즉 종주국인 청국은 조선의 영토보전에 도덕적 의무를 갖는 전통적 관계를 유지하고 있었다. 그래서 청국은 이 군란을 통해 일본과 조선의 움직임을 주시하면서 서울 주둔군 3천 명의 병력으로 조선을 제압, 정변의 원인이 된 대원군을 납치해서 종주국의 지위회복을 도모했다. 조선의 병제(兵制)를 청국의 지휘하로 되돌리고, 내정개혁을 착수하여 명성황후 정권을 위기에서 구했다.

그러나 일본도 강화도조약에서 '조선을 독립국으로서 승인하고 청국과의 종속관계는 부인한다' 는 입장을 취했기 때문에 청국과 대립하게 되었다.

1882년 10월 조선은 박영효, 김옥균 등의 개화파 수신사를 일본에 파견하여 임오군란에 대한 사죄와 피폐한 재정을 재건하는데 필요한 돈줄을 마련케 했다. 한편 청국에도 역시 같은 사절단을 파견하여 보다 적극적인 개화책과 지원을 요구했다. 이는 당시 조선에 개화정책을 종주국인 청국에 의존해 추진하려는 수구파와 일본을 모델로 독립을 달성하려는 개화파가 팽

팽하게 대립하고 있었기 때문이다.

1884년 12월 수구파와 개화파의 대립이 극에 달하자 마침내 갑신정변이 일어났다. 정변은 청군의 출동으로 사흘 만에 끝났지만, 일본도 깊이 관여하고 있었기 때문에 청국측과 군사적 충돌이 발생했다. 이때 정변 처리의 선후조약(善後條約)으로써 조선과의 사이에 체결된 것이 한성조약이며, 청국과 체결된 것이 천진조약이다. 그리고 이 무렵부터 드디어 이토 히로부미가 일본 외교의 표면에 등장하게 된다.

1885년 2월 치바 토시치가 태어났을 무렵 견청특파전권대신(遣淸特派全權大臣)으로 뽑힌 이토의 전권단은 4월 3일부터 천진에서 회의를 거듭한 결과, 15일에 타결을 보았다.

이 천진조약의 골자는 다음의 세 항목으로 구성되어 있다.

1. 청일 양국은 다 같이 조선에서 철군한다.
2. 군사 교관의 파견을 다 같이 정지한다.
3. 조선에 출병할 때는 양국이 다 같이 사전 통고한다.

당시의 일본 여론은 대국인 청국과의 교섭이 평화적으로 타결되자 모두 안심하고 있었다.

그런데 천진조약이 체결되기 전인 1884년 9월에 발발한 청불전쟁의 결과, 프랑스에 패한 청국은 베트남의 종주권을 잃고 대만에서 철병, 조선에 대한 종주국으로서의 권위 역시 크게 잃고 말았다. 그리고 청불전쟁은 신흥국 일본에 두 가지 힌트를 주었다.

첫째는 프랑스를 본받아 청국의 전통적인 종주권을 빼앗으면 조선에 대해 권리를 주장할 수 있다는 점과 둘째는 청국의 패배가 해군의 궤멸에 있었다고 보고, 일본 해군을 강화해야 된다는 논리였다. 이러한 정세 속에서 일본은 1885년에 내각제도가 발족되어 초대 수상에 이토가 임명되었다. 이어서 헌법이 공포되고 의회가 개설되는 등 일본의 제도는 하나 둘씩 서구의 그것을 모방하여 정비되었으며 내정을 충실히 함은 물론, 나아가 부국강병의 방침이 추진되었다.

한편 청일 양국의 강력한 두 정치세력의 틈바구니에서 국내의 정치사정마저 복잡했던 당시의 조선은 서구열강과는 어떠한 관계를 갖고 있었을까? 우선 주목할 만한 사실은 1882년의 조미조약(朝美條約)을 시작으로 약 5년이라는 짧은 기간 내에 거의 모든 열강과 개국조약을 맺은 것이다. 이미 열강들의 진출을 막을 수 없는 상황에 몰려 있었기 때문이다. 그 사이 서구가 처음으로 조선을 영토분할 대상으로 삼았던 거문도 점령사건이 일어났다.

이에 조선은 독립의 길을 제3의 세력인 러시아를 통해 구하기 위해 극비리에 러시아 황제에게 사신을 파견해 '조러비밀협정(朝露秘密協定)'의 체결을 시도했다. 그러나 이 조약이 '조선을 보호하고, 제3국과의 분쟁에는 러시아군을 출동시킨다'는, 일본과 청국 양국의 천진조약과 동일한 출병 권리를 분명하게 제시하고 있음을 알게 된 청국은 강력하게 협정의 체결을 저지했다. 이를 계기로 조선, 특히 명성황후와 그 일족은 청일전쟁이 시작되기 전까지 청국의 심한 감시를 받게 되었다.

이 무렵 일본은 제1차 이토 내각이 들어서 있었는데, 조선 국내에서는 앞에서 말한 갑신정변을 기도하다 실패하고 일본에 망명중인 조선독립당 간부 김옥균 등의 처리문제가 대두되었다. 김옥균의 일본망명은 일본과 대립하고 있는 청국에 불쾌감을 주었고, 조선이 재차 정변을 시도할지도 모를 불안의 씨앗이었기 때문이다. 일본은 조선의 김옥균 인도 요구를 일단 거부하고, 결국 그를 국외로 추방하기로 결정했다. 해외에서 유랑하던 김옥균은 1894년 3월 상해에서 암살되었고, 이 사건은 청국에 대한 일본의 감정을 악화시켰다.

'아무리 그렇다지만…….'

치바는 자신도 관련되어 있는 조선과 일본의 관계를 돌아볼 때마다 메이지유신 이후 어떻게 일본이 그렇게까지 깊이 조선 문제에 개입할 수 있었는가에 대해 의문스러웠다. 그리고 타이코 히데요시가 저지른 조선 출병의 전철을 밟지 않고, 260여 년 이상 우호를 유지한 토쿠가와 막부 정권을 새삼 그리워하게 되었다.

'타이코는 벼락출세한 놈' 이라고 야유하던 마을 노인들의 말이 문득 진실로 다가왔다. 어찌 되었던 간에 일본은 조선을 둘러싸고 대국인 청국과 심하게 다투게 되었다.

강화도조약(1876년)으로 조선이 일본에 개국을 허용한 지 10년이 지나자 부산, 원산, 인천 3개항에 일본전관거류지(日本傳管居留地)가 생기고, 수도 서울도 거주지로 개방되어 많은 일본인이 살게 되었다. 상업과 공업으로 이익을 보고 조선으로 건너오는 일본인이 늘어남에 따라 경제적인 마찰과 분쟁도 차차 눈에 띄기 시작했다. 그 한 가지 예로 조선과 일본 간에 중대 문제가 된 방곡령(防穀令) 사건을 들 수 있다.

방곡령이란 곡물의 국외유출을 우려한 조선이 곡물의 수출을 금지한 법령으로, 한일통상장정에는 법령을 발령할 때에는 1개월 전에 사전 통고하도록 정해져 있었다. 사건의 발단은 일본 상인들에 의한 대두수출이 활발하던 원산에서 1887년 11월에 방곡령이 발령되었는데, 사전통고 기한이 지켜지지 않은데 있었다. 일본 상인들은 농민에게 높은 이자로 돈을 빌려주고 수확철에 작물로 대신받았는데, 방곡령이 발령되자 대두의 수출이 금지되고 대두를 집하할 수 없게 된 그들은 큰 타격을 입게 되었으므로, 그로 인해 발생된 손해금액 14만7천 엔을 조선측에 요구했다. 이후 조일교섭은 난항을 거듭하다 4년 후인 1893년 3월 하순에 두절 상태에 이르렀다.

당황한 이토 수상은 청국의 이홍장 총독에게 직접 전보를 보내 '형편에 따라서는 최후의 수단을 단행할지도 모른다' 고 통보했다. 조정 역할에 나선 이홍장은 조선에 강력히 지시하여 간신히 배상금 11만 엔을 일본에 지불하게 하는 것으로 사태를 수습시켰다. 조선이 타협에 따른 것은 때마침 발생한 '동학의 난' 에 대한 대응책 마련에 고심하고 있었기 때문이다.

조선 말기의 민간종교인 '동학(東學)' 은 동방, 즉 조선의 학(學)이란 의미로서 서방의 학, 즉 그리스도교에 대한 반대 개념이다. 조선 남부에 근거지를 두고 1893년 3월 하순 서울의 왕궁 앞에서 동학교도들이 외래종교를 배척할 것과 교단의 정당성을 요구하며 상소하자 마침내 사건화되었다. 이 상소운동은 외래종교의 배척과 함께 조선 정치에 대한 민중의 불만을 대변하는 역할도 포함되어 있었다. '척왜양화창의(斥倭洋化倡義, 일본과 서구를 배척하고 의를 주창함)'를 주장하였다. 당시 서울에서는 대원군 저택 폭파, 의화궁(義和宮) 방화사건 등이 연달아 일어나 사회불안이 고조되었으며, 동학운동은 엄중하게 탄압되어 일단 그 열기는 가라앉았다.

그러나 1894년에 일어난 갑오농민혁명운동은 농민의 조직적인 봉기의 양상을 보였다. 10개월 만에 실패로 끝난 농민혁명이었으나, 그 과정에서 한때 조선 왕조의 발상지인 전라북도 전주가 혁명군의 손에 함락되어 조정에 큰 충격을 주었다.

동학의 사명 중에 '민족을 주체로 하여 교의, 정치, 군사를 분리하지 않고 국가에 충성으로 봉사한다. 호국안민을 주로 하여 농민혁명을 주도한다. 척왜(斥倭)·척양(斥洋)을 추진하여 민족독립을 쟁취한다'는 내용이 있는데, 종교단체라기보다 일종의 민족주의를 주창한 새로운 정치단체였다. 그것은 조선말기의 그릇된 정치로 인해 피해를 입은 농민과 반일·반구미 의병운동과도 연결되어 전국적인 폭동으로 번졌다.

여하튼 전주가 함락되자 조선은 청국에 출병을 요청했다. 청국은 병력을 출동시키게 되면 일본의 출병이 따를 것이 염려스러웠지만, 조선의 요청을 받아들여 1894년 6월 6일 천진조약에 의거해 일본에 출병을 통고했다. 그리고 9일과 10일 양일에 걸쳐 1차로 2천4백 명의 병력을 충청북도 아산에 상륙시켰다.

이토 내각도 6월 7일에 '내란에서 재류 일본인을 보호한다'는 명목으로 일본군 출병을 통고했다. 이토 내각의 방침은 '청일 공동으로 동학을 진압하고, 평정 후 조선의 내정개혁을 위해서 청일 공동위원회를 설치한다'는 것이었다. 그러나 내정개혁에 있어서는 병력을 철수하지 않고 단독으로라도 실행할 계획이었다.

이러한 「청일공동 조선 내정개혁 제안」은 거부당할 것이 뻔했지만, 결국 일본의 출병 명분은 재류 일본인 보호에서 내정개혁을 위한 압력으로 점차 변해 갔다.

조선은 내란이 이미 진압되었으니 군사를 철수해 달라고 요청해 왔다. 청국은 공동철군 후에 내정개혁을 해야 한다고 주장했다. 청국과의 군사 충돌을 결심했던 이토 내각은 단독으로 조선 내정개혁에 개입하기 위해 청국에 납치되었다가 명성황후 일족의 박해로 고통을 겪고 있는 대원군을 등에 업고 7월 말 쿠데타를 일으켜 친일정권을 수립시켰다. 동시에 마침내 8월 1일 청국에 선전포고를 했다.

청일전쟁이 시작될 당시 치바 토시치는 소학교 4학년 학생이었다. 1894년 8월 1일 어느 더운 여름날 토시치는 평생 잊을 수 없는 추억을 간직하게 되었다. 처음으로 산신님이 계시는 구리고마산을 오르게 되었기 때문이다. 장마가 끝이 날 즈음의 구리고마산은 일 년 중 가장 아름다웠다. 표고 1,628미터의 정상 부근에는 수많은 고산식물들이 곳곳에 꽃을 피워 짧은 여름 동안 꽃의 향연을 벌이고 있었다. 하얀 애기벚꽃과 분

홍빛 매화꽃이 한데 어우러진 아래로 이름 모를 작은 꽃들이 만발했다. 토시치는 꽃을 좋아했다. 긴 겨울이 끝나고 이제 막 찾아온 여름을 화려하게 장식한 바위 그늘의 꽃들이 한없이 아름답고 사랑스러웠다.

토시치는 "4학년이 되면 산신님 계신 곳에 데려가 주마"던 아버지의 약속대로 하루 빨리 꽃밭에 둘러싸인 영봉에 오르고 싶었다. 매년 8월 1일이 되면 아버지는 마음이 맞는 마을 사람들과 구리고마에 올라 일출을 맞았는데, 이번 여름 처음으로 함께 참여하게 된 토시치는 '이제 자신도 어른이 된' 기분이었다.

전날 산중턱에 있는 오두막에서 묵은 마을 사람들은 다음 날 새벽 0시가 지나자 오두막을 나섰다. 토시치는 아버지의 뒤를 따라 어둡고 구불구불한 산길을 묵묵히 올라갔다. 동트기 전의 산은 몸이 떨릴 정도로 춥고, 뭐라 형용할 수 없는 성스러운 기운마저 감돌았다. 별이 가득한 하늘을 올려다 볼 수 있는 정상에 막 올랐을 때, 아버지는 "산신님 곁에 거의 다 왔다."라고 말했다.

치바는 아버지의 말을 듣고서야 비로소 마음이 놓였다. 순간 긴장이 풀리며 묘한 안도감에 젖었다. 커다란 화산암이 즐비한 정상 저편에 작은 도리이(鳥居, 신사 입구의 문-옮긴이)가 서 있는 신전이 어렴풋이 눈에 들어오자 토시치는 '이것이 바로 아버지가 말씀하시던 산신님이 계신 집'임을 깨달았다. 아버지는 신전 앞으로 다가가 "자, 함께 절하자. 해님이 나타나면 산신님이 하늘로 올라가 버리신다"고 말했다. 토시치는 아버지를 따라 신전을 향해 두 손을 모았다. 그러자 눈앞에 정말 산신님이 서 계신다는 느낌이 들었다. 동녘 하늘이 밝자 먼바다 끝에 펼쳐져 있는 수평선 위로 오색찬란한 아침 해가 떠오르기 시작했다.

"이제야 해님이 올라오는구나."

아버지는 잠시 혼잣말을 하고는 부동자세로 해돋이를 바라보고 있었다. 감개무량해 하는 아버지의 뒷모습을 보며 토시치는 '아버지는 산을 정말 좋아하시는구나' 하고 생각했다. 그러나 그에게는 전부터 한 가지 의문이 있었다.

'하늘에 오른 산신님은 대체 어디로 가시는 걸까? 아니, 왜 하늘로 올라가실까?'

아버지는 그런 토시치의 마음을 알아차리기라도 한 듯 이렇게 말했다.

"산신님은 지저분한 인간들이 있는 곳을 싫어하시고, 해님과 같이 밝고 따뜻한 곳을 좋아하신단다. 봐라, 해님은 점점 높은 하늘로 올라가지 않니? 산신님도 날이 새면 저 해님처럼 인간이 가까이 다가갈 수 없는 맑고 깨끗한 하늘로 올라가신단다. 해님 등에 업혀서 말이다."

아버지의 설명을 들으며 토시치는 순식간에 하늘 높이 솟아오른 태양을 지긋이 바라보았다. 어느샌가 주변 산등성이가 일제히 밝아지면서 온통 초록빛에 둘러싸인 싱그러운 꽃밭이 선명하게 모습을 드러냈다. 그때 그 광경은 한창 감수성 풍부한 소년 토시치의 마음속에 영원히 잊지 못할 신비로움으로 아로새겨졌다.

태양이 동쪽 하늘 높이 떠오른 오전 6시 반경 마을 사람들은 신전 앞에 둘러앉아 미리 마련해온 주먹밥으로 아침을 먹었다. 1,600미터 정상에서 올려다보는 하늘은 파랗고 투명했다. 안개와 같은 구름이 눈 앞으로 다가왔다가는 어느새 슬그머니 골짜기로 사라지곤 했다. 토시치는 웅대한 대자연의 움직임을 뚫어지게 바라보았다. 모든 것이 생전 처음 보는 것이었다. 온몸이 흥분되어 눈에 보이지 않는 미세한 말초신경까지 일제히 깨어나 약동하는 기분이었다.

꽃이 만발한 경치를 바라보며 한 시간가량 휴식을 취한 마을 사람들은 산을 내려가기 시작했다. 올라갈 때와는 다른 길로 내려왔는데, 넓은 숲 사이로 난 길 양쪽에는 햇살 아래 한가로이 서 있는 너도밤나무와 마을에서는 볼 수 없는 많은 나무들이 하산길 역시 즐겁게 해주었다. 점심때가 지나 무사히 마을에 도착함으로써 이번 등산행사는 끝이 났다. 토시치에게 있어서 '8월 1일' 은 잊을 수 없는 추억으로 남게 되었다.

청일전쟁의 선전포고가 마을에 전해진 것은 다음 날의 일이었다.

"이번에는 큰 전쟁이 될 것 같구나."

아버지는 저녁 식사를 하며 가족들에게 얘기했다.

1873년 징병령이 공포된 지 올해로 22년이 되지만, 그동안 토시치의 마을에서 전쟁에 나간 사람은 15, 6명 정도에 불과했다. 그나마 거의 국내의 분쟁에 참가한 게 다였으므로 1877년의 서남전쟁에서 사이고 타카모리 군대와의 싸움에서도 토시치 마을의 출신자들은 모두 무사했으며 해외 출정 경험자는 한 사람도 없었다. 다행스럽게도 마을 사람 가운데 전사자는 아직 없었다. 아버지는 '이번엔 마을에서도 꽤 많은 사람들이 출정하게 될 것이니 그만큼 희생자도 나오게 마련'이라며 염려했다.

그로부터 1주일쯤 후인 8월 10일, 여름방학 중이던 토시치와 같은 학교 아이들은 임시 등교 명령을 받고 1학년에서 4학년에 이르는 백 명 남짓한 전교생이 아침 조례시간에 교정에 모였다. 이미 개전 소식을 알고 있는 학생도 많았고, 개중에는 '청군이 곧 우리 마을에도 쳐들어온다'고 떠벌리며 아이들에게 공포심을 부추기는 아이도 있었다. 토시치는 왠지 무서웠다. 단상에 오른 교장선생은 학생들의 얼굴을 훑어보더니 어렵게 입을 열었다.

"천황폐하께서 지난 1일 말씀하셨습니다."

일본이 먼저 청국에 전쟁을 선포했다는 사실을 알린 교장선생은, "이미 몇백 년 전부터 우호관계를 맺고 있는 조선이 혼란스러워 일본이 그것을 바로잡아 주려고 애쓰고 있는데, 청국의 방해를 응징하기 위함이다. 청국과의 전쟁은 어디까지나 조선의 독립을 지켜주기 위함이요, 또 아시아의 평화를 지키기 의한 것"이라고 그 원인을 설명했다.

학생들은 모두 진지한 표정으로 듣고 있었다. 토시치 역시 일본과 이웃 나라들 간의 현재 상황에 큰 관심을 갖게 되었지만, 충분히 이해하기에는 아직 시간이 필요했다. 다만 학교에서 선생님에게 배운 게 전부 다 옳다고 믿는 어린 소년 치바는 일본은 정의롭고, 청국은 미운 적의 나라라고 여기게 되었다.

조례가 끝나고 교실로 들어간 학생들은 모두 긴장된 표정으로 평소와 달리 가라앉아 있었다. 조례시간의 침통한 여운이 여전히 소년들의 마음에 남아 있었기 때문이다. 메이지유신 이후 일어난 이 전쟁은 도요토미 히데요시의 조선침략(1592~1597) 이후 약 300년 만에 맞는 본격적인 해외전쟁이었다. 노인들 중에는 메이지유신 전야의 무진전쟁에서 관군에 붙을 것인가, 막부에 붙을 것인가를 놓고 크게 흔들리던 지방 다테번의 참담한 결말과 그후 서남전쟁에서 사이고 타카모리의 참패 등을 떠올리는 사람들도 많았다. 많은 사람들이 청일전쟁으로 인해 모처럼 평화로워진 일본의 앞날에 먹구름이 드리우게 되지 않을까 염려했다.

"동북지방은 옛날부터 언제나 뒷전이었으니까."

노인들의 푸념 속에는 유사 이래로 항상 중앙정권으로부터 오랑캐 취급을 받고 복종을 강요당해온 설움이 담겨 있었다. 남에게 폐 한 번 끼친 일 없이 조용히 살아가는 마을 사람들에게 갑작스런 위정자의 명령이 날아드는 모습은 예나 지금이나 별로 변한 것이 없었다. 징병령도 조세개정도 모두 그들의 생활을 위협했다.

마을 노인들은 명령에 복종해야 하는 시대이니 농민들은 그저 체념하고 살아가는 수밖에 없었지만, 그만큼 보잘것없는 백성들이 평화롭게 살 수 있도록 나라가 시의적절한 판단을 해주기를 늘 갈망했다.

그 그릇된 판단으로 마을 사람들을 불행하게 만든 사건이 발생했다. 바로 무진전쟁이다. 당시 마을을 다스리는 다테번은 중앙의 새 정부와 구막부 사이에서 어느 편에 동조하여 가담할지에 대해 결단을 내려야 했다. 그러나 우유부단한 번주와 행정 수뇌부가 쓸데없이 시간을 지체한 결과 막부에 협력하는 오우열번동맹(奧羽列藩同盟)을 성립시켜 놓고 새 정부를 따르고 말았다. 상황판단이 무척 어려웠기 때문이다. 그러나 한 행정 수뇌부는 그 이유를 "다테(伊達)가 있는 센다이(仙台)는 중앙에서 멀어 정국의 흐름을 잘 파악할 수 없었다"며 단순한 정보 부족 탓이라고 핑계를 대자 "그런 판단도 못해 중대 국면을 그르치는 자가 무슨 번의 수뇌라고 할 수 있겠냐?"고 비웃음을 샀다.

어쨌든 막부 편에 붙고자 했던 번 내의 원로와 가신들 중에는 즉시 입장을 바꾸지 못하는 자가 많았다. 물론 마을 유력자들도 같은 형편이었다. 결국 막부 편이 패하고 대세를 역행할 수 없다고 판단한 번 내 사람들은 신천지를 찾아 바다를 건너 북해도로 갔다. 후에 북해도 남부에 생긴 다테시(伊達市)는 이런 이유로 번에서 도망친 사람들이 개척한 도시이다. 개척 당시에는 무사와 상인뿐 아니라 번 내 마을의 가난한 농민들이 많이 이주했다. 그들은 조상 대대로 지켜온 토지와 조상들의 묘를 버리면서 북해도로 건너갔다.

토시치의 아버지는 "정직한 사람은 늘 손해를 본다"며 지난 일을 돌이킬 때마다 탄식했다. 그러나 아이들에게는 "하지만 하늘에 천신이 계시는 한 언제나 정직하게 살아야 한다"고 타일렀다.

9월이 되자 신학기가 시작되었다. 방학 중에도 몇 차례의 임시 등교로 긴장을 늦출 수 없었던 탓인지 아이들은 별 흐트러짐 없이 수업에 임했다. 관심이 온통 전쟁에 가 있었으므로 아이들은 쉬는 시간에도 어른들로부터 들은 터무니없는 얘기들을 주고받기에 바빴다. 그러나 "일본이 이기고 있으니 너희들은 걱정할 것 없다", "너희들이 할 일은 부지런히 공부하는 것"이라는 당연한 얘기만 되풀이하는 교장과 교사들의 태도는 오히려 소년들을 긴장시킬 뿐이었다.

학교생활은 조례 후 교육칙어(敎育勅語)를 낭독하는 것으로 하루가 시작되었다. 4학년 아이들은 책을 덮고 모두 일어나서 암송할 정도였다. 빨리 외우지 못하면 훌륭한 사람이 될 수 없다는 아버지의 가르침 덕분에 토시치는 일찍이 칙어를 암송하고 있었다.

교육칙어는 토시치가 소학교에 입학하기 전 해인 1890년 10월에 공포되었다. 메이지 천황이 국민도덕의 근본과 교육의 기본 이념을 명시하기 위해 내린 것으로, 국민교육의 기본 정신이 된 이것은 1945년 일본이 패전하기까지 소중히 시행되었다. 토시치의 소년 시절은 물론이고, 그가 군인의 신분으로 출정할 당시는 그 정신이 가장 높았던 시기였다.

'신하와 국민은 임금을 섬기고, 자식은 부모에게 효도하라. 순종치 않으면 효도가 아니고 섬기지 않으면 충성이라 할 수 없다' 는 가르침이었다.

토시치는 그것을 외운 이후로 한 번도 그 뜻을 잊지 않았다.

가을이 무르익는 10월에 들어서자 교장선생은 학생들에게 전쟁의 상황을 상세히 설명해 주었다. '일본은 바다와 육지 어디서든 계속 승리하여 조선 북부에서 청국의 영토로 전장을 넓혀 가고 있으며, 황해 바다에서도 청국 해군을 궤멸시켰다. 그리고 계속되는 전투에서 일본군은 식량수송에 큰 곤란을 겪으면서도 언제나 승리하고 있다. 게다가 일본군은 극히 소수의 희생자를 내고도 계속 대승을 거두고 있다' 는 것이었다. 또 이 모든 것은 천황폐하의 위엄과 장병들의 충성에 의한 것이라는 얘기도 빠뜨리지 않았다.

토시치는 마른 침을 삼키며 귀 기울여 들었다. 당시 동북지방의 산골에는 신문이나 잡지 같은 대중정보수단이 없었으므로, 정부나 중앙의 동향을 들을 곳은 마을사무소나 학교 관계자뿐이었다. 방금 들은 교장선생의 얘기는 전쟁에 대한 최신 뉴스였기 때문에 마을 사람들은 흥분했다.

오로지 청국과 조선이 나쁘다고 할 뿐, 일본이 옳지 않은 길을 가고 있다고 말하는 사람은 아무도 없었다. 심지어는 '이제 조선과 청국의 잘못을 하루빨리 일본이 나서서 고쳐주어야 한다' 고 큰소리쳤다.

이것은 당시 일본의 대표적인 논리로, '조선을 개국시킨 일본은 일본을 개국시킨 미국과 같으므로 일본에게 청일전쟁은 정의로운 전쟁' 이라는 견해와 같았다. 그리고 점차 '일본인은 더 많은 대륙에 진출하여 조국을 위해서 승리해야 한다' 고까지 논리가 비약되었다. '훌륭한 나라 일본' 이라는 자부심의 표출이었다. 그러나 이 시기에도 가난한 농촌의 생활은 조금도 나아지지 않았다. 나라는 전선을 확대하는 일만 성스러운 일로 여길 뿐, 열악한 농촌의 실정은 안중에도 없었다.

그리고 토시치의 마을에서는 국민개병제가 실시된 이 무렵부터 가난한 농가의 차남 이하의 젊은이들은 하사관에 지원할 것을 권유받았다. 현역생활을 계속하다가 순조롭게 특무조장(준위)의 계급에 오르는 것이 모두가 동경하는 출세 코스였으므로, 마을의 젊은이들은 인기 있는 '군인의 길'에 자신의 미래를 걸게 되었다.

안중근이 태어난 것은 1879년 7월 16일로, 치바 토시치보다 6년 먼저 태어났다. 당시 개국 후의 일본보다 더 심각한 보수파와 개화파의 투쟁이 전개되고 있던 조선은 일본과 강화도 조약을 통해 수호회복의 길을 걷고 있었으나, 서구 열강에 문호를 개방하는 데는 몇 년이 더 걸렸다.

안중근은 대한민국 황해도 해주부 수양산 부근에서 지체 높은 양반 가문인 문성공(文成公) 안유(安裕)의 26대 손으로 태어났다. 성은 안, 이름은 중근, 자는 응칠(應七)이라 하는데, 자서전에 의하면 가슴과 복부에 7개의 점이 있다 하여 응칠이라는 자를 쓰게 되었다고 한다.

조부 안인수(安仁壽)는 품격이 높고 온후하며 인자한 사람으로, 재산이 많았을 뿐 아니라 자선가로서도 이름이 알려져 있었으며, 일찍이 진해 현감으로 종사한 적이 있다. 6남 3녀의 자녀들은 모두 학문에 뛰어났는데, 그중에서도 3남인 태훈(泰勳)은 수재여서 칭찬이 자자했다. 9세 때 이미 사서와 삼경에 통달할 정도였고, 후에 문과시험에 급제하여 관리의 길에 뜻을 두었다. 태훈은 3남 1녀의 자녀를 두었는데, 장남이 중근(重根), 차남이 정근(定根), 3남이 공근(恭根)이었다.

1884년 중근이 5세 되던 해, 안씨 문중은 큰 전환기를 맞았다. 갑신정변 당시 개화당에 관여한 연유로 몸을 피해 서울에서 고향으로 돌아온 부친은 매일 조부와 악화일로를 걷고 있는 나라 일을 걱정했다. 마침내 부친은 '이미 부귀나 공명을 바랄 때가 아니다' 라는 결단을 내리고 집과 토지 등의 재산을 전부 정리해 친족 70~80명과 함께 신천군 청계동의 산중으로 이주했다. 그곳은 지형이 험준한 산골이었으나, 경작이 가능한 전답도 있고 산수가 수려했다.

중근은 어릴 때부터 사냥을 좋아하여 늘 포수들을 따라 산과 들로 돌아다녔다. 그리고 커 가면서 총을 들고 산에 올라 사냥하는 일에 점점 열중하게 되어 그가 노린 짐승은 결코 놓친 일이 없을 정도로 사격술이 뛰어났다.

반면 학문에 전념하지 못한 중근은 선생과 양친에게 꾸지람을 듣곤 했다. 이를 안타깝게 여긴 친구들은 "너에게는 본보기가 될 훌륭한 부친이 있으니 새나 짐승 따위 좇아다니지 말고 좀더 학문에 힘씀이 어떻겠냐?"고 여러 차례 충고했다. 그러나 안중근은 이 충고를 듣기는커녕 아래와 같이 대꾸하며 일찍부터 학문이 아닌 다른 길을 가기로 마음먹고 있었다.

"옛날에 초나라 패왕이었던 항우가 말하기를 대장부는 이름 정도만 쓸 수 있는 학문만 있으면 충분하다고 했다. 그런데도 만고영웅 항우의 이름은 영구히 남아 있어 사라지는 일이 없지 않은가? 나는 학문으로 출세할 생각은 없네. 항우가 대장부면 나도 대장부일세. 그러니 이제 학문 얘기는 하지 말아주게."

이 시기는 안씨 문중과 중근에게 있어서 가장 평온한 때였다.

중근의 자서전에서 당시의 일을 '춘삼월의 어느 날'로 시작하여 회상하고 있는 구절이 나온다.

'친구들과 산에 올라 주위의 경치를 구경하다 문득 절벽 위에 핀 아름다운 꽃이 눈에 띄었다. 그 꽃을 꺾으려다 발이 미끄러져 수십 척이나 되는 절벽 아래로 굴러 떨어졌다. 무서운 속력으로 떨어지던 찰나 나는 무의식적으로 나뭇가지를 붙잡아 겨우 목숨을 건질 수 있었다. 엉겁결에 주위를 둘러보니 바로 밑에 큰 바위가 있었다. 만약 석 자만 더 떨어졌더라면 그 바위에 부딪혀 산산조각이 났을 것이라고 생각하니 온몸이 오싹해졌다. 절벽 위에서 사색이 되어 서 있던 친구들은 내가 무사한 것을 보고는 밧줄을 내려 끌어올렸다. 등에 땀이 흥건하게 밴 것 말고는 별다른 상처가 없음을 확인한 우리들은 손에 손을 잡고 좋아하며 목숨을 살려주신 하늘에 감사하면서 집으로 돌아왔었다. 이것이 내게 있어 최초로 위험한 지경에서 죽음을 면한 경험이었다.'

갑신정변 이후 안씨 문중이 청계동으로 이주한 지 10년째가 되는 1894년, 조선 각지에서는 '척왜양화창의(斥倭洋化倡義)'의 깃발을 든 동학당이 주도한 민란이 잇달아 일어났다.

이를 진압하지 못한 조선의 관군은 청국에 진압군을 요청했다. 청군이 출병하니 일본 또한 천진조약을 구실로 파병을 감행했다. 마침내 조선을 둘러싼 청일 양국의 패권다툼이 시작된 것이다.

당시 16세였던 안중근은 김씨 문중의 아려(亞麗)라는 낭자와 혼인하여 2남 1녀를 두었다. 그러나 그가 혼인한 바로 그 해에 일어난 동학난과 뒤를 이어 발발한 청일전쟁은 비극의 전주곡이었다. 그는 뒤에 자서전 「안응칠(安應七)의 역사」에서 동학난에 대해 이렇게 비판하고 있다.

'동학당은 각지에서 외국인을 배척한다는 명목으로 봉기하더니 정작 그 실태는 군현을 유린하고 관리를 살해하고 재산을 약탈했다. 이는 한국의 위기의 근원이자 청일 및 러일전쟁의 원인이 되었다……관군이 진압을 못했기 때문에 청국이 출병하게 되었고, 따라서 일본이 출병하니 마침내 충돌하여 큰 전쟁이 되었다. 결국 한국에 비참한 재난을 가져오게 되었다.'

당시 천주교의 세례를 받아 청계동에서 포교활동을 하고 있던 중근의 부친 태훈은 동학당에 편승한 무차별적 폭동에 더 이상 참지 못하고 동지들과 함께 사격술이 좋은 포수들을 모아 민병대를 조직하여 습격해 오는 동학군과 싸웠다. 중근도 동지들과 함께 부친을 도왔다. 얼마 후 일본군까지 진압에 가세하자 동학란은 완전히 진압되었으나, 이와 동시에 한국에 있어 '망국의 쓰라림' 으로 이어지는 청일전쟁이 시작되고 말았다.

불타는 대륙

1894년 8월 1일. 청일전쟁이 선전포고가 된 날이다. 이 전쟁은 안중근과 치바 토시치의 일생에서 하나의 전기가 되는 사건이었다. 16세의 안중근과 10세의 치바 토시치. 자라난 환경이나 상황은 서로 달랐으나 조국의 국운이 걸린 약육강식 역학관계 속에서 계속되는 극심한 갈등을 겪으며 인생을 숙고했다는 점에서 공통되는 부분이 있었다. 이 공통점이 조국의 운명 탓이라면 두 사람이 서로 대립된 입장에서 만났으면서도 서로를 진심으로 깊이 이해할 수 있었던 것은 어찌 보면 극히 자연스러운 일일지도 모른다. 같은 시대, 같은 시류에 몸을 맡긴 사람이라면 비록 서로 상반되는 입장이라 하더라도 서로의 '안과 밖'을 모를 리 없을 것이다. 아니 그렇지 못할 만큼 아둔

해서는 안 된다. 치바 역시 그렇게 생각했다. 만일 눈치채지 못했다 하더라도 '헤아릴 수 없는 질긴 인연의 끈으로 만나게 된 것이 아닐까?' 라고 생각했다.

'조국의 운명에 목숨을 맡긴다 하더라도 한 나라를 좌지우지하는 위정자는 나와 같은 어리석은 운명론자가 되어서는 안 된다. 정치는 백년대계로서 모름지기 현명한 지혜로 다스려 나라의 장래를 그르치는 일은 없어야 한다.'

치바는 죽음을 눈앞에 두고 쉴 새 없이 흐르는 추억을 되살리며 많은 생각을 했다.

청일전쟁은 정식 선전포고가 있기 이전 한국의 동학당 봉기 진압에 출병한 청일 양국 사이에서 이미 시작되었다. 내란중인 조선에 머물고 있는 일본인을 지키기 위해 출병했다고 주장하던 일본은 한편으로 한국의 내정개혁을 꾀하기 위해 깊이 개입했고, 선전포고 전야인 7월 말일에는 대원군을 등에 업고 '괴뢰정권'을 만들도록 조종하여 삽시간에 전투를 확대시켜 갔다. 일본은 뒷전으로 밀린 청군을 연전연패시켰고, 마침내 9월 17일 황해해전에서 청국의 해군을 궤멸시켰다. 승세를 탄 일본은 한국 북부에서 청국의 영토로 전장을 넓혀 11월에는 요동반도에 상륙하고 금주, 대련, 여순을 차례로 공략했다.

여순이 함락되자 청국은 화친으로 계획을 바꿨다.

일본도 이듬해인 1895년 1월 조기화평을 결정하고, 3월에는 시모노세키에서 강화회의를 개최했다. 일본의 전권은 수상 이토 히로부미와 외상 무츠 무네미츠가 장악하고 있는 가운데

4월 17일에 시모노세키조약이 조인되었다. 그 내용은 이렇다.

1. 한국의 독립
2. 토지의 할양
3. 배상금 제공

그러나 일본은 조약체결 직후 러시아, 프랑스, 독일 3국으로부터 '요동반도의 일본 영유는 북경에 위협이 되고 조선독립을 유명무실하게 하는 것'이므로 할양을 포기하라는 권고를 받고 반환하게 되었다. 한편 해외영토 중에서 처음으로 할양을 받은 대만에 원정대를 보내 진압한 후 일본의 영토로 만들었다.

3국 간섭 후 서구열강은 청국의 분할경쟁에 들어갔다. 러시아는 여순, 대련을 25년간 지배할 수 있는 통치권과 남만주 철도 부설권을 획득했다. 또한 일본은 러시아를 가상 적국으로 여겨 청국에서 받은 배상금으로 군비확장에 들어갔다. 여하튼 청일전쟁 개전의 명분이었던 '한국의 내정개혁'이나 '한국독립과 동양평화'를 위해서라는 구호는 장식에 불과했다.

이와 관련하여 한국 내정개혁에 대해 당시 외상 무츠 무네미츠는 아래와 같이 술회하고 있다.

"조선 내정개혁은 원래 청일 양국이 응어리를 풀지 못하고 난항을 거듭하여 이를 조정하기 위한 정책이었다. 그러나 시국이 일변하여 결국 일본이 단독으로 담당할 수밖에 없었다. 그러므로 나는 처음부터 조선 내정개혁 자체에 대해서는 별로 중

점을 두지 않고 있었다. 또 조선과 같은 국체(國體)에서 과연 만족할 만한 개혁이 가능할지 의문이었다."

그런데 일본외상이 말한 '조선의 국체'에 대해 치바에게도 떠오르는 것이 있었다. 그것은 이 나라의 풍습과 국민들이 지닌 사고방식의 특징이었다. 다시 말하면 조선이라는 나라의 성립과정에서 나타난 민족 고유의 문화이다.

조선은 4세기 후반부터 고구려, 백제, 신라 3국으로 형성되어 있었다. 그러나 고구려와 백제를 위협하는 중국의 당나라 세력과 합세한 신라가 660년에 백제를 멸망시켰다. 그리고 668년 고구려마저 제압한 신라는 한반도를 통일했다. 이때 일본으로 망명한 수많은 백제인들이 일본의 고대 문화 발전에 크게 공헌했다. 이로 인해 유교나 불교문화뿐 아니라 처음으로 일본에 논어와 천자문이 전해져 한문문화가 번성하게 되었다. 또 일본의 율령제도가 정비된 것도 이때 망명한 백제인의 공헌이 컸다.

신라에 의해 한반도가 통일되고 250년이 지난 918년, 연이은 내란 끝에 호족 출신 왕건이 고려를 세웠다. 신라를 멸망시키고 당의 제도와 같은 고대 왕조를 재건한 것이다. 고려는 건국 초부터 시종 북쪽의 외구(外寇, 외국으로부터 쳐들어오는 적-옮긴이)에 시달린 결과 몽고(원나라)의 대침공에 굴복하여 마침내 완전히 속국이 되고 말았다. 그리고 몽고와 고려 연합군의 일본원정이 있었는데, 이것이 바로 가마쿠라 시대에 있었던 2차에 걸친 원나라의 침입이다. 이때 고려 국민, 특히 농민의 상황은 실로 비참하기 그지없었다. 장기간에 걸친 몽고군의 철저한 침략과 항복 후 병사주둔으로 인한 막대한 군량부담으로 피폐할 대로 피폐해졌기 때문이었다. 게다가 국내로는 심한 정치 싸움으로 인해 고려는 470여 년 역사의 막을 내렸다.

1392년 조선이 창립되었다. 내정 문제로 어지러웠던 고려말기에 등장한 이성계가 외적을 물리치고 고려의 내정개혁을 이룩하여 나라를 세운 것이다. 신 왕조는 도읍을 개성에서 한양으로 옮겼다. 그리고 중국 명나라의 종주권하에 들어가기로 대외방침을 세웠다. 이 방침은 명나라에서 청국에 이르기까지 변함없이 5백여 년 동안 지속되었다. 대국 청과 고대 중국시대부터 지속되어 왔던 도의적 종주관계의 전통을 지켜온 것이다.

치바는 그 이유를 조선의 역사에서 찾아본 적이 있는데, 조선이 창건 초에 국가의 기본 원칙으로 유교를 채택했다는 사실을 그때 처음으로 알게 되었다. 고려의 불교주의를 폐지한 것이다. 이는 기존 조선의 관리체제가 조정 내에 기생한 왕족, 외척, 당파 등에 의해 형성되어 왔고, 각지에 뿌리내린 유력 인사들을 중심으로 한 지방세력을 배경으로 하는 조직이었다는 사실과 깊은 관계가 있다.

이러한 관리들의 무리를 통솔하는 데는 '천명을 근본으로 한 인도(仁道), 즉 부자의 천륜과 군신의 의합으로 치국평천하를 꾀한다' 는 유교의 사상이 가장 적합했다.

부자의 천륜이란 한 예로 자식이 어버이에게 충고할 때, 세 번 충고해도 고치지 않으면 어버이의 의견을 따라야 한다는 것이다. 그러나 군신의 관계는 신하가 군주에게 세 번 충고해도 그것을 받아들이지 않으면 신하는 그 군주를 떠나도 좋으며 경우에 따라서는 군주를 추방해도 죄가 되지 않는다는 윤리가 들어 있다. 여기서 인간의 본성을 포괄하고 있는 '인(仁)'은 일본에서 말하는 '충효'가 아니라 '효'자를 먼저 쓴 '효충'을 말하는 것으로, 본래의 유교정신이기도 하다. 그만큼 인정(仁政)을 목표로 하는 군주의 길은 지엄하며 국가와 국민을 소중히 여겨야 한다. 유교정신을 잘 실행한 일본인도 있었다. 도쿠가와 막부 시대에 명군으로 칭송받던 요내자와(米澤) 번주, 우에스기 하루노리(上杉治憲, 1751~1822)는 이렇게 말했다.

"인민은 국가에 속한 것이지 사유물이 아닙니다. 군주는 국가와 인민을 위해서 세운 것이지 군주를 위해서 국가와 인민이 있는 것이 아닙니다."

그는 막부시대를 통해서 '인정'에 힘쓴 보기 드문 영주였다.

조선 역시 '인도(仁道)'를 기본으로 한 새로운 유교국가 체제에 의해 국력이 급속히 신장했다. 실제로 국경은 태조부터 그 후 3대에 걸쳐 북방으로 확장되어 압록강과 두만강 이남은 모두 조선영토가 되었다. 다만 시대의 변화와 함께 관리들의 당쟁이 끊임없이 계속되었다. 당쟁의 결말은 언제나 권력을 잡은 당파에 의해서 반대당이 탄압받고, 대규모 숙청으로 반대파를 제거하는 피의 보복이 되풀이되었다. 그 결과 붕당의 초래로 부자(父子) 대대로 일정한 당파에 소속되어야 했으며 동족이나 친척들 역시 그 당에 운명을 걸고 추종해야 했다.

그래서 치바는 '조선인의 강한 동족의식과 적대자에 대한 깊은 원한, 또 높은 자존심과 명분을 우선하고 예의를 존중하는 기품은 오랜 세월을 거쳐 온 조선의 유교국가 체제의 행보와 함께 형성된 조선민족의 문화' 라는 생각을 지울 수 없었다.

'만일 그것이 「조선의 국체」라면 지금 조선 체제를 살피고 있는 외상 무츠 무네미츠는 조선을 외교면으로는 청국과 도의적 종주관계로 복잡하게 얽혀 있고, 내정적으로는 민족문화의 전통을 자랑하는 민족의 기질과 같은 개혁하기에 어려운 요인이 너무나 많은 나라라고 보았을지도 모른다' 고 치바는 생각했다.

조선에서는 고종의 아버지인 대원군이 일본 군사력을 배경으로 세 번째 정권을 잡았다. 그러나 대원군은 명성황후 일족의 반목으로 내정개혁을 할 수 있는 처지가 아니었다. 그러나 청일전쟁의 대의명분인 조선 내정개혁에 진척이 없으면 열강의 간섭을 부를 염려가 있었다. 수상 이토는 사태 수습을 위해서 대원군을 추방했다. 그리고 국왕인 고종의 친정(親政), 즉 명성황후의 정치관여를 배제하고 왕궁과 국정을 분리하는 등을 골자로 하여 오랫동안 쌓여온 폐정을 근본적으로 뜯어고치고자 했다.

그러나 이것 역시 여의치 않아 개혁은 좌절되고 말았다.

이즈음 조선에 접근해 온 러시아가 명성황후의 환심을 사게 되고 국왕 고종도 친정을 선언해서 배일노선을 취하기 시작해 일본의 강압에 의한 내정개혁을 전부 재검토한다는 조칙을 내렸다.

그로부터 얼마 되지 않아 메이지시대의 조일외교 사상 가장 심각한 사건이 일어났다. 이것은 바로 신임 공사가 된 육군중장 미우라 고로(三浦梧樓)가 일으킨 명성황후시해사건(을미사변)이다. 이 만행은 그가 부임한 직후인 1895년 10월 8일에 발생했다. 사건 직후 일본정부(제2차 이토내각)는 세계를 향해 '범죄를 저지른 증거가 있는 자는 관민을 막론하고 엄벌에 처한다'는 약속을 하며 비난의 폭풍이 지나가기만을 기다렸다.

당시 일본의 신문도 강력하게 '타국의 궁중에 들어가 치욕스러운 만행을 저지르는 것은 참으로 있을 수 없는 행동이며, 그 죄는 결코 용서받을 수 없는 것'이라고 비난했다. 그러나 재판 결과 미우라를 포함한 일본의 관련자들은 전원 무죄판결을 받았다.

명성황후시해사건 후 러시아는 조선에 더욱 밀접한 관계를 갖게 되어 마침내 고종이 왕궁을 빠져나가 러시아 공사관으로 피신하는 사태마저 발생했다. 이로 인해 조선에 대한 일본과 러시아의 힘의 관계는 완전히 역전되고 말았다. 친일파 각료는 참살, 추방되고 일본인 고문도 모두 해고되었으며 일본인에게 훈련받은 군대도 해산되는 상황에 놓이고 말았다.

새로운 사태에 직면한 일본은 열강과의 제휴냐 러시아와의 제휴냐, 이 두 가지 중에 하나를 선택해야 했을 것이다. 그러자 조선에 대한 열강의 관심이 의외로 적다는 사실을 알게 된 일본은 러시아와 제휴하게 되었다. 1896년에 조인된 러일 의정서에 보면 다음과 같은 내용이 실려 있다.

— 조선에 러일의 주둔을 인정한다.

— 고종의 왕궁귀환을 권고한다.

이를 계기로 일본의회는 러시아를 가상 적국으로 6개 사단의 증설을 가결한다. 한편 러시아는 러청밀약(여순조차)으로 요동반도 진출을 도모하면서 조러밀약을 체결한다. 이에 따라 조선은 군인교관으로 러시아인을 초빙하고 다시 아무르강 연안의 임목 벌채권을 허가하게 되었다. 일본이 아무리 러일의정서에 위반된다고 항의해 봤자 아무 소용없었다.

1897년 10월 러시아 공사관에서 경운궁으로 귀환해 황제즉위식을 거행한 고종은 국호를 '대한제국'으로 고치고 광무(光武) 원년을 선포했다. 황제 칭호를 쓰려는 움직임은 약 2년 전부터 표면화되어 왔으나 각국의 반대로 계획이 중단되었는데, 이를 실현시킨 것은 새삼 조선의 기개를 내외에 과시하기 위함이었으므로 큰 주목을 받았다.

새 황제에게 압력을 가하던 러시아는 '용병과 재정고문 기용'을 요구하며 교섭을 진행했으나 이 문제는 조선 내정의 대립과 일본, 영국의 간섭도 심했으므로 난항이 거듭되었다.

특히 용병문제로 일본과 러시아의 대립이 심했기 때문에 당시의 외상 오구마 시게노부는 '러시아병을 초빙한다면 동등하게 일본병도 초빙하라'고 조선 조정에 강력하게 요구하여 충격을 주었다.

러시아는 다시 화폐주조, 공채발행의 기능을 갖는 노한은행의 설립을 계획하고, 또 부산항 내에 거대한 조차지(租借地)를 요구해 왔다. 러시아의 강압적인 교섭으로 인해 한국 내에서는 조정과 민간을 막론하고 반러 감정이 고조되었다. 왕실도 러시아의 강요를 정중하게 거절함과 동시에 전제군주인 황제가 나라를 지배하는 황제전제(皇帝專制)의 색채를 한층 강화해 갔다.

그런데 직접적인 대결을 회피해온 러일 협조노선에 변화를 가져온 사건이 발생했다. 바로 1899년에서 그다음 해에 걸쳐 청국의 산동성에서 봉기한 의화단 사건이었다. 종교단체인 의화단은 열강의 압박에 불만을 가진 중국 민중의 선두에 서서 배외운동(排外運動)을 전개하였으며, 청조의 은밀한 후원으로 위세를 떨쳤는데, 일본과 러시아를 중심으로 한 8개국 연합군이 의화단을 진압했다.

의화단은 1900년 7월, 청일전쟁 후에 청국으로부터 부설권을 얻은 러시아의 남만주 철도에 대공격을 감행했다. 영국의 요청으로 일본은 대군 파병을 단행했고, 러시아는 철도 보호를 명분으로 만주 전역을 점령했다. 러시아의 남진은 청국의 영토보전, 나아가서 한국의 독립을 표면적인 항의원칙으로 내세우고 있는 일본에게 있어 큰 위협이 되었다. 1902년 1월, 일영동맹이 체결되었는데, 이 동맹은 당시 인도를 영유하고 있었고 청국에도 권익을 갖고 있던 영국과 한국에서 만주로 진출을 꾀하려는 일본, 두 나라가 동시에 위협을 느끼자 서로 이해관계의 일치를 보고 남진하는 러시아에 대항하기 위해 맺어진 것이다.

러시아는 같은 해 4월 만주 점령군을 세 차례에 나누어 철군

한다는 조약을 청국과 체결했다. 그리고 그해 10월 제1차 철병이 실시되었다. 그러나 1903년 4월 8일을 기한으로 한 제2차 철병은 실현되지 않았고, 오히려 한국 북부에까지 침입해 왔다.

일본에서는 이 당시 제1차 가츠라 타로 내각(1901~1906년)이 구성되었고, 이토 히로부미는 귀족원 의장이라는 요직에 있었다. 러시아군의 만주 철병을 둘러싼 러일 교섭은 외상 고무라 쥬타로가 주관했다. 그러나 러시아 측의 강경 자세를 부각시켰을 뿐 일본은 개전을 각오하고 상대해야만 했다.

이 무렵 러시아의 오랜 만주 점령으로 인해 일본 국내에는 러시아에 대한 강경론도 대두되었다. 이와 관련된 당시의 대표적인 신문 논설을 잠시 참조해 보자. 물론 언론에도 개전파와 비개전파가 있어서 다음과 같이 서로의 입장을 주장한 예를 볼 수 있다.

'러시아가 만주에 기반을 굳히게 되면, 바로 조선을 넘볼 일은 불을 보듯 뻔하다. 조선이 그 세력에 굴복하게 되면, 다음에 넘보려는 곳이 어딘지 말하지 않아도 명백하다. 그러므로 만주 문제를 해결하지 않으면 조선이 희생될 것이고, 조선이 희생되면 일본의 방어는 바랄 수 없을 것이다.' (1903년 6월 24일 도쿄 아사히신문)

'외교의 능사는 평화에 있고, 전쟁을 피하는 데 있다.' (1903년 5월 1일 만조보)

'내(외국인)가 보기에는 지금 일본이 취해야 할 급선무는 조선을 통치하는 일이다. 조선을 통치하는데 러시아가 그것을 위협할 것을 걱정하기보다 자신의 힘이 부족한 것을 걱정하라.' (1903년 5월 17일 만조보)

이처럼 심각했던 러일관계의 배경이 전해지고 있다. 치바 역시 러일전쟁의 개전을 앞둔 무렵의 상황을 잘 기억하고 있었다. 당시 남자들은 만 17세가 되면 병역의 의무를 다해야만 했다. 18세의 치바도 입대한 지 2년을 맞고 있었다. 센다이의 육군보병연대에 근무하던 그는 헌병에 지원했다. 그러나 청운의 꿈을 안고 있던 그에게 일본의 대외문제나 심각한 러일관계에 대한 인식은 거의 없었다. 그가 입대한 이유는 오로지 궁핍한 농촌 생활에서 빨리 탈피하여 생활비를 벌기 위해서였으므로 그저 국내의 경제상황에만 신경 쓰고 있었다. 고향의 가난한 양친을 조금이라도 돕고 싶다는 마음에서 인기 있는 '고급 코스'를 목표로 헌병을 지원한 것이다. 치바의 눈으로 보더라도 당시의 일본은 국력의 부족이 우려되고 있었다. 노년의 치바이지만 러일전쟁에 대한 기억은 아직도 생생하게 떠올릴 수 있다.

1904년 2월 10일 러일전쟁 선전포고가 있었다. 전투는 선전포고 이틀 전인, 외상 고무라 주타로가 러일단교를 각국에 통고한 2월 8일에 인천 앞바다 해전으로 시작되었다. 여순으로 향하던 연합함대의 주력으로 8일 밤 러시아 함대에 큰 타격을 가해 황해의 제해권을 장악할 수 있었다. 그 결과 일본군의 인천 상륙이 가능했고, 전장을 한국에서 만주로 옮길 수가 있었다. 그리고 러일전쟁은 내외의 종군기자들에 의해 시시각각으로 보도되었다. 세계는 이 전투를 주시했다. 보기 드문 처참한 전쟁이었기 때문이다.

요동반도의 남단에 있는 여순은 러시아 동양함대의 거점이었고, 또 발트해에서 일본으로 향하는 주력 발틱 함대가 합류할 것으로 보이는 중요기지이기도 했으므로 일본은 희생을 무릅쓰고라도 여순 공격을 서둘러야 했다.

일본은 5월 하순 여순 후방에 위치한 금주성을 점령했는데, 남산을 공격할 당시 장대하게 둘러 쳐놓은 철조망 때문에 고전했다. 대낮에 벌어진 전투에서 철조망을 돌파하여 빠져나가려다 비오듯이 퍼붓는 적탄에 맞아 목숨을 잃은 일본군의 시체가 산을 이루었다. 그래서 후속부대는 그 철조망 아래로 쌓여 있는 전우들의 시체를 밟고 지나지 않으면 안 되었다. 그들은 장애물을 돌아볼 여유가 없었던 것이다.

남산 점령 후 8월 하순이 되자 여순 공격이 시작되었다. 콘크리트로 축조된 여순요새는 난공불락으로, 공격목표를 '203고지'로 좁혀야만 했다. 12월 5일 요새를 가까스로 점령한 후 그해의 마지막 날인 31일이 되어서야 마침내 함락시킬 수 있었다. 여순 수비사령관 스텟셀의 명령으로 탈출한 한 러시아군 장교는 그 당시 격렬했던 전황을 미국기자에게 다음과 같이 전했다.

일본군의 사체가 썩어 문드러지다.

양군이 다 같이 휴전기와 적십자기를 남용한다는 풍설이 돌고 난 후로 서로를 의심하게 되었다. 어쩌다 백기를 들더라도 적군은 그것을 믿지 않고 총격을 계속했다. 그래서 여순 동북부의 포대가 있는 한 고갯길에는 다수의 일본병 시체가 매장되지 못하고 오래도록 노천에 방치되는 바람에 시체 썩는 냄새가 바람을 타고 올 때마다 견딜 수 없었을 만큼 역겹다…….

1주일간 손을 들고 구원을 요청

8월 말의 공격에서는 일본군 2개 중대가 러시아군에 포위되어 어쩔 수 없이 백기를 들었다. 그러나 러시아군은 백기와 상관없이 계속 공격했다. 한편 일본군 쪽에서는 아군이 백기를 든 것은 있을 수 없는 일이라고 화를 내며 뒤편에서 동지를 향해 사격을 가했다. 그 사이에 있던 2개 중대는 적과 아군의 협공으로 6백여 명이 모조리 전사 또는 부상하여 마침내 재기불능 상태에 이르렀다(1904년 10월 10일 도쿄 아사히).

해가 바뀌어 1905년 1월 말 만주의 봉천을 목표로 정한 일본군 25만은 러시아군 35만과 부딪쳐서 양군 10만의 사상자를 낸 대전이 되었는데, 3월 10일 봉천도 드디어 함락되었다. 얼마 후 이 러일전쟁 종결에 결정적 계기가 된 동해 해전이 시작되었다.

발트해에 주둔해 있던 러시아 해군의 주력 발틱 함대가 지중해, 인도양을 통과하여 베트남의 캄람만에서 전투태세를 정비한 후 5월 하순 마침내 쓰시마 해협에 도착했다. 일본 연합함대 사령관인 토고 헤이치로가 이미 대기하고 있었다. 쓰시마

앞바다 해전에서 러시아 측은 군함 38척 가운데 20척이 격침되고, 5척이 포획당했다. 나머지도 억류되거나 침몰 또는 무장해제되었고, 함대 사령관 로제스트웬스키도 부상당하여 포로로 잡혔다. 전세는 여기서 결정되었다.

이와 관련해 치바는 '한일외교상의 중대한 협약'에 대해 생각나는 것이 있었다.

1904년 2월 23일에 체결된 한일 의정서이다. 러일전쟁 개전 직후에 체결된 이 협약의 목적은 일본의 전쟁 수행상 지장이 없도록 한국의 협력을 구한 것으로, 한국이 염원하던 '전시국외중립(戰時局外中立)', 즉 전쟁에는 관여하지 않고 중립을 지킨다는 성명을 무시한 처사였다.

그 내용은 다음과 같다.

1. 한국의 방어는 일본제국에 일임한다.
2. 그 목적을 위해서 한국 국경 내 어느 곳이든 자유로이 사용할 수 있다.
3. 한국은 일본의 동의 없이는 외국과 동맹을 맺어서는 안 된다.

3월 하순 특사로 방한한 추밀원의장 이토 히로부미는 귀국 후 '내가 신임하는 자를 한국 고문으로 추천하라'는 국왕 고종의 의뢰를 받았다고 전했다. 그러나 사실상 이토는 고종의 의뢰를 받은 것이 아니라 자신의 위압에 의해서 결정된 일에 불과했다.

이 의정서가 구체화된 것은 8월 22일에 조인된 제1차 한일 협약이었다.

그 목표는 '곧 한국의 외교권을 박탈하고 일본의 보호국으로 만든다'는 것이었다.

1905년 8월 러일전쟁의 강화회의가 미국 포츠머스에서 시작되었다. 영국 대통령은 일본해전의 결과를 예의 주시하면서 중재에 나섰다. 일본도 승전은 했으나 이미 국력이 한계에 와 있었다. 8월 29일 일본의 희망과는 반대로 다음의 내용이 결정되었다.

1. 배상금 없음
2. 사할린 분할 (북위 50도 이남을 일본영토로)
3. 한국의 자유처분 권리를 확보한다.

이 밖에 일본은 만주 동청철도(東淸鐵道)의 일부, 즉 동청철도의 남만주 지선인 여순-장춘 간을 양도받았다. 그래서 1907년 4월부터 남만주철도주식회사, 약칭 '만철'이 설립되었다.

다만 '한국의 자유처분' 항에 한해서는 미 · 영의 승인이 전제되었다. 소위 '가츠라 · 텝트 협정'과 '제2차 영일동맹'이 그에 해당된다. 가츠라 · 텝트 협정은 강화회의 직전인 7월 텝트 미 육군장관과 가츠라 수상 간에 체결된 것으로 그 내용은 아래의 세 항목으로 되어 있다.

1. 일본은 미국의 필리핀 통치를 승인한다.
2. 극동 평화를 위해 일 · 미 · 영은 서로의 입장을 이해해야 한다.
3. 미국은 일본의 한국에 대한 우월적 지배권을 승인한다.

러일 강화조약이 체결된 후인 10월 하순 추밀원의장 이토 히로부미는 「한국에 대한 보호조약안」을 갖고 한국황제위문사의 명목으로 재차 방한했다. 그리고 11월 15일 고종에게 한국 외교권을 일본에 위양할 것을 정식으로 요구했다. 고종은 '형식뿐이라도 좋으니 외교권은 남겨놓아 달라' 고 희망했으나 이토는 이를 용납하지 않았다. 다음 날 16일 이토는 '제2차 한일조약(을사보호조약)' 을 제시하고 어전회의를 열었다. 이토는 각료들을 설득해 17일 오후에 재차 어전회의를 열었다. 그 정경의 한 장면이 「이토 히로부미전」이란 책에 이렇게 서술되어 있다.

이토는 한참정(수상)에게 국왕께서 각료들과 협의를 하자는 어명이 있었다고 전하고, 각료 모두에게 찬반의사를 물어 그 답을 반박해 나갔다.
외부대신 박제순 "반대지만 명령이면 하는 수 없다."
이토 "절대 반대라고는 볼 수 없다."
탁지부대신 민영기 "대체로 부인."
이토 "그렇다면 절대 반대인가?"
법무대신 이하영 "우리측의 실책으로 신협약 제안을 초래한 것은 유감이다."

이토 "찬성이라고 본다."

학부대신 이완용 "거부할 힘이 없는 이상에는 우리측 요구도 넣어서 원만한 해결을 바란다."

이토 "전적인 찬성으로 본다."

군부대신 이근택 "학부대신과 같은 의견이나 연대 책임상 한참정 의견을 따르겠다."

이토 "반대라고 볼 수는 없다."

내부대신 이지용 "학부대신과 같은 의견이다."

농상공부대신 권중현 "학부대신과 같은 의견."

거기서 이토는 한참정에게

"절대 반대는 민 대신과 당신뿐이다. 본 안을 거부하고 일본과 절교할 작정인가?"라며 다그쳤다.

한참정은 여전히 '번복할 수 없다'고 대답했으므로 이토는 '이 상황을 우선 황제에게 아뢰게 하라'고 명령하고, 조문을 일부 수정하여 동의안을 정리했다.

'한국병합'에 있어 실질적 원인이 된 제2차 한일협약은 5개조로 구성되어 있다. 이 협약의 전문에는 '한국의 부강을 인정할 수 있을 때까지'로 기한이 정해져 있었다. 그러나 러일전쟁 후 경제악화로 고민하던 일본은 한국을 재물로 삼아 자국경제를 다시 일으키고자 했지만 한국을 이용해 일본의 부강을 도모할 길은 어디에도 없었다. 일본의 탄압을 반대하여 일어선 국민들로 서울 시내는 불안한 상태였다. 일본헌병대 대기소가 습격당하는 소동까지 일어났다.

1905년 12월 20일.

마침내 '한일협약'을 실행할 기관인 '한국통감부'가 수도 서울에 설치되었다. 초대 통감에 취임한 사람은 바로 이토 히로부미였다.

이에 반발이라도 하듯 한국 주재의 각국 외교관이 총 철수하는 사태가 발생했다. 일본은 외교권을 위양받았을 뿐 아니라, 통감의 지휘로 일본의 고문을 한국정부의 각 부처에 배치했다. 노골적인 일본의 내정강압은 한국의 의병투쟁을 재발시켰다. 또 서울을 중심으로 고조된 배일운동도 차츰 지방으로 번져나갔다.

'이 길이 되돌릴 수 없는 시대의 흐름일까?'

치바는 비몽사몽간에 계속 깊은 생각에 잠겨 있었다.

말년에 접어든 치바는 안중근과의 만남 이후의 한일 역사를 돌이켜 보곤 했다. 그러나 귀국 후 치바가 '안중근에 대한 참회 가운데에서' 그 진상을 검증한 것이므로 다소 지나치게 안중근을 두둔하는 것이 될지도 모른다. 그러나 유신부터 이제껏 일본이 걸어온 길은 그 결과를 보아도 안중근의 나라에 범한 냉혹한 처사를 인정하지 않을 수 없었다. 치바는 말년에 들어 역사공부를 많이 했다. 안중근의 어려운 공판 내용에 대해서 관계자에게 자세하게 묻기도 하고, 또 그 사건을 잘 알고 있는 학자들에게 물어 의문점에 대한 해답을 얻는 등 자신이 관여했던 당시 일본의 행보를 신중하게 통찰해 나갔다. 그는 언제나

'이 시대에 태어난 나도 그렇지만, 이러한 일본에 대항할 수밖에 없었던 안중근의 일생도 어쩌면 저렇게 운명적일까?' 하고 생각했다.

'안중근의 청춘도 또 자신과의 만남도 어떤 인연이 있을 것이다.'

치바는 죽음을 앞두고 여러 생각에 잠겨 있었다. 그런 그의 모습은 언젠가 안중근과 다시 만날 것을 굳게 믿고 있는 듯 보였다. 그래서 머지않아 그의 뒤를 쫓아 하늘나라에 가게 되면 한일 양국의 미래에 대한 자신의 생각과 역사에 대한 참회를 꼭 그에게 얘기하기라도 하겠다는 듯이…….

치바의 추억 속에 남아 있는 안중근은 이 무렵 어떻게 청춘을 보내고 있었을까? 안중근의 자서전이나 옥중의 안중근에게 직접 들은 얘기에 따르면, 그의 비극은 역시 청일전쟁의 도화선이었던 '동학란' 때부터 시작되었다.

"외국인을 배척한다면서 그 실태는 군현을 유린하고 관리를 살해하며, 국민들의 재산을 약탈했다. 이는 한국 위기의 근원이자 청일전쟁과 러일전쟁의 원인이 되었다."

안중근의 청춘도 이 무렵부터 빛나가기 시작한다.

얼마 후 한국은 민족 존망의 기로에 놓였고, 안중근은 평화스러웠던 고향에서 쫓겨나 유랑생활을 강요당했다. 여기에는 이미 한 개인의 힘으로는 대항할 수 없는 큰 시대의 흐름이 있었다. 그것은 개인 또는 민족이 몇 세대 전부터 쌓아 올린 마치 '생존에 대한 깊은 업보'와도 같은 것이었다. 하여튼 안중근은 밀려드는 시대의 압력에 대항하면서 생각하는 인간으로 눈 뜨게 되었다.

'전쟁, 그리고 국가, 인류역사란 대체 무엇일까?'

안중근은 많은 사색을 했다.

'가령 국가를 「인간의 이기주의 집단」이라고 한다면, 나라의 지도자는 항상 평화스런 미래를 내다보고 많은 이기심을 제어해 나갈 수 있는 이성과 기량을 겸비한 사람이어야만 할 것이다. 지금 청일 · 러일 전쟁을 빌미로 한국을 탄압해 오는 일본이라는 나라야말로 이기주의만으로 밀어붙이는 만행국가가 아닌가? 물론 우리 한민족에게도 인간으로서의 작은 이기심은 있다. 그러나 우리 민족은 예로부터 남의 땅을 유린하는 짓은 하지 않았다. 언제나 평화를 추구하며 살아왔다. 그런데 새로운 시대가 도래하여 나라의 평화를 유지하기가 무척 어려워졌다. 결국 나라의 독립을 지키고, 평화를 구한다는 것은 한 사람 한 사람의 끊임없는 노력과 마음가짐이 필요한 것이다. 그렇다면 지금 내가 할 수 있는 일이란 대체 무엇인가?'

안중근은 진지하게 자문자답해 보았다.

'쓰러져 가는 조국의 장래를 생각하면 끝없이 밀려오는 초조감에 가만 있을 수 없다.'

러일전쟁이 시작된 1904년경부터 안중근은 이런 충동에 사로잡혔다. 어느 날 천주교 신자인 안중근이 존경하던 홍 신부에게 들은 '러일전쟁이 시작돼서 한국이 참으로 위험하게 되었습니다' 라는 말이 그 계기가 되었다. 신부는 심히 개탄하였기에 안중근은 그 이유를 물었다.

"러시아가 이기면 러시아가 한국을 지배할 것이고, 일본이 이기면 일본은 한국을 관할하려 할 것이 분명합니다. 어떤 결과가 나오던 이것이 한국의 위기가 아니고 무엇이겠습니까?"

신부는 진심으로 나라의 장래를 걱정했다.

그 길로 안중근은 매일같이 신문과 잡지들을 읽으며 세계역사를 연구하기 시작했다. 과거를 연구하고 현재의 사건들을 파악하며 미래를 생각하게 되었다. 그 역시 수년간 정치부패로 인한 나라의 혼란함을 경험했음은 물론, 내란에 휘말려 여러 번의 고통을 체험했다. 그때마다 그의 일족과 많은 친구들은 서로 힘을 합쳐 잘 헤쳐 나오기는 했지만, 나라의 장래에 대한 걱정이 높아진 것은 역시 러일전쟁이 끝난 후부터였다.

안중근이 26세 되던 1905년 11월 17일. 이날은 안씨 문중은 물론, 한국인 모두에게 있어 암담한 하루였다. 일본이 러일전쟁에서 승리하자 추밀원의장 이토 히로부미가 특사로 내한했다. 그는 황제를 협박하여 '한일보호조약(제2차 한일협약)'을 강제로 확정지었다. 나라의 외교권마저 박탈해 빼앗은 부당한 이 조약에 대해 한국의 지식층은 모두 격렬히 분개했다. 당시 요양 중이던 안중근의 부친 안태훈은 의분 끝에 병세가 악화되었다. 병상의 부친은 아들에게 '청일전쟁을 시작할 때 발표한 조칙에는 한국의 독립을 위해서라고 떠들던 일본의 대의는 어떻게 된 것인가? 전쟁이 끝나자 당장에 노골적으로 침략의 야욕을 드러내고 있다. 이것은 전부 일본의 이토 히로부미의 정략이다. 지금 속히 대책을 세우지 않으면 앉아서 죽음을 기다리는 것이나 같다' 며 숨을 몰아쉬며 개탄했다.

안중근은 부친이 일찍부터 독립운동에 참여하여 많은 동지들과 함께 싸워온 것을 알고 있었기에 병상에 누워 계시는 부친에게 더 이상 걱정을 끼쳐서는 안 된다는 생각에 이르자 부친에게 상의했다.

"지금 의병을 일으켜 이토의 정략에 대항한다 해도 적은 강해서 부질없이 죽음을 부를 뿐입니다. 제가 들은 바에 의하면 청국의 산동성과 상해에는 많은 한국인이 거주하고 있다고 합니다. 우리 가족도 그곳으로 옮겨서 그 후에 대책을 세우는 것이 어떻겠습니까? 우선 제가 그곳 형편을 살펴보고 돌아오겠습니다."

부친은 아들의 제의에 동의했다. 그리고 그의 가족은 진남포로 거주지를 옮기고, 안중근이 돌아오기를 기다렸다.

곧바로 안중근은 산동성을 거쳐 상해를 돌며 지인들과 만나 견문을 넓혀나갔다.

어느 날 안중근은 장사를 하는 교포를 방문했다.

"조국이 지금 존망의 기로에 서 있으니 어쩌면 좋겠소? 당신의 의견을 듣고 싶습니다."

"한국 일은 말도 꺼내지 마시오. 비록 나는 보잘것없는 장사치오만 한국에서 벼슬아치들에게 재산을 수탈당하고 여기까지 피해온 몸입니다. 정치가 우리와 무슨 상관이란 말이오."

그는 안중근의 말에 상대도 하려 하지 않았다. 그러자 안중근은 쓴웃음을 지으며 말했다.

"그렇지 않습니다. 당신은 하나는 알고 둘은 모르시는군요. 만약 국민이 없다면 어떻게 국가가 존립할 수 있겠습니까? 더구나 국가는 몇 사람의 벼슬아치들의 소유가 아니라 당당한 2천만 민족의 것입니다. 만일 국민이 국민으로서 의무를 지키지 않으면 어떻게 민권과 자유의 도리를 획득할 수 있겠습니까? 지금은 민족주의 세계라고 하는데, 왜 한민족만 이 상황을 감수하며 멸망을 기다려야 하는 겁니까?"

그의 간절한 호소는 끝내 그를 납득시키지 못했다.

안중근은 상해로 피신하여 유복하게 살고 있는 전직 대관(大官)과 상인들을 차례로 만나 같은 얘기를 되풀이해 보았으나, 모두 조국의 위기에 무관심했으므로 얘기가 통하지 않았다.

'우리 한민족의 정신이 모두 이렇다면 나라의 장래는 뻔하다.'

그는 비분강개했다.

좌절감에 빠져 어찌할 바를 모르던 안중근은 어느 날 생각을 달리하고 천주교 교회에 나가 잠시 기도를 올린 후 돌아오는 길에 우연히 예전에 알았던 프랑스인 선교사를 만났다. 지난날 황해도 지방에서 오랫동안 포교를 맡았고, 안중근도 신세를 졌던 곽신부였다. 두 사람은 재회를 기뻐하며 서로 상해에 오게 된 경위를 얘기했다. 겨우 힘을 얻은 안중근은 한국의 참상을 설명했다.

"국내에서는 이제 아무것도 할 수 없습니다. 가족이 다 외국으로 이주하여 안정을 찾으면 그쪽의 재외동포와 협력하여 주변 여러 나라에 한국의 참상을 호소하고, 시기를 봐서 거사를 추진해 볼 생각입니다. 그렇게 하면 독립쟁취의 목표를 달성할 수 있지 않을까요?"

그가 단숨에 일본의 억압 앞에 노출된 나라의 위기를 설명하자 곽신부는 잠시 고개를 기울인 채 생각에 잠기더니 대답을 꺼냈다.

"나는 종교가로 정치 세계와는 전혀 상관없는 사람입니다만, 한국의 실정을 들으니 동정을 금할 수 없군요. 내가 지금 당신을 위해서 한 가지 방법을 일러드리죠. 만약 이치에 맞는다면 실행하십시오. 그렇지 않다고 생각된다면 마음대로 하십시오."

안중근은 그 방법을 꼭 가르쳐 달라고 했다. 신부는 초조해하는 그를 달랬다.

"가족이 이주하는 것은 잘못입니다. 한국 2천만 민족이 다 당신같이 생각하면 나라는 빈집이 됩니다. 그것이야말로 적이 원하던 바입니다. 우리 조국 프랑스는 독일과의 싸움에 져서 알자스와 로렌 두 곳을 할양하고 말았습니다. 지난 40년간 그것을 회복할 기회가 몇 차례 있었지만, 그곳 유지들이 다 외국으로 망명해 버린 탓에 아직도 그 목적을 이루지 못했습니다. 한국은 이를 교훈으로 삼았으면 합니다. 그런데……."

그는 안중근의 표정을 살피고 다시 말을 이었다.

"지금 각국은 한국의 참상을 알고는 있지만, 각자 자국의 사정에 급급해 도움을 줄 여유가 없습니다. 일본이 불법행위를 저지른다고 해서 다른 나라가 그것을 저지해 줄 것이라 생각지 마십시오. 옛말에 '하늘은 스스로 돕는 자를 돕는다' 고 했습니다. 당신은 곧장 조국으로 돌아가 먼저 당신이 할 수 있는 일을 하도록 노력하십시오. 그것은 첫째 교육진흥, 둘째 사회의 충실, 셋째 민심의 단결, 넷째 실력배양입니다. 이 네 가지만 확실히 실현하면 2천만 민심이 반석이 되어 두려울 것이 없을 것입니다."

그는 이 말과 함께 자중할 것을 당부하는 것을 잊지 않았다. 안중근은 신부의 충고가 참으로 고마웠다. 그리고 안중근은 곧바로 귀국하기로 결심했다.

그해 12월 외유에서 돌아온 안중근을 기다리고 있는 것은 부친 안태훈의 죽음이었다. 장남인 중근은 너무나 비통한 나머지 몇 번씩이나 혼절했다.

그는 부친상을 치르며 '대한독립이 성취되는 날까지 절대 술을 마시지 않겠다'고 단주를 맹세했다.

이듬해인 1906년 3월 안중근은 가족을 이끌고 정들었던 청계동을 떠나 부친과 상의했던 진남포로 이주했다. 얼마 후 안중근은 재산을 처분하여 학교를 세웠다. 안중근 자신도 교무를 담당하고 교육을 통해 인재를 발굴하려고 노력하기 시작한다. 그것은 상해에서 곽신부가 말한 네 가지 목표 중 첫 번째 목표를 실천에 옮긴 것이다.

그러나 교육가로서 정열을 불태우던 안중근에게 또 다른 사건이 기다리고 있었다.

1907년 6월 네덜란드의 헤이그에서 제2회 만국평화회의가 개최되었다. 고종황제는 일본의 보호강압을 받는 한국의 참상을 세계에 호소하기 위해 헤이그에 밀사를 파견했다. 그러나 고종의 계획은 실패로 끝이 났다. 고종은 일본 정부와 이토 통감으로부터 심한 힐문을 받은 끝에 황제직에서 퇴위하기에 이르렀다.

게다가 황제직에서 퇴위한 지 나흘 후인 1907년 7월 24일 일본 측은 초안의 한 글자, 한 구절도 수정하지 않고 단 하루 만에 새로운 '제3차 한일협약'을 체결했다. 전문 7조로 된 협약의 골자는 이렇다.

1. 통감의 한국 정부 지도를 명기한다.
2. 정부 고관은 통감의 추천을 필요로 한다.
3. 일본인 관리를 채용한다.

일본은 결국 한국 정부를 유명무실하게 만들고 말았다. 다시 8월 1일 마지막으로 남아 있던 한국군도 새 황제 순종이 내린 조칙이란 명분하에 해산당했다. 일본의 군사력을 배경으로 한 통감부에 의해서 한국은 막다른 골목으로 몰리게 되었다. 이 일련의 사건은 교육가의 길을 걷기 시작한 안중근에게 의병활동을 시작하게 만든 계기가 되었다.

의병투쟁에 참가하기로 결심한 안중근은 여행 채비를 갖추고 북으로 향했다. 한국 내에는 어디를 가든 일본군이 주둔하고 있었으므로 신변안전이 보장되는 러시아 영내로 들어가 연해주의 블라디보스톡까지 가기로 했다.

우스리강 동쪽 연안의 연해주는 1860년 11월의 북경조약에 의해서 청국이 러시아에 할양한 지역이다. 그 연해주 남단의 포시엣구의 주민 대부분은 한국인이었다. 이곳은 두만강을 경계로 함경북도와 접해 있었기 때문에 생활고에 허덕이는 한국 농민들이 신천지를 찾아 잇달아 국경을 넘어왔다. 그래서 러시아 국적을 취득한 자도 많았다.

이렇게 연해주 남부의 항구도시 블라디보스톡을 중심으로 한국인 개척지가 연이어져 있었다. 특히 러일전쟁 후 승리한 일본의 한국 통치가 가혹해지면서 이곳으로 이주해 오는 한국인의 수는 더욱 늘어만 갔다.

안중근이 안착한 블라디보스톡에는 수천 명이나 되는 한국인이 거주하여 학교는 물론, 청년회도 조직되어 있었다. 안중근은 그곳의 모임에 출석해 조금씩 활동무대를 넓혀 가며 몇 사람의 동지도 찾게 되었다. 안중근은 곧 그들과 의리를 맹세하고 정을 두텁게 쌓아나갔고, 각 지역을 순회하며 의병투쟁의 필요성을 역설해 나갔다.

안중근의 말은 단순한 선동적 연설이 아니라 천주교 신자답게 '천리(天理)'에 대해 설교했고, 또 한국인으로서 몸에 밴 '동족의 화합'을 호소하는 것이었다. 그래서 설교를 들은 사람은 안중근에게 격조 높은, 마치 예언자와도 같은 인품마저 느꼈다.

안중근은 어느 날 이렇게 호소했다.

"동포들이여! 내 형제들이여! 내 말 좀 들어주시오. 현재 우리 한국의 참상을 여러분들은 알고 계십니까? 일본은 러시아와 전쟁을 시작하며 선전포고문에는 동양평화를 유지하고 한국의 독립을 공고한다고 공표했습니다. 그러나 일본은 오늘날이 대의를 지키지 않고 도리어 한국을 침략하여 보호조약을 체결한 뒤 정권을 장악하고 황제를 퇴위시키고 철도, 광산, 산림, 하천 등 빼앗지 않은 것이 없습니다. 정부의 청사도 민가의 넓은 저택도 군영용이란 명목으로 빼앗아 그들이 거주하고 있습니다. 비옥한 전답도 선조의 분묘도 군용지라는 명목하에 파헤쳐 그 재난이 백골에까지 미치고 있는 실정입니다.

이 나라의 국민, 자손이라면 그 누가 이 굴욕과 분노를 참고 견딜 수 있겠습니까? 그래서 2천만 민족은 모두가 격분하고 있으며, 의병이 각지에서 봉기하고 있습니다. 그러나 일본인들은 의병을 폭도라 부르며 군대를 출동시켜 토벌하고, 잔혹하기 그지없는 살육을 일삼아 지난 2년 사이에 피살된 한국인은 수십만 명에 달합니다. 향토를 약탈하고 무고한 생명을 살해하는 자가 폭도입니까, 아니면 스스로 국토를 지키고 외적을 막는 자가 폭도입니까? 적반하장입니다. 일본의 대한정략이 이와 같이 잔인하고 포악해진 근본 원인은 모두 일본의 대정치가라는 노적(老賊) 이토 히로부미의 악행 결과입니다. 그자는 '2천만 한민족이 일본의 보호를 원하고 하루하루를 평화스럽게 지내고 있다'며 위로는 천황을 속이고 밖으로는 열강을 기만하며 제멋대로 온갖 악랄한 짓을 계속하고 있습니다. 어찌 비통한 일이 아니겠습니까?

우리 한민족이 노적 이토를 주살하지 않으면 한국은 반드시 멸망할 것입니다. 여러분, 이 상황을 잊어서는 안 됩니다. 여러분의 조국을 잊어서는 안 됩니다. 선대의 백골을 잊어서는 안 됩니다.

일가친척을 잊어서는 안 됩니다. 뿌리 없는 나무는 살 수 없듯이 나라 없는 백성도 살 수 없는 법입니다.

만일 여러분이 국외에 있다고 해서 조국에 대해 무관심하고 아무 협조도 않는다면, 또 이것을 러시아인들이 알게 되면 '한민족은 조국도 모르고 동족을 사랑할 줄도 모른다'고 비난할 것입니다. 또 '이런 국민들에게 어떻게 협조하고 이런 민족을 어떻게 사랑하겠습니까? 이런 쓸모 없는 민족은 도울 필요도 없다'고 할 것입니다. 그래서 머지않아 러시아 국경에서 쫓겨날지도 모릅니다.

여러분은 폴란드인의 학살과 흑룡강의 청국 국민들의 참상을 들은 적이 있습니까? 나라가 망한 민족은 참살과 학대를 피할 수 없습니다.

따라서 우리 한국인은 위급한 이때 생각만 갖고 있어서는 아무 소용없습니다. 일단 의병을 일으켜 적을 치는 수밖에 다른 방도가 없습니다. 왜냐하면 현재 한국 팔도강산 도처에 의병이 일어나지 않는 곳이 없기 때문입니다. 만약 의병이 패한다면 저 포악한 일본인들은 선악을 구별하지 못하고 모조리 폭도로 몰아 죽이고 가옥을 불태울 것입니다.

그렇게 되면 우리 한민족은 무슨 낯으로 살아가겠습니까? 자, 여러분 지금이야말로 국내외의 한민족 모두가 총칼을 들고 일제히 의병을 일으킬 때입니다. 스스로 힘을 길러 국권을 회복하고 완전한 독립을 쟁취합시다. 여러분, 앉아서 죽음을 기다릴 것입니까, 아니면 분발해서 힘을 떨칠 것입니까? 깊이깊이 생각하여 용진할 것을 엎드려 빕니다."

안중근의 정열적인 연설에 많은 사람들이 찬동했다. 전투에 참가할 사람과 병기를 제공할 사람, 의연금을 낼 사람들이 속속 나타나 비로소 안중근은 의병을 일으킬 준비를 할 수 있었다.

안중근이 러시아 영내에서 의병운동을 조직하고 있을 무렵 한국 내에서도 의병투쟁이 활발하게 일어났다. 통감부의 격파와 보호조약의 파기를 목표로 결성된 의군연합부대가 서울을 향해 진격했으나, 동대문 밖 30리 지점에서 있었던 싸움에 패배해 목적을 달성하지 못했다.

일찍이 시베리아 중앙에서 이름을 떨친 바 있는 김두성과 이범윤 등이 의병을 일으켜 두만강 근처에 집결했다. 여기에 참가한 안중근은 사령관으로서 참모중장의 자리에 임명되었다. 이때 안중근은 작전회의에서 다음과 같이 이야기했다.

"현재 우리 병력은 3백 명에 불과하다. 병법에는 불리한 상황에서도 반드시 만전의 책략이 있을 것이라고 했으니, 거기에 따라서 대사를 도모하지 않으면 안 된다. 지금 우리는 제1차 의병을 일으키는 것이지만 성공여부는 분명치 않다. 만약 제1차에 성공하지 못하면 2차, 3차, 10차를 반복해 백 번 꺾여도 굴하지 말고, 금년에 성공 못하면 명년을 기약하며 십 년이고 백 년이고 싸워야 한다. 만약 우리가 목적을 달성하지 못하면 우리의 자식, 손자가 뜻을 이어받아 반드시 한국의 독립권을 회복할 때까지 싸워야 한다. 여러 가지 책략을 써서라도 목적을 달성할 때까지 계속해야 한다. 그다음에 청년은 사회민심의 단결을 꾀하고, 어린이를 교육하고 후방에 남은 자는 모두 실업에 힘써서 실력을 길러나가야 한다. 그렇게 하면 대사는 쉽게 성취될 것으로 보는데, 어떻겠는가?"

그러나 이에 찬동하는 자는 별로 없었다. 권력자는 첫째가 부자, 둘째가 힘이 강한 자, 셋째 관직이 높은 자, 넷째 연장자라고 여기는 완고한 이 지방의 기풍에 안중근은 어디에도 해당되지 않았기 때문이다. 안중근은 상해에서 곽신부에게 들은 충고를 교훈삼아 이곳에서 그대로 실천해 장기적인 임전태세를 세워보고 싶었으나 뜻대로 되지 않았다. 안중근은 결국 뜻을 이루지 못한 채 출격했다.

1908년 6월 두만강을 건너 함경북도에 도달한 의병대는 일본군과 2회에 걸쳐 싸웠는데, 최초의 전투에서 승리하여 일본군 네 명을 포로로 잡게 되었다. 안중근은 이때 부하장교들의 반대를 무릅쓰고 이들을 석방하기로 결정했다. 그때 그는 포로들에게 일본의 잘못을 자상하게 설명했다. 그러자 그들은 울면서 말했다.

"이것은 우리들의 뜻이 아닙니다. 삶을 사랑하고 죽음을 미워하는 것이 인정인데, 멀고 먼 타국에서 임자 없는 외로운 혼백이 된다는 것은 우리에게도 참으로 유감스런 일입니다. 오늘 이런 꼴을 당하게 된 것도 다 이토 히로부미의 잘못된 정책 때문입니다. 이토는 천황의 성지를 지키지 않고 제멋대로 권력을 농간하여 한일 양국의 귀중한 생명을 수도 없이 살해하고 있습니다. 계속해서 이런 상황이 이어진다면 나라는 피폐하고, 국민은 도탄에 빠져 동양평화는커녕 일본의 안녕 자체도 의심스럽습니다. 우리가 죽는다면 너무나 원통할 따름입니다."

안중근은 곧 그들에게 석방을 허락했다.

"고맙습니다. 그러나 만일 몰수당한 총기를 가져가지 않으면 벌을 면할 수 없습니다."

총기를 돌려달라는 포로들의 애원에 안중근은 그들에게 총기마저 돌려주었다.

"돌아가더라도 포로가 되었다는 말은 결코 하지 말고 몸조심하십시오."

네 명의 포로들은 몇 번이나 고맙다는 인사를 하고 떠났다. 그들을 보낸 뒤 포로들의 석방에 반대했던 장병들에게 이렇게 말했다.

"현재의 만국공법에 따르면 우리는 포로를 죽일 수 없다. 훗날 송환하도록 되어 있다. 지금 그들을 석방한 것이야말로 약자가 강자를 제거하고 인으로써 악을 대적하는 본보기가 되기 때문이다."

그 후 의병은 전투에 패했고, 추위와 굶주림으로 전의를 상실한 채 해산되었다. 의병이라고는 하나 근거지도 없는 미숙한 패배자 집단인 이들은 전략, 전술면에서도 안중근이 생각했던 것과는 많은 차이가 있었다. 모든 것이 미비하고 불충분한 가운데 전투를 계속했던 것이다.

전투에 패한 뒤 장마비 내리는 산골짜기에서 어둠을 틈타 가까스로 목숨만 부지한 채 쫓겨다니는 나날이 한달 반이나 계속되었다. 안중근은 홀로 산 위에 앉아 이제 누구를 탓하고 누구를 원망할 수도 없다고 생각했다. 그러나 다행히도 흩어졌던 의병 몇 사람과 다시 만나 상의할 수 있게 되었다.

'살아 남느냐? 자결해서 죽느냐? 아니면 일본군에 투항하느냐?'

이야기를 나누다 보니 서로의 의견이 제각각이었다. 안중근은 한참 생각한 끝에 자신을 심정을 밝혔다.

"남아가 큰 뜻을 품고 국외에 나왔다가 대사가 여의치 않아 처신을 고민하고 있지만, 동포들이 흘린 피에 맹세한 대의에 어긋나는 행동은 하지 않겠다.

각자 생각대로 행동하라. 나는 산을 내려가서 일본군과 결전하여 대한 2천만의 한 사람으로서 의무를 다하고 죽을 것이다."

말을 마친 안중근은 무기를 들고 떠나려 했다.

그러자 의병 중 한 사람이 그에게 달려와 울면서 호소했다.

"당신은 한 개인의 의무에만 충실하고자 하십니다만, 그것보다 중요한 일이 더 많습니다. 이 같은 상황에서는 죽어도 아무 소용이 없습니다. 당신은 막중한 책임을 짊어지신 몸이니 목숨을 소홀히 해서는 안 됩니다. 훗날을 위해 다시 큰 일을 도모하시기 바랍니다."

그 말을 듣고 안중근은 그 동지의 말에 따르기로 결정했다.

그래서 모두는 몸을 숙여 계속 전진했다. 낮에는 적진을 통과할 수 없었으므로 야간에만 움직여야 했는데 그날 따라 동서남북을 분간 못할 정도로 구름과 안개가 짙어 고생이 더 컸다.

게다가 인가마저 없어 4, 5일 동안 식사도 제대로 못했다. 맨발에 굶주림과 추위를 견딜 수 없었다. 이들은 풀뿌리를 씹으며 서로를 위로하고 도우며 계속 도주했다.

그러던 어느 날, 먼발치에서 개와 닭 우는 소리가 들렸다. 수풀 사이로 조심조심 접근해 보니 민가가 있었다. 이들은 주인을 불러 먹을 것을 달라고 부탁했다. 집주인은 그들에게 조밥을 대접하고는 이렇게 귀띔해 주었다.

"이곳을 빨리 떠나는 게 좋을 것입니다. 어제 이 근처에 일본군이 와서 마을 사람을 5명이나 붙잡아 의병에게 식사를 제공했다는 이유로 즉석에서 총살했습니다."

안중근은 이제까지의 경위를 설명하고 주인에게 깊은 감사의 뜻을 전했다.

"국가가 위급할 때 이런 곤란을 겪는 것은 국민의 의무이며 고난을 참고 넘겨야만 큰일을 성취할 수 있을 것입니다. 저희들을 개의치 말고 살기 좋은 세상에서 살 수 있도록 열심히 노력해 주십시오."

주인은 그들을 격려하며 두만강 쪽으로 향하는 도피로까지 친절히 가르쳐주었다.

다시 깊은 산중으로 들어간 안중근 일행은 냇물을 찾아 물을 마시고, 나무그늘에 누워 휴식을 취하며 12일 동안 겨우 두 끼 식사만으로 간신히 목숨을 부지하고 있었다. 구사일생의 고비를 몇 번이나 넘기면서 그때마다 안중근은 '인간은 고난을 겪어야만 비로소 훌륭한 일을 할 수 있으며, 죽음의 늪에 빠져봐야 인생을 알 수 있는 것' 이라며 동료들을 격려하고 자신도 스스로 분발하려고 했다. 그러나 결국 1차 의병투쟁은 참패로 끝나고 말았다.

두만강을 건너 무사히 블라디보스톡으로 돌아온 안중근은 그곳에서 얼마 동안 휴식을 취했다. 이윽고 체력이 회복되자 다시 적극적으로 유지를 방문하며 교육의 중요성과 사회에 충실할 것, 투쟁지원을 호소하며 활동했다. 안중근은 독립을 위해 어떻게 하면 분위기를 전투태세로 만들 수 있을 것인가를 고민하며 잠을 설치기 일쑤였다.

1909년 정월 노보키에프스크 지역으로 온 안중근은 이곳에서 새로 알게 된 동지 12명과 단지동맹(斷指同盟)을 결성했다. 스스로 맹주가 된 안중근은 동지들에게 호소했다.

"여러 가지 계획을 세운다 하더라도 성취하지 못하면 남의 웃음거리만 됩니다. 우리에게는 우리들을 일심동체로 맺어줄 특별한 조직이 필요합니다. 이를 위해 오늘부터 단지동맹을 맺어 나라의 독립을 위해 몸바치지 않으시렵니까?"

안중근의 호소에 찬성한 12명의 동지들은 모두 왼손 약지 세 번째 마디를 절단하고, 그 손가락에서 흐르는 피로 국기에 '대한독립' 이라고 쓴 뒤 대한독립만세를 삼창하고 천지에 맹세한 후 각지로 흩어졌다.

그해 10월 노보키에프스크에 머물고 있던 안중근은 어느 날 갑자기 이유도 없이 가슴이 두근거려 이곳에 가만히 머물 수 없다는 생각이 들었다. 그래서 안중근은 다시 블라디보스톡으로 가기로 했다. 이 항구마을에 오면 안중근은 평온함을 느꼈다. 마치 눈에 보이지 않는 기이한 힘에 온몸이 이끌리는 기분이었다.

이곳에 도착한 안중근은 당장 시시각각으로 변화하는 국내 정세를 확인하기 위해 신문을 구해서 읽었다. 그때 안중근의 눈에 깜짝 놀랄 만한 기사가 들어왔다. 이미 연해주에서도 화제가 되어 있는 '일본의 대정치가 이토 히로부미가 머지않아 하얼빈에 온다' 는 뉴스였다.

안중근은 순간 자신의 눈을 의심했다. 그러나 그것은 틀림없는 사실이었다. 갑자기 가슴이 조여들고 참으로 힘든 청춘을 보냈다는 생각이 뇌리를 스쳐 갔다.

'온 인생을 걸고 노려왔던 인물, 일찍이 유례가 없을 정도로 한국을 짓밟아온 일본의 원흉이 바로 내 앞에 온다. 이제까지는 손이 닿지 않았을 뿐이다. 만주에서는 좀처럼 맞기 어려운 좋은 기회가 될지도 모른다.'

안중근은 현기증이 날 정도로 흥분했다.

'하얼빈에 가면 반드시 목적을 달성할 수 있을 것이다.'

안중근은 확고하게 '이토 주살' 을 결심했다.

'조국의 독립을 위해, 우리 동포들을 위해' 라는 생각이 한시도 안중근을 떠나지 않았다. 그는 한시라도 빨리 하얼빈으로 가기 위해 서둘렀다. 조급해지는 마음을 진정시키기 위해 안중근은 떠들썩한 항구마을을 빠져 나와 바다가 내려다보이는 언덕에 올랐다. 깊은 생각에 빠질 때면 언제나 오르던 언덕이었다. 그는 이곳에서 깊은 사색에 잠겼다.

'이 중대사를 성취하자면 적당한 준비로는 안 된다. 무엇보다 상대의 이름만 들어왔을 뿐 아직 얼굴도 모른다. 하얼빈도

여기서 상당히 먼 거리이고, 게다가 자금마련도 쉽지 않다…….'

순간 불안이 엄습해 왔다.

'유랑은 이것으로 마지막이 될 것이며, 다시는 이와 같이 황금 같은 기회가 주어지지 않을 수도 있다는 생각에 안중근은 온몸에 전율이 일었다. 설사 일순간에 죽는 한이 있더라도 오직 이 큰 목적을 위해 자신의 인생을 내던지는 굳건한 결의는 그 순간까지 굳게 숨기고 간직해야만 하리라.'

안중근은 저녁놀에 물든 채 고요히 저물어 가는 블라디보스톡을 바라보았다. 그의 가슴은 다시 하얼빈행으로 조급해졌다. 눈을 감으면 아직 한 번도 본 적 없는 하얼빈의 하늘이 새빨갛게 불타오르는 것 같은 착각이 밀려왔다.

일본의 원훈, 이토 히로부미 쓰러지다

일본의 원훈 추밀원의장 이토 히로부미가 하얼빈에 오는 목적은 과연 무엇일까? 일본 정부는 이미 1909년 봄 이토가 외유하기 전에 한국에 대한 현안 방침을 '병합'으로 결정했다. 외상 고무라의 주관으로 작성되어 3월 31일 수상 가츠라에게 제출된 한국에 대한 방침에서 '병합'이라는 문구가 처음 등장한다.

물론 가츠라와 고무라는 이 방침에 대해 당시 한국통감이던 이토와 협의했다. 이것은 4월 10일에 있었던 일로, 이토와 얘기를 나눈 두 사람이 이토에게 물었다.

"이것은 한국을 폐하여 일본의 일부로 만드는 것입니다만, 영토는 한국 황제가 일본 천황에게 양도하는 형식을 취하는 것이므로 합병이니 합방이니 하는 말은 표현이 너무 과격합니다. 그래서 약탈한 듯한 인상을 피하기 위해 '병합' 이란 문구를 썼는데 어떻겠습니까?"

가츠라와 고무라는 처음에는 합병 반대론을 주장한 이토가 어떻게 대답할까 걱정이었다. 그러나 이토가 의외로 순순히 병합을 승락하자 두 사람은 안도의 숨을 내쉬었다. 이것으로 정부의 방침이 정해진 셈이다.

그런데 이토는 '헤이그 밀사사건' 이 발생한 1907년 6월, 그 책임을 추궁하는 과정에서 한국 황제를 퇴위시켰다. 제3차 한일협약을 체결하고 군대를 해산하는 등 통감정치를 강화하는 한편, 한국독립에 걸맞은 듯한 보호정치를 목표로 설정했다. 이러한 정책이 한참 논의되던 7월 29일, 이토는 한국에 재류 중인 신문기자를 초대한 만찬회 연설에서 한국독립 문제에 대해서 언급하며 '일본은 한국의 음모를 방지하기 위해 외교권을 일본에 양보하라' 고 했다. '일본은 한국을 합병할 필요는 없다. 합병은 대단히 성가신 것이고 차라리 한국에는 자치가 필요하다. 더우기 일본의 지도 감독이 없으면 건전한 자치를 달성하기 힘들다. 이것이 이번 신협약을 성립시킨 이유이다. 옛말에 군주에게 간하는 충신이 7명이 없으면 그 나라는 망한다고 했다. 결국 군주에게는 충신 7명이 필요하다는 얘긴데 오늘날 한국민 중에 황제에게 충성하는 신하는 한 사람도 없다. 참 한심한 상황' 이라고 역설했다.

그러나 그 후 2년도 못되어 이토의 생각은 180도 달라져

'병합'을 강력히 추진하는 입장이 되었다. 원래 이토가 맡은 한국통감의 직무는 한국이 올바르게 자치를 할 수 있도록 지도 감독을 하는 것이었다. 그러나 이토는 그것을 위반했다. 치바가 말년에 술회했듯이 강압통치로 한국 민중의 정서를 키워가겠다는 일본의 생각 자체가 애초부터 무리였던 셈이다. 여하튼 당시 한국 국민은 오랜 세월에 걸쳐 조선의 폐정(弊政, 폐단이 많은 정치-옮긴이) 울타리 안에서 허덕이고 있었다고는 하나, 여전히 일본을 능가하는 전통문화와 역사를 과시하고 있었고, 그들 마음에 깊이 새겨진 문화와 정신은 타국의 어떤 채찍질에도 굴하지 않는 힘을 가지고 있었다.

'당연한 일이지만 민족 고유의 문화에는 그런 힘이 있게 마련이지.'

말년의 치바는 곧잘 얘기하곤 했다.

어쨌든 이토의 연설이 있은지 사흘 뒤인 8월 1일 한국 군대는 해산되었고, 민중을 총망라한 의병투쟁과 반일운동이 전국으로 퍼져 나갔다. 이미 '건전한 자치를 위한 지도감독' 등을 운운할 단계를 넘어서고 말았다.

치바 자신은 평생 동안 '이토의 인물됨'을 제대로 보지 못했다. 25세의 헌병 상등병 시절 여순에서 딱 한 차례 보았던 이토의 얼굴은 자신의 아버지보다는 좀 늙어 보였고, 출정 당시 돌아가신 조부와 같은 인상이었다. 사이고 다카모리나 오쿠보 토시미치 같은 인물이 사라진 후 메이지 유신정부를 지탱해 온 대정치가로 생각하고 있던 이토의 모습은 그저 눈부시게만 느껴졌다.

이토 히로부미는 1841년 스하노쿠니(周防國, 현 야마구치현) 구마게군 츠카니무라의 농민인 쥬조의 아들로 태어났다. 그런데 마을의 촌장 밑에서 일하던 아버지는 보관중이던 현물세를 몽땅 써버린 후 어디론가 도망쳤다. 그 후 이토 히로부미는 조슈번(長州藩)의 하급무사였던 이토 가문의 후계자로 입양되었다. 이토에게 상속인이 없었던 관계로 1854년 히로부미의 아버지를 비롯한 전 가족이 정식으로 이토 성을 갖게 되었는데, 히로부미가 14세 때의 일이다.

이 무렵 미국사절 페리가 내항하여 일본에 개항을 강요했다. 존황양이(尊皇攘夷)의 배외사상과 함께 막부타도운동이 격렬했던 시절이었다. 하찮은 계급 출신인 이토는 번의 지사(志士)인 요시다 쇼인의 쇼오까손 숙에서 공부했다. 그러던 중 갈수록 고조되어 가고 있는 막부타도운동의 와중에 번의 대표였던 기토 다카요시의 인정을 받아 차츰 두각을 나타내기 시작했다. 그리고 무진전쟁에서 승리하여 메이지 유신정부가 성립되자 이토는 그 중심인물인 기토 밑에서 야마가타 아리토모, 이노우에 가오루와 함께 조슈(長州, 지명-옮긴이)의 삼총사로 불리게 되었다.

1871년 11월 12일 이와쿠라 토모미를 전권대사로 한 구미사절단이 구성되었다. 이토는 기도, 오쿠보를 비롯한 이 사절단의 일원으로 막부 말기 런던에서 유학했던 경험을 되살려 실력을 발휘했다. 또 이 무렵부터 이토는 조슈번의 선배 기도보다 사츠마 출신의 오쿠보 쪽으로 기울어지기 시작했다. 그 결과 오쿠보를 중심으로 굳혀진 유신정부 내에서 능력을 발휘하게 된 이토는 점점 높은 지위에 오르게 되었다.

그 후 1877년에 발생한 서남전쟁 무렵 기도는 병으로 죽고, 사이고가 전사하고, 오쿠보도 서남전쟁의 책임을 추궁하는 무사의 손에 암살되고 말았다. 메이지유신의 세 원훈이 동시에 사망하자 필연적으로 이토의 입장이 유리해졌다. 그 후 메이지 정부는 이와쿠라파를 중심으로 이토를 비롯한 조슈 삼총사의 추진력을 발판 삼아 천황절대주의의 궁정정치 입지를 굳혀 갔다.

이토는 정부의 신제도 확립에 주도적인 역할을 수행해 나갔다. 특히 국민도덕을 기본으로 하여 앞으로 일본을 다스리게 될 '대일본제국헌법'의 제정에 힘을 쏟았다. 1889년 2월 11일에 반포된 흠정헌법은 이토를 포함한 몇몇 이들의 공적에 의한 것이기에 그 공적을 인정받은 이토는 '메이지의 원훈' 대우를 받게 되었다.

그 후로 이토는 1885년 초대 수상, 1888년 초대 추밀원의장으로서 헌법 초안의 심의를 마무리하고, 1890년에는 초대 귀족원의장에 취임했다. 이들 기관을 창설한 이토는 스스로 초대 책임자가 되었다. 메이지의 중신들은 이러한 경력과 함께 치바를 포함한 서민들에게도 숭배를 받았다.

그런데 훗날 치바가 들은 이토에 대한 신랄한 비판 중에 다음과 같은 일화가 있다. 초대 총리대신과 궁내대신을 겸임하고 있던 이토 수상이 궁내대신의 사직을 천황에게 주청했을 때의 일이다. 그때 천황에게 정신적 조언을 하는 입장에 있는 시강

(侍講, 군주 · 황태자에게 학문을 강의하는 사람-옮긴이)이 천황에게 올렸던 얘기이다.

"생각건대 이토 대신은 재치는 넘치나 덕망이 부족합니다. 만일 궁중의 임무를 맡게 된다면 민심은 내각뿐만 아니라, 장차 황실에서도 떠나게 될 것입니다. 참으로 두려운 인물입니다."

시강은 궁내대신에서 퇴임시키는 것이 옳다고 주장했다. 그 결과 이토는 궁내대신에서 면직되었다고 한다.

또 이런 얘기도 있었다.

이토가 제2차 내각수상을 역임했을 때였다. 천황에게 주청한 '청일전쟁의 조칙'에 관해서 '사실은 메이지 천황은 청일전쟁을 시종 반대했다.' 또 '청일전쟁 개전에 즈음하여 조칙에는 한국의 독립과 동양평화를 원한다는 대의를 내걸었으나, 사실은 이 전쟁에 반대하는 소수의 유신관계자 가운데는 메이지 천황도 들어 있었다. 당시의 기록에 의하면 조칙 공포 후에 주위의 눈을 고려해 천황 자신이 조칙에 서명하긴 했으나 조상을 뵐 낯이 없다며 고유제식에 나가기를 며칠 동안 거부했다. 주위의 설득으로 하는 수 없이 제식을 집행했다는 천황의 진의가 적혀 있다. 또한 조칙내용이 현실적으로 실행되지 않을 것이라고 부끄러워했다'는 얘기들이 떠돌고 있었다.

이 이야기들을 전해들은 치바는 그 조칙이 무엇을 의미하는지, 이에 관련된 천황의 진의라는 것이 무엇인지 알 것 같았다. 게다가 치바가 실제로 보고 들은 일들은 물론, '일본의 대륙진출은 아무리 봐도 남의 나라 주권과 영토를 침략한 것'이라는 생각과 함께 한국에 관해서도 안중근이 말했듯이 '독립 지원이 아니라, 일본의 강압통치로 속국으로 만들고 말았다'고 단정할 수밖에 없었다.

'우리의 원훈 이토도 참으로 죄 많은 사람이었다.'

만년에 접어든 치바는 항상 반성했다.

'토요토미 히데요시와 이토공 두 사람에게 공통점이 있다. 이는 우연이 아니다. 벼락출세한 위정자는 권위와 권력을 배경으로 남을 괴롭히기 마련'이라는, 언젠가 들은 마을 노인들의 탄식이 마음에 걸렸다.'

'이토도 68세가 되었다. 말년이 되어 좀 피곤해졌을지도 모른다. 아니면 한국 국민에 대한 보호정치에 차츰 좌절감을 맛보기 시작한 것일까? 어느 쪽이든 마음속에 인간으로서 느낄 수 있는 어떠한 감정이 소용돌이치고 있었을 가능성이 있었다.'

치바는 후에 안중근이 그리워질 때마다 그런 생각을 했다.

하지만 이토에게는 아직 해결해야 할 일이 남아 있었다. 그는 심기일전하여 일본을 위해 더 열심히 일해야 한다고 생각하고 있었다. 가츠라와 고무라 두 사람에게 '한국병합'을 승낙한 지 2주일 뒤인 1909년 4월 24일, 수상 가츠라가 회장으로 있는 동양협회 주최로 열린 '한국 명사들의 일본관광단 환영회' 석상에서 통감 이토는 이렇게 말했다.

"한일 양국은 산업, 경제, 무역뿐만 아니라 정치적으로도 밀접한 관련을 맺고 있습니다. 이것은 두 나라에 있어서 가장 중요한 문제입니다. 양국 국민들 중 이에 대해 잘 모르는 자도 있겠지만, 이것은 반드시 알아야 할 중대한 사항입니다."

그리고 줄지어 앉아 있는 명사들을 노려보면서 말을 이었다.

"아직도 동양에는 문호개방이 필요하다고들 말합니다. 하지만 한일관계는 여기에 적용되지 않습니다. 양국 간에 문호란 존재하지 않습니다. 따라서 기회균등 문제는 더 말할 나위도 없습니다. 양국은 이제까지 각각 독립적인 두 나라로 성립되어 왔습니다만, 바야흐로 이제 두 나라는 한 가족이 될 시기에 와 있습니다. 오늘날 이런 사정도 모르고 부질없이 분란을 일으키려고 하는 자가 있다는 것은 제 입장에서는 이해할 수 없는 바입니다."

그는 은연중에 '한일병합'의 의도를 암시하고 있었다.

그후 같은 해 6월 이토는 3년 반에 걸쳐 실질적으로 한국을 지배해온 초대 통감의 지위를 부통감에게 양보하고, 4대 추밀원의장을 맡았다. 이토가 통감을 사임한 이유는 그가 지향하던 한국의 내정개혁이 의도한 대로 진행되지 않은 데다 의병운동이 심해지자 통치의욕을 잃은 까닭이라고 표면적으로나마 알려졌다. 그러나 사실 그는 훨씬 깊숙한 곳의 반격을 시도하고 있었는지도 모른다. 이 점은 이토가 가츠라가 준비한 '한일병합안'에 대해 선뜻 자신의 방침을 바꾸어 승낙한 경위에서도 엿볼 수 있다.

어쨌든 이토의 존재와 영향력은 절대적이었다. 추밀원의장도 한직이라고는 하지만 국무나 황실의 대사에 관해 천황의 자문역할을 하는 중요한 지위이다. 천황의 곁에 머무는 것이 얼마나 큰 권위를 가지고 있는 것인지 이토 자신이 가장 잘 알고 있었다. 또한 초대 수상부터 네 차례에 걸쳐 내각을 통솔하며 메이지 일본의 나침반이 되어 온 이토의 자부심은 자타가 인정하는 바였으므로 그는 원훈으로서의 권위를 마음껏 휘둘러왔다. 물론 일본의 대외 전략에 있어서도 이토의 동의 없이는 진척되는 일이 없었다.

이 무렵 이토는 그동안 개척해 온 대한방침의 연장책으로서 만주대륙을 향한 진출을 마음에 두고 있었다. 그가 부심했던 '한국, 중국, 러시아'에 대한 대책은 첫째는 러일전쟁 후 침체된 일본경제를 한국과 만주의 식민지정책으로 회복해 보자는 것이며, 철도를 정비하고 항만을 관리하여 무역으로 이익을 얻어내자는 정책이다. 그리고 언제나 그의 머리에서 떠나지 않았던 것은 중국 동북부에서 한국으로 내려오는 러시아라는 존재였다. 러시아와 협조하는 동시에 중국에서 권익을 추구하는 미 · 영 열강과도 항상 물밑교섭을 통해 그들의 태도를 살펴야만 했다. 이러한 정세 속에서 '언젠가는 한국을 병합하리라'는 일본의 큰 야망을 가슴에 간직하면서 이토는 은밀히 여행길에 오를 채비를 시작했다.

이 이야기를 통해 대담함과 치밀함, 때로는 겁쟁이같이 보일 정도로 소심한 한 노인의 모습을 상상할 수 있을 것이다. 무엇인가 뚫어질 듯 응시하며 최후의 꿈을 걸고 대륙 여행길에 오르는 노정치가의 모습을. 단, 치바의 술회에서 추측할 수 있듯 아마도 이토는 '모든 것은 세계의 역사와 인류가 걸어온 길과 같다. 막부 말기에서 지금에 이르기까지 반세기가 흐르는 동안 일본이 모처럼 배운 교훈을 지금에 와서 버릴 수 없다. 보라,

저 서구열강의 끝없는 야심을, 이것도 시대의 흐름이 아닌가?' 라고 주장하며 약육강식의 대열에 설 것을 다시 한 번 굳게 마음먹고 있었던 것 같다.

물론 이토의 이런 발상도 당시로서는 그리 이상한 것이 아니었다. 다소 이전에 있었던 일로, 이토가 이끈 제1차 내각 때 문부대신이었던 모리 아리노리는 다음과 같은 이야기를 전하고 있다. 모리가 1876년 1월 청국 주재 공사로 있을 때 청국의 이홍장 총독과 회담할 때의 일이었다. 모리가 정부의 방침을 반영하여 조선에 대한 청국의 종주권을 부정하고 조선문제에 관한 청국의 간섭을 봉쇄하기 위해 이 총독과 다음과 같이 대담을 나누었다.

이 "우리 동방의 여러 나라 중에서 청국이 가장 크고 그 다음이 일본입니다. 기타 여러 작은 나라도 하나같이 마음을 화합하면 이 난국을 헤쳐나가 서구와 대항할 수 있을 것입니다."

모리 "나는 수호조약 같은 것은 아무 소용이 없다고 생각합니다."

이 "국가 간에 화목을 위해서는 모두 조약에 따르는 법인데, 왜 소용이 없다고 하십니까."

모리 "통상문제 같은 것은 조약에 따라 행할 수도 있겠지만, 국가대사는 어느 쪽이 더 강한가에 의해 결정되는 것 아닙니까? 반드시 조약 같은 것에 의지할 필요는 없는 것입니다."

이　“그것은 틀린 말입니다. 강한 힘을 가졌다고 해서 조약을 위반해도 된다는 것은 만국공법에 어긋납니다.”

모리　“만국공법도 이 경우에는 소용없는 것이지요.”

이 대담에서는 구미열강과의 교류에 있어 만국공법에 의존해 막부 말기의 불평등조약을 개정하려던 일본의 모습은 전혀 발견할 수 없다. 당시 청국이나 조선에 대해 힘의 외교를 추구한 일본의 속셈을 훤히 알 수 있었다.

그로부터 30년이 지나 아시아의 강대국이 된 일본은 마침내 '한국병합' 을 성취할 수 있었다.

그러고 보면 말년을 맞이한 이토의 대륙 외유계획은 국가의 원훈으로서 선봉역을 맡은 셈이라 볼 수 있다. 그 역할을 다하기 위해서 세심한 준비를 하고 있는 이토에게 중요한 임무가 한 가지 남아 있었다.

7월 26일 이토는 천황으로부터 '한국 황태자가 유학하는 동안 보육총재(輔育總裁)' 로 임명되어 8월 1일부터 열두 살의 한국 황태자를 모시고 동북 및 북해도 지방 유람에 나서게 되었다. 일 년 전에도 이토는 황태자의 관서지방 견학에 동행했었다. 그러나 이번에는 이토에게 약간 무거운 책임이 주어졌다. 그것은 병합 후 한국 황제의 처우문제였다. 이토는 전 수상인 가츠라와 그에 대해 협의한 바 있었다. 병합 후에는 황제라는 명칭을 '이왕(李王)' 으로 바꾸고, 왕가를 만들어 일본의 황족으로 대우할 생각이었다. 그 황태자인 '이왕세자(李王世子)' 를 위한 일본 유람의 안내였던 것이다. 가능한 한 병합의 마찰을 완화하기 위해, 또 한일 양국 국민의 관계 유지를 위해 십분 배려했다는 모습을 보이기 위해 이토는 여러 모로 신경을 기울여 수행길에 올랐다.

당시 여순에서 근무하고 있던 치바는 아버지의 편지를 통해 이 소식을 전해 들었다.

"열차에서 내린 한국의 전하와 이토공 일행은 흰말을 타고 오우가도를 지나갔는데, 마을에서도 많은 사람이 동원되어 그들을 환영했다고 한다. 그날 밤은 현의 경계에 있는 본진(本陣)에서 묵었다는데, 어찌나 일행이 많았던지 접대도 힘들었다더라."

오우가도는 치바의 생가에서 별로 멀지 않은 곳에 있었으므로 치바는 마치 황태자와 이토 일행의 모습이 손에 잡힐 듯 눈에 선한 동시에 마을 사람들의 모습이 떠올라 문득 고향이 그리워졌다. 이후 성인이 된 한국의 황태자는 일본 육군에 들어갔다. 치바는 그가 육군에서 훈련 중에 동북지방을 순회할 때 고향의 냇가에서 야영했다는 사실도 기억해 냈다.

한국 황태자와 이토의 유람여행은 미도, 센다이, 모리오카, 아오모리에서 북해도의 하코다테, 오타루, 삿포로, 무로랑을 돌아 다시 도호쿠로 접어들어 아키다, 야마가타, 후쿠시마로 이어졌다. 귀경은 8월 23일이었다. 이토의 국내행사는 이것으로서 거의 마감되었다.

1909년 10월 드디어 이토는 만주시찰을 명목으로 하얼빈 여행길에 올랐다.

14일 수행원을 데리고 가나가와현 오이소의 자택을 출발하여 15일 바세키의 범루에서 1박을 하고, 16일 모지에서 기선 데스레이마루를 타고 출항했다. 18일 대련에서 하선한 이토는 다음 날 그곳에서 열린 일, 청, 구미 합동 환영회에 참석한 자리에서 다음과 같이 인사했다.

"나는 전부터 만주를 한 번 방문하고 싶었습니다만, 이제서야 겨우 시간이 나서 천황의 허락을 받아 이렇게 방문길에 오르게 되었습니다. 어제 막 도착했기 때문에 오늘은 별로 할 만한 얘기도 없고, 오히려 여러분의 좋은 얘기를 듣고 싶습니다.

다만 평소 품어왔던 생각을 말씀드리고자 합니다. 극동의 평화는 대단히 중요하고, 그 평화유지에는 우리 일본에 막중한 책임이 있다고 생각합니다. 그러므로 만주에 거류하는 일본 정부 관계자는 항상 문호의 개방과 기회균등의 정신으로써 여러모로 노력하고 있습니다. 또 일반 재류 일본인들도 이 정신을 존중하고 있습니다. 이렇게 관민일체가 되어 성의를 다한다면 금후에도 청국, 러시아 사람들과 지금보다 훨씬 친밀한 관계를 유지할 수가 있을 것이라고 생각하는 바입니다."

환영회는 대성황이었다. 많은 박수를 받은 이토는 만면에 미소를 띠며 수행원에게 "내일부터 시작될 여행도 기대되는데"라고 말을 건넬 정도로 여유가 있었다.

비록 외교적인 인사말이라고는 하지만, 만주문제를 표면에 내놓은 이토의 말은 주도면밀했고, 가는 곳마다 상대를 안심시키고자 배려했다. 그러나 이토가 대련을 방문했을 때, 그의 만주방문의 목적인 당시 동양문제를 책임지고 있는 러시아의 재무

장관 코코프체프와의 회담은 많은 이들의 주목을 끌고 있었다.

이토의 외유목적은 극동문제, 특히 한국의 처리문제에 대해 러시아와 충분히 의견을 교환하는 것이었다. 한국에 대한 '보호통치'로 완전히 전환하여 병합하기로 단정을 내린 이토로서는 러시아를 위시한 서구열강이 더 이상 의심하지 않도록 모든 면에서 일을 부드럽게 처리해야 할 필요가 있었다.

또 만주 철도노선 문제도 그 권익을 둘러싸고 구미 각국과 끊임없이 논의가 분분해 왔던 터라 러일 수뇌부의 직접적인 교섭은 '협조'한다는 명분으로 전부터 모두가 기대하고 있었다. 일본이 아무리 만주의 문호개방과 기회균등을 만방에 외친다 해도 '자기 영토도 아닌 만주의 개발'을 주장하는 것은 '청국의 주권을 무시하는 일'이라는 국내의 비판도 적지 않았다. 그러므로 이토의 만주방문은 수세에 몰리고 있는 일본이 최소한의 성의를 보인다는 것을 여러 나라에 과시하고, 무엇인가 유효한 방도를 찾기 위해 성사된 것이었다. 때문에 '유람'을 즐길 만한 마음의 여유가 없었다는 것이 그의 솔직한 심정이었을지도 모른다.

10월 20일 대련을 출발해서 여순에 도착한 이토는 러일격전지를 순회하고 203고지에 잠든 러시아군 전사자의 묘를 참배했다. 그리고 새삼 러일전의 참상을 실감했는지 당시 이토는 산상에서 전사자를 애도하는 심정을 다음의 시로 대신하고 있다.

들은 지 오랜 그 이름 203고지는

일만팔천의 뼈를 묻은 산이라네
오늘에야 올라보니 감개무량일세
높은 산마루에는 흰구름만이 돌아가네
(久聞二百三高地
一萬八千理骨山
今日登臨無限感
空看嶺上白雲還)

불과 5년 전 대국 러시아를 상대로 국운을 걸고 싸운 결과가 지금 눈앞에 나타나 있다. 미증유의 대격전이었던 여순 공략은 일찍이 그 예를 찾아볼 수 없는 많은 희생자를 낸 참혹한 전투였다. 그러나 원로로서 당시 국내에 머물렀던 이토로서는 다만 '들은 지 오랜 그 이름 203고지'라고 밖에 표현할 수 없었다. 러일전쟁의 희생은 어쩔 수 없다 하더라도 전후 국내의 경제 침체를 다시 일으키는 것도 쉽지 않은 일이었다. '이제 또 그 대국을 상대로 새로운 전략을 세워야만 한다'는 생각을 하며 이토는 러시아 병사들의 묘 앞에 꽃을 바치며 앞날의 천운을 빌었다.

여순의 관동도독부 헌병대에 소속되어 있던 치바와 동료들은 멀리 고국에서 찾아온 대원로 이토의 신변보호를 위해 바쁜 하루를 보냈다. 전적지 순찰 때에도 엄중한 경호를 했다. 상사는 형편에 따라 이토의 만주방문이 끝날 때까지 동행하며 경호해야 될지도 모른다는 명령을 내렸다. 이에 치바는 '동행하라는 명령이 떨어진다면 반드시 경호해 드리고 싶다'고 생각했다.

치바에게는 흰 턱수염을 기른 작은 체구의 이토의 모습이 아무리 보아도 몇 해 전 돌아가신 자신의 할아버지처럼 느껴졌다. 치바는 '일본의 대정치가로서 눈부신 존재이건만 걷는 모습은 마음씨 좋은 할아버지 같다. 정말 특이한 인물'이란 인상을 받았다. 하지만 하급병인 치바로서는 뒷줄에서 잠시 그의 모습을 엿보는 것으로 평생 단 한 번의 만남을 접어야 했다.

10월 21일 이토는 열차를 타고 북으로 향하여 요양, 봉천, 무순을 거쳐 25일 오후 7시 장춘에 도착했다. 환영회 참석을 마친 그는 장춘역에서 오후 11시 발 특별열차에 올랐다. 드디어 하얼빈으로 향했다.

사건이 있기 몇 일 전 안중근은 블라디보스톡을 출발했다. 이토 히로부미의 하얼빈 방문 소식을 알게 된 안중근은 우선 여비조달문제를 해결해야 했다. 연해주의 블라디보스톡에서 목적지인 하얼빈까지는 시베리아 횡단철도로 약 780킬로미터, 급행열차를 탄다 해도 약 21시간이나 걸린다. 이토가 오는 날짜도 아직 확정되지 않았고, 여비를 준비해야 한다.

안중근은 고심 끝에 블라디보스톡에 사는 의병장 이석산을 찾아가 백 원을 제공해 달라고 부탁했으나 그는 주저했다. 어쩔 수 없이 안중근은 권총을 들이대고 위협하여 백 원을 받아냈다.

"나라의 위급존망이 걸린 일입니다. 미안합니다."

이 한마디를 뒤로 한 채 안중근은 동지 우덕순에게로 달려갔다.

우덕순은 단지동맹 동지는 아니었으나, 안중근이 누구보다 신뢰하는 인물이었다. 충청북도 제천 출신인 그는 안중근보다 두 살 많은 32세의 청년이었다. 서울에서 잡화상을 경영하다 4년 전 가족을 남겨둔 채 단신으로 블라디보스톡으로 건너와 담배장사를 하며 동포들에게 독립운동을 고취시키고 있었다. 안중근과 2년째 우정을 나눠온 그는 서로 호흡이 잘 맞는 동지였다.

우덕순과 만난 안중근은 숨을 죽여 가며 말했다.

"이토가 하얼빈에 온다네."

"무슨 일 때문에 오는 걸까?"

우덕순은 갑작스러운 소식에 반신반의하는 눈으로 안중근을 쳐다보았다.

"만주시찰이 목적이라는데, 하얼빈에서는 러시아 장관과 회담을 한다네."

"언제?"

"날짜는 아직 확실치 않지만, 내일이면 일정이 발표된다는군."

"그렇다면, 곧?"

우덕순은 안중근의 눈치를 살피면서 그의 계획을 물었다.

안중근은 우덕순 역시 평소 이토의 횡포에 울분을 품고 있음을 알고 있었으므로 숨기지 않고 단도직입적으로 자신의 계획을 말했다. 안중근은 눈을 감은 채 한참 생각하더니 더는 흥분을 참지 못하고 입을 열었다.

"자네도 알다시피 나는 의병특파독립대 참모중장으로서 내 판단에 따라 모든 임무를 수행할 수 있다네. 의병투쟁에 투신한 지도 벌써 3년째야. 목적은 어디까지나 한국의 독립을 회복하고 동양평화를 유지하는 데 있지. 자네도 일본에 의해 많은 피해를 입고 서울을 떠날 수밖에 없었던 것처럼 일본의 횡포를 의병투쟁만으로는 물리치기 어려울지 모르네. 그러나 목숨이 붙어 있는 한 조국의 참상을 못 본 체할 수는 없는 법 아닌가?"

"맞아. 어떻게든 결단을 내리지 못하면 죽음을 기다리는 것이나 마찬가질세."

우덕순은 안중근의 마음을 헤아린 듯 이렇게 대답했다. 안중근은 고개를 들어 하늘을 올려다보며 우덕순에게 처음으로 '이토 주살' 계획을 털어놓았다.

"그 원인이 일본의 이토 히로부미에게 있다는 것은 러일전쟁 후 실행되어 온 한국 탄압통치를 보면 명백하지 않은가? 조국독립을 위해 의병투쟁을 한 증거로서 우리의 뒤를 따르는 동포를 위해서도 나는 이토를 하얼빈에서 쓰러뜨리고 싶네. 이토를 죽이는 일은 힘들겠지만 독립을 원하는 우리의 눈앞에 모처럼 찾아온 이토를 그대로 일본으로 돌려보낼 수는 없네! 한국독립과 동포의 분발을 호소하기 위해서도 이토를 없애는 것이 무엇보다 시급한 문제라네."

얘기를 듣고 있던 우덕순은 덥석 안중근의 손을 잡으며 말했다.

"알았네. 곧 하얼빈으로 가세."

우덕순은 안중근의 결의에 적극 협조하기로 맹세했다.

그 후 두 사람은 부족한 자금을 마련하기 위해 하루 종일 동분서주한 끝에 마침내 여비를 모았다. 다음 날 아침 출발하기로 결정하고 일단 숙소로 돌아와 다시 한 번 빠진 것이 없는지 꼼꼼이 계획을 검토하던 안중근은 문득 '그래, 나와 우덕순은 러시아어를 모른다. 이것이 문제'라는 생각에 이르게 되었다. 그는 통역을 누구에게 부탁할지 고민하다 지쳐 잠이 들었다.

10월 21일 아침 안중근과 우덕순 두 사람은 블라디보스톡에서 열차를 타고 하얼빈으로 출발했다. 안중근은 차 안에서도 여전히 통역문제가 마음에 걸렸다. 한참 있다가 '맞아' 하고 중얼대던 안중근은 마치 짚이는 데라도 있는 듯 입을 열었다.

"도중에 보부라니치나야에서 내렸으면 하네. 거기서 또 한 사람을 데리고 갈지도 몰라."

"그게 누군가?"

우덕순은 의아한 듯 물었다.

"러시아어를 할 줄 아는 친구가 필요해."

"맞네, 통역 말이지. 그렇지만 그런 친구가 있겠나?"

"잘하면 부탁할 수 있을지도 모르지."

안중근은 걱정 말라는 듯 웃으며 대답했다.

"그렇다면 크게 도움이 될 텐데."

우덕순은 고개를 끄덕였다. 그는 다시 한번 주도면밀한 안중근의 생각에 감탄했다.

보부라니치나야역에 내렸을 때는 이미 밤 아홉시를 지나 있었다. 아직 남은 열차가 있었으므로 안중근은 우덕순을 역에 기다리게 하고 급히 그곳에 있는 친구들을 찾아 나섰다.

그들 중에는 이곳 세관에 근무하는 정대호라는 친구가 있었다. 그는 안중근이 진남포에 있을 때부터 잘 알던 사이로, 단신으로 이곳으로 부임해 와 있었다. 그는 만날 때마다 안중근을 염려했다.

어느 날 그는 안중근의 신상을 걱정하며 그를 설득하려 했다.

"전망이 없는 의병투쟁을 계속하면 부모 형제와 가족을 고생시킬 뿐이네. 가족과 평안히 살고, 자식들 교육을 시키는 것이 부모의 의무가 아닌가? 처자를 생각해서 이제 슬슬 투쟁에서 몸을 빼는 것이 어떻겠는가?"

"비참한 조국의 장래를 생각하지 못하고, 일신의 편안만 추구할 수는 없다네."

안중근은 쓴웃음을 지으며 그의 충고를 거절했다. 그리고 전에 만났을 때 안중근은 그에게 처자를 데려다 달라고 부탁했다.

"나는 이제 고국에 돌아갈 수가 없는 몸일세. 진남포에 가면 잡혀서 죽음을 면할 수 없다네. 이미 조국에 안주할 수 없으니 하다못해 처자만은 이곳으로 데려오고 싶네. 그러니 자네가 진남포에 돌아가게 될 때 만일 처가 이곳에 오기를 희망하거든 미안하지만 좀 데려와 주게."

그리고 아내 아려에게도 편지를 써서 자신의 뜻을 전해 두었다. 그 일도 물을 겸 안중근은 정대호의 관사를 방문했으나, 마침 그는 휴가를 얻어서 진남포에 있는 가족에게 가고 없었다.

어쩔 수 없이 정대호의 이웃에 사는 한의사 유경견의 집으로 간 안중근은 그를 보자마자 이렇게 말했다.

"지금 하얼빈으로 가는 길입니다. 정대호가 귀향해서 제 처자를 데리고 오기 때문에 마중을 가야 합니다."

그는 부인도 무척 기뻐하겠다며 자신도 진심으로 기뻐했다.

"그러나 마중을 가려 해도 하얼빈에는 아는 사람도 없고, 러시아어를 몰라 난처한 상황입니다. 그래서 러시아어를 잘하는 댁의 자제에게 통역을 겸해 같이 갈 수 있는지 부탁드리러 왔습니다."

"잘 됐네. 나도 자식을 하얼빈까지 약제를 사러 보내려던 참이었네. 자네와 함께 간다면 안심이군."

유경견은 마치 안중근이 오기를 기다리기라도 한 듯 아들을 불러 선뜻 그의 부탁을 들어주었다.

그의 아들 유동하는 17세로 이미 안중근과도 안면이 있었다. 안중근은 유경견 부자에게 하얼빈행 야간열차가 곧 떠난다며 그날 중으로 출발해야 하니 서둘러 떠날 채비를 하라고 재촉했다. 이렇게 하여 안중근은 유동하를 데리고 역에서 기다리던 우덕순과 합류했다. 안중근은 초면인 두 사람을 서로에게 소개하고 다시 하얼빈행 야간열차에 몸을 실었다.

10월 22일 밤 아홉시를 조금 넘긴 시각에 안중근 일행은 하얼빈역에 도착했다. 이날 밤 세 사람은 하얼빈 시내에 있는 유동하의 친척인 김성백의 집에서 지내기로 했다. 김성백은 하얼빈에 있는 한국민회 회장을 맡고 있는 사람이었다. 늘어나는 동포 이주자들을 돌보고 있던 그는 뜻밖의 방문객을 따뜻하게 맞아주었다. 더욱이 친척인 유동하의 일행이니 한층 허물없이 대했다. 안중근은 주인의 후대에 진심으로 감사하며 잠자리에 들었다.

10월 23일 잠자리에서 일어난 안중근은 신문에서 이토가 사흘 뒤인 26일 아침 하얼빈에 도착한다는 사실을 알게 되었다. 각 신문은 '전 한국통감, 추밀원의장인 이토 히로부미공은 수행원들과 함께 동청(東淸)철도의 특별열차 편으로 25일 밤 11시에 장춘역을 출발해 러시아 장관 코코프체프가 대기하는 하얼빈으로 향할 예정' 이라고 전했다.

"장춘은 하얼빈에서 남쪽 237킬로미터 지점에 있다."

"급행시간표에 따르면 10시간 40분 거리다."

"장춘을 밤 11시에 출발하면 하얼빈에는 다음 날 아침 9시 40분에 도착한다."

"특별열차니까 도중에는 거의 서지 않을 테니 좀더 빨리 도착할지도 모르네."

안중근과 우덕순은 서로 얼굴을 마주보며 이토의 도착시간을 세심하게 검토했다. 장춘에서 여순까지는 동청철도의 '남만선(南滿線)' 으로 이어지고 있었는데, 러일전쟁 후 일본이 러시아로부터 양도받은 노선이다. 장춘에서 여순 간은 약 620킬로미터이며, 그 사이의 지선을 포함해 소위 '만철(滿鐵:남만주 철도-옮긴이)'로 불리우던 노선을 일본이 경영하고 있었다.

원래 동청철도는 1898년 3월 러시아와 청국이 합동으로 설립한 것이었다. 지도를 보면 동청철도는 하얼빈을 중심으로 동쪽으로는 안중근이 경유한 보부라니치나야를 기점으로 하고, 서쪽으로는 러시아 국경 부근의 만주리(滿洲里)까지 약 1,500킬로미터에 달하는 시베리아선 등을 포함해 중국의 동북부 전역을 망라한 광대한 노선으로 이루어졌다.

동청철도에서 배려한 특별열차가 일부러 장춘까지 이토 일행을 맞으러 나오는 것은 장춘 이북의 하얼빈까지는 러시아 관내의 책임이기 때문이다. 아무튼 이토의 하얼빈 방문으로 러일 양국의 경계가 날로 삼엄해지고 있었다.

안중근은 불안한 마음에 우덕순을 데리고 시내에 나가 보았다.

"러시아 측의 정보를 도저히 입수할 수 없군. 유동하의 러시아어 실력도 생각보다는 시원찮고, 하얼빈에서만 이토를 기다리는 것이 아무래도 미덥지가 않아. 혹시 남쪽의 중간 역에서 열차가 서지 않을까?"

우덕순과 단 둘만 남게 된 안중근은 그와 상의했다.

"나도 같은 생각을 하고 있었네. 도중에 있는 작은 역이면 경계도 좀 덜할 테니 말일세."

"통역이 또 한 사람 필요해."

안중근은 자꾸만 누군가를 떠올려 보려고 애썼다.

두 사람은 하얼빈 시내를 한 바퀴 돈 후 저녁 무렵 숙소인 김성백의 집으로 돌아왔다. 주인과 얘기를 하던 안중근은 우연히 하얼빈 시내에 살고 있는 친구 조도선이 생각났다. 안중근은 당장 우덕순과 함께 조도선의 숙소를 찾아갔다.

"안 형, 어떻게 하얼빈에?"

뜻밖에 갑작스런 안중근과의 재회에 조도선은 무척 당황한 듯 안중근의 얼굴을 뚫어지게 살폈다. 안중근은 우덕순을 소개한 뒤 가족을 마중 온 것이라고 하니 그제서야 조도선도 반갑게 악수를 청했다.

"그럼 언제까지 머물 예정인가?"

"그 일로 조형한테 부탁이 있어서 왔네. 나는 지금 마중을 가는 중인데 러시아어를 잘 몰라서 곤란하다네. 통역으로 좀 동행해 줄 수 없겠나? 게다가 가족들도 잠시 머물게 될 것 같고……."

안중근은 조도선의 양손을 굳게 잡으며 진지하게 동행을 부탁했다. 조도선은 한참 생각한 후에 결국 동행하기로 결정했다.

조도선은 함경남도의 농가에서 태어나 15년 전에 고향을 떠나 러시아 영내로 이주한 후 농사일과 금광일을 하다 그해 여름에 하얼빈으로 와서 고향 친구집에 머물며 날품을 팔고 있었는데, 곧 세탁업을 시작할 예정이라고 했다.

10월 24일 오전 9시 우덕순, 조도선과 함께 하얼빈역을 출발한 안중근은 점심때가 지나서야 채가구(蔡家溝)역에 내렸다. 채가구는 하얼빈 남쪽 84킬로미터 지점에 위치한 곳으로 상하행선의 모든 열차가 정차하는 역이었으므로 안중근은 이곳 채가구역에서 계획을 실행하기로 결정했다. 만일 여의치 않으면 하얼빈이 가깝기 때문에 예정을 변경할 수도 있다고 판단한 것이다.

세 사람은 그날 밤 채가구역 매점에 부탁해 그곳에서 하룻밤을 묵었다. 하루 종일 준비에 온 신경을 기울인 안중근은 저녁이 되자 온몸이 나른해졌다. 내일은 또 바빠질 테니 이만 잠자리에 들자는 우덕순의 말에 따라 세 사람은 일찍 쉬기로 했다. 그러나 불안한 마음을 떨칠 수 없는 안중근은 좀처럼 잠을 이룰 수 없었다. 때때로 지나가는 열차 소리에 잠을 설치며 다음날 쓸 여비니 이런저런 생각을 하다 결국 뜬눈으로 밤을 지새우고 말았다.

10월 25일 세 사람은 채가구역에서 아침을 맞았다. 식당에서 가벼운 아침 식사를 마친 안중근은 우덕순을 밖으로 불러내 마지막 계획을 다시 확인했다.

"하얼빈에 있는 김성백의 집에 혼자 남은 유동하의 전보에 따르면 이토와 수행원이 내일 블라디보스톡에서 온다고 하네. 아무래도 러시아 측 정보가 불확실한 것 같군. 거기에다 유동하의 태도도 좀 불안해. 이렇게 되면 두 팀으로 나누는 수밖에 없을 것 같네. 나는 하얼빈으로 돌아갈 테니 자네는 조도선과 함께 이곳을 지키지 않겠나?"

"실은 나도 그렇게 생각하고 있었네."

"또 하얼빈에 돌아가면 새로운 정보도 들을 수 있을 거야."
"어쨌든 시간이 촉박하니 서둘러 이동하는 게 좋겠군."
두 사람의 의견이 일치했다.
안중근은 의병참모중장으로서 언제나 휴대하고 있는 블로닝 권총을 확인하며 우덕순의 권총을 염려하자,
"걱정하지 않아도 되네. 이제는 열차가 오는 것만 기다리면 돼."
우덕순은 웃으며 스스로를 격려하기라도 하듯 힘주어 말했다.
안중근은 다음 열차 시간이 점심때가 지나서인 것을 확인하고 우덕순에게 말했다.
"조도선에게는 내가 하얼빈으로 돌아가는 이유를 넌지시 얘기하게. 채가구에서 하얼빈은 세 시간 정도 걸리는 거리이긴 하지만, 내가 하얼빈에 가게 되면 쉽게 다른 곳으로 움직일 수는 없을 것이니, 이게 자네와의 마지막이 될지도 모르네. 경계도 심해질 테니 부디 조심해서 행동하게."
안중근은 재차 당부한 후 기도하는 마음으로 우덕순을 뒤로 한 채 하얼빈으로 돌아갔다.
늦가을의 맑은 하늘은 지는 석양이 아쉬운 듯 끝없이 펼쳐진 지평선까지 감싸안는다. 안중근이 떠난 채가구역은 러시아 측 관헌들의 경비가 차츰 심해졌다. 남은 우덕순과 조도선은 이미 예상은 했지만 너무나 삼엄한 러시아인들의 경계 때문에 한 발자국도 밖으로 나갈 수 없었다.
이토 일행을 마중하러 가는 특별열차가 10분가량 정차한 뒤

급히 남쪽으로 달려갔다. 장춘역에서 이토를 태우고 오후 11시에 출발, 다시 이 채가구에 정차하는 시간은 다음 날 아침 6시, 그리고 러시아 장관이 기다리고 있는 하얼빈으로 향하게 된다. 시간은 그렇게 점점 다가오고 있었다.

안중근은 오후 4시경 하얼빈역에 도착했다. 역 주변에는 벌써 러시아 관헌들의 모습이 보였다. 경계가 점차 심해지고 있음을 확인한 안중근은 곧바로 김성백의 집으로 갔다. 집을 보고 있던 유동하를 만나 간밤의 정황을 물었으나 도무지 납득하기 어려운 얘기뿐이었다. 하는 수 없이 그날 밤도 김성백의 집에서 묵기로 했다. 블라디보스톡에 있는 친지들에게 편지를 쓰고, 주인 김성백과 이런저런 얘기를 나누다 보니 어느새 밤이 깊었다. 차츰 더해 가는 초조감과 피곤함이 겹치자 의지의 사나이 안중근도 잠에 빠지고 말았다.

한밤중에 문득 눈을 뜬 안중근은 갑자기 몰려오는 흥분과 불안으로 도저히 잠을 이룰 수 없었다. 고요한 하얼빈 시내 어디선가 개 짖는 소리가 들리는가 싶더니 이내 멈추고 음산한 침묵의 시간이 흘렀다. 안중근은 이 밤의 정적과 함께 내일이면 끝날지도 모를 자신의 운명을 생각해 보았다.

'괴로움에 몸부림치고 허우적거리는 한국인이 나만은 아니리라' 생각하며 스스로를 타이른 안중근은 머릿속을 다시 정리해 보았다.

'나는 지금 얼굴도 모르는 일본의 원흉 이토를 노리고 있

다.'

'그러나 이 일은 그에 대한 사사로운 감정 때문이 아니다.'

'어째서 일본은 어질고 약한 이웃나라 한국을 강탈하고 무수한 인명을 해치려 하는가?'

안중근은 지금도 눈에 선한 어린 시절, 고향 청계동에서 보낸 날들과 분노로 제대로 눈감지 못한 부친의 모습, 의병활동 중에 숨져간 동지들의 얼굴을 떠올리며 자신의 결의가 결코 일시적으로 타오르는 혈기와 무지한 반역이 아님을 확인했다. 자신의 결심이 너무나도 이치에 합당한 행위임을 재차 다짐했다. 부조리한 상황에서 허덕이는 조국 생각에 안중근은 또다시 마음이 아파왔다.

'한국인의 독립을 위한다는 미명 아래 우리의 마음을 이렇게까지 짓밟는 자는 대체 누구인가? 끝없는 모욕을 우리 민족에게 강요해온 것은 필경 저 이토 히로부미의 나라 일본이 아닌가?'

숙소의 작은 창문으로 청명한 별밤이 보였다. 안중근은 별을 바라보았다. 기도라도 드려 부조리한 것들에 대한 마음의 갈등을 없애버리고 싶었다. 소년 시절부터 그를 인도해 주던 그리스도의 가르침을 지금 다시 한번 깊이 되새기며 몸도 마음도 빨리 하느님에게 맡기고 싶다고 생각했다. 기도를 하면서도 결행하고자 하는 일이 뇌리를 스치자 안중근은 평소에 하던 맹세를 자신도 모르는 사이에 작은 목소리로 읊고 있었다.

장부가 세상에 나가니 그 뜻이 크도다

때가 영웅을 만들고 영웅은 때를 만드는도다
천하를 응시하매 언제 업을 이룰 것인가
동풍이 점점 차가워지고 장사의 의기는 뜨거워지누나
분연히 한 번 감이여 반드시 목적을 이루리라
쥐 도적 같은 이토여 어찌 너의 목숨을 살려줄 수 있으리
여기에 이를 줄 어찌 알았으랴 사세가 그러하도다
속히 대업을 이루어 만세 부르리
만세 만세 만세 대한독립 대한동포여

10월 26일 안중근은 여느 때와 같이 일찍 자리에서 일어났다. 심신을 정리하기라도 하듯 지금까지 입고 있던 새 옷을 벗고 눈에 띄지 않는 양복으로 갈아입었다. 그 위에 반코트를 걸치고 사냥 모자를 눌러쓴 그는 미리 준비한 8연발 블로닝 권총을 가슴에 품고 오전 7시경 하얼빈역으로 서둘러 나갔다.

도착해 보니 역에는 러시아 관헌대의 장교와 병사들이 모여 있었고, 이토 일행의 환영준비가 한창이었다. 역에는 기차를 타려는 일반시민도 많았고, 경비도 심했다. 역 주변은 온통 팽팽하게 긴장되어 있었다.

안중근은 역구내 다방에서 차를 마시며 넌지시 외부상황을 살피면서 열차가 도착하길 기다리기로 했다. 오래 기다린 것도 아닌데 그 시간이 무척 지루하게 느껴졌다. 차도 이미 두석 잔은 들이켰다. 그 사이에 역구내는 이토 일행의 모습을 보려는 사람들로 초만원을 이루었고, 이들을 통제하기 위한 러시아 군인들의 고함소리가 들려왔다.

오전 9시 정각 이토 일행의 특별열차가 하얼빈역으로 미끄러져 들어왔다. 플랫폼은 순식간에 인파로 가득 찼다. 마중 나온 러시아 수뇌부 일행과 각국의 외교단이 앞줄에 서 있었고, 그 뒤로 재류 일본인을 포함한 환영단들이 급히 정렬했다.

안중근은 다방 안에서 동정을 살피며 언제 단행하는 게 좋을지를 생각하며 점점 다가오는 최후의 순간을 기다리고 있었다.

이토는 특별열차 안에 있는 응접실에서 마중 나온 러시아장관 코코프체프의 인사를 받고 잠시 회담을 가졌다. 러일전쟁 이후 러시아와 협조 노선을 걸었던 이토는 상대방의 의도를 이미 잘 알고 있었기 때문에 짧은 대화로도 회담을 주도면밀하게 끌고 갔다. 시간은 흘러 어느 새 오전 9시 25분이 되었다.

이때 플랫폼의 인파는 크게 두 갈래로 갈라지더니 곧바로 이토가 열차에서 내려왔다. 정렬해 있던 러시아군 의장대가 일제히 경례를 붙이자 이토는 코코프체프와 나란히 사열에 들어갔다. 러시아 군악대의 연주가 울리는 가운데 각국 영사단과 악수를 교환했다. 이토를 수행한 이들은 하얼빈 총영사 가와가미 토시히코, 만철의 총재인 나카무라 제이코, 만철의 이사 다나카 키요지로, 귀족원 의원 무로다 요시부미, 궁내대신 비서관 모리 야쓰지로 등이었다.

안중근은 순간 용기 충천하여 다방에서 뛰어나와 치밀어 오르는 흥분과 감정을 억누르며 살짝 러시아군 뒤로 돌아갔다. 러시아 관헌이 호위하고 걸어오는 일행의 선두에 노란 얼굴에 흰 수염을 기른 자그마한 노인이 가슴을 펴고 나타났다. 이토가 사열을 마치고 일본인 환영단 쪽으로 다시 돌아가려고 막

두어 걸음 옮겼을 때였다.

안중근은 이 '작은 노인'과 대면하는 순간 이 사람이 바로 원흉 이토라는 것을 알아채고 권총을 빼 들었다. 그리고는 4미터쯤 앞에 서 있는 '작은 노인'을 향해 네 발을 연발했다. 그리고 순간적으로 '혹시 엉뚱한 사람을 쏜 것이 아닌가?' 하는 생각에 그 뒤를 따르던 일본인 중 맨 앞에 선 주요인물로 보이는 자를 향해 다시 세 발을 잇달아 발사했다. 모든 일이 눈 깜짝할 사이에 일어났다. 짧은 시간에 블로닝 권총이 토해낸 금속음과 사람들의 비명 소리가 무언가에 빨려들듯 사라져 갔다.

다음 순간 안중근을 향해 달려든 러시아 관헌대는 그를 덮쳐 눌렀다. 그 와중에도 안중근은 하늘을 향해 힘차게 외쳤다.

"코리아 우라(러시아어로 만세라는 뜻;옮긴이)—!"

"코리아 우라—!"

"코리아 우라—!"

1909년 10월 26일 오전 9시 반에 일어난 일이었다.

"거의 즉사 상태입니다. 명중한 세 발이 치명상으로……."

수행 의사가 중얼거렸다. 피격 순간 이토는 마치 썩은 나무토막처럼 쓰러졌고, 수행원들에 의해 곧바로 열차 내 침대로 옮겨진 그는 바로 응급치료를 받았다. 의사의 진단에 의하면 세 곳에 맹관총상을 입었다. 즉 탄환이 몸을 관통하지 않고 몸속에 박혀 있는 상태를 말한다. 그중 한 발은 오른팔을 뚫고 제7늑간에 수평으로 박혀 들어가 왼쪽 가슴속에, 두 번째 총탄은 오른쪽 늑관절을 통과해 제9늑간으로 들어가 가슴과 배를 뚫고 왼쪽 갈비뼈 밑에, 세 번째 총탄은 상복부 중앙으로 들어가 왼쪽 복부에 박혔다.

부상 부위의 출혈이 너무나 심했으므로 응급처치도 소용이 없었다. 의사가 권하는 브랜디도 받아 마시지 못한 이토는 얼마 후 안색이 창백해졌다. 피격 30분 후인 오전 10시 결국 이토 히로부미는 절명했다. 일본의 원훈 이토 히로부미는 그렇게 68년의 생애를 마쳤다.

두 사람의 만남

육군헌병 상등병 치바 토시치가 이토 히로부미의 죽음을 알게 된 것은 사건이 있었던 날 점심때가 지나서였다. 이토가 오늘 아침 9시 반 하얼빈역에서 저격당해 오전 10시에 서거했다는 긴급 연락이 여순 관동도독부 헌병대에도 즉시 전달되었기 때문이다.

치바는 순간 자신의 귀를 의심했다. 그토록 건강하던 이토가 어떻게? 러시아 측 경비가 허술했던 것일까? 아니면 다른 이유라도? 아니, 뭔가 잘못됐을까? 등등 치바의 머리는 쏟아지는 의문으로 온통 혼란스러웠다. 이토는 자신이 항상 공격의 목표가 되고 있다는 것을 늘 염두에 두고 있어야 했다.

치바는 여태껏 긴장된 상태에서 열심히 임무를 다했는데 이런 일이 일어난 것에 대해 화가 치밀었다. 치바는 한국에서 항일운동이 격렬하게 일어났을 때도 정말 죽기살기로 경계태세에 임했었다.

이토뿐만 아니라 누구든 일본의 주요인물이 한국을 순회할 때는 항상 목숨을 걸고 경비하여 이런 불미스러운 사건을 미연에 방지해 왔다. 그런데 러시아 관할 내에서, 더구나 경비하기에도 쉬운 역구내에서 저격사건이라니, 도대체 어찌 된 일인가? 러시아 관헌의 방심 탓인가, 아니면 경비체제에 문제가 생긴 것인가?

'게다가 이토를 노린 자가 단 한 명의 한국인이라니…….'

치바는 그때까지 이토의 죽음이 믿어지지 않았다.

'그렇다면 일본이 단 한 명의 한국인에게 정면 도전장을 받았다는 것 아닌가?'

생각이 여기에 미치고 보니 정말 한심한 생각이 들었다. 동시에 눈에 보이지 않는 '도전'에 가슴속에서 분노와 증오가 끓어오르는 것만 같았다. 어느새 숨이 막힐 정도로 감정이 북받쳤다. 여하튼 좀더 상세히 정황을 알아보리라 생각하며 치바는 가슴에 손을 얹고 끓어오르는 분노를 억누르려 애썼다.

그날 밤 치바는 오랜만에 고향에서 온 편지를 받았다. 아버지 신기치가 보낸 것이었다. 치바는 편지를 읽으면서 새삼 부모의 사랑에 고마움을 느꼈다. 아버지에게 당신 자식은 언제나 어린아이로 생각되는 것일까? 치바는 늘 타국에서 지내는 자신을 걱정하는 아버지의 심정이 왠지 측은하게까지 느껴졌다.

치바는 잠자리에 누워 지난 24년간의 삶을 돌이켜보았다.

'내가 군인이 되기로 결심한 건 가난한 부모를 편하게 해드리고 싶어서였는데…….'

그는 고향 산천을 그리며 잠이 들었다.

1902년 러일전쟁이 일어나기 2년 전 17세 되던 해 치바는 징병검사를 받았다. 양친과 선배들의 권고도 있고 해서 입대 후 바로 헌병을 지원했다. 그 소망이 이루어져 헌병이 된 지도 이미 4년째로 접어들었다. 3년 만 지나면 일에 어느 정도 익숙해지고, 부모님에게 걱정을 끼칠 일도 없을 것이나 다만 아직 결혼을 못한 것이 마음에 걸릴 뿐이었다. 그 문제를 생각하는 치바의 얼굴에는 쓸쓸한 미소가 떠올랐다.

그런데 순조롭게 보이던 그의 헌병생활에 중대한 임무가 주어졌다. 감수성이 예민한 청년기에 주어진 그 임무는 이제까지 솔직하고 진실한 성격의 소유자였던 치바의 인생에 깊은 그림자를 드리웠다. 어떤 의미에서 보면 그것은 운명이었는지도 모른다.

1909년 10월 27일 이른 아침, 치바 토시치는 전날 이토를 살해한 한국인을 여순형무소로 호송하기 위해 하얼빈으로 출장 명령을 받았다. 출발 직전 상사에게 하달받은 '정거장 출장의 헌병 복무지침'을 보면 서두에 이런 지침이 적혀 있다.

'정거장 출장에 임하는 헌병은 정신을 바짝 차려야 한다. 즉 헌병은 육군검찰관, 행정경찰관 및 사법경찰관을 보조하는 임무가 주어져 있다. 또한 조화로운 외교가 유지될 수 있도록 노력하는 군의 일원으로서 모든 군민의 안전을 지킬 중요한 국가

관리인 것이다.'

계속해서 아래의 엄격한 복무내용이 지시되어 있었다.

'헌병은 존경할 만한 사람에게는 그 사람이 비록 군인이 아닐지라도 경례를 해야 한다. 또 언어, 동작, 복장 및 자세를 단정히 하고 어떤 사람에게도 존경과 신뢰를 받도록 노력해야 한다.'

치바는 이 지시를 마음에 깊이 새기고, 헌병대위 히사카에 겐지의 지휘 아래 여순에서 하얼빈으로 향했다. 물론 치바는 저격범의 이름이 안중근이라는 것이나 왜 그가 이토를 살해했는지에 대해서는 아는 것이 거의 없었다. 다만 이 사건이 매우 심각한 것임을 인식하고 몹시 긴장한 탓에 입을 꾹 다문 채 동료들과 하얼빈행 열차에 올랐다.

안중근은 사건 이후 하얼빈역 구내 러시아 헌병파출소로 연행되었다. 온몸을 수색당한 그는 어느 한국인의 통역으로 심문을 받았다. 먼저 성명과 주소, 이토 살해 방법과 목적 등을 추궁당했다. 그러나 통역이 서툴러 안중근은 자신의 입장을 충분히 설명할 수 없었다.

러시아 측은 순식간에 전 세계에 보도된 '일본의 원훈 피격'이라는 큰 사건에 몹시 신경이 쓰였다. 경비의 실수를 면책이라도 해보려는 듯, 수사권이 없는 일본을 대신하여 안중근의 배후관계를 철저히 추궁했다. 그리고 안중근의 신병은 그날 밤 9시경 러시아 측 마차로 하얼빈에 있는 일본총영사관으로 호송되었다. 또한 27일까지 공범 용의자로 우덕순, 조도선, 유동하 등 15명 전원이 모든 서류 및 물증과 함께 총영사관에 인도

되었다.

한편 이 사건의 처리를 위해 일본 측이 취한 법률상의 해석은 다음과 같다.

'본 건은 먼저 청국 영토 내에서 발생했고, 한국인 범인은 사건 발생 현장에서 러시아측에 체포되었다. 하얼빈은 청국 영토이지만, 사건 발생지는 동청철도의 부속지이자 공개지이므로 청국에서 치외법권을 가진 각 나라는 자국 국민에 한해서만 법권을 가진다.

그러나 1899년에 체결된 한청통상조약에 따르면 청국영토 내에 있는 한국인에게는 한국법을 적용하며, 한국의 영사재판권을 인정한다고 명시되어 있다. 따라서 이번 사건에 대해서 러시아나 청국은 모두 재판권이 없다.

하얼빈 일본총영사는 재류 일본인을 관리하는 것이지 외국인인 한국인은 관리하지 못한다. 그러나 1905년 11월 17일에 체결한 제2차 한일보호조약에 따라 일본은 한국의 외교권을 위양받았기에 한국 외 지역에서의 한국인 보호를 일본이 담당하게 되어 있다.'

하얼빈 주재 일본총영사는 이러한 법 해석에 근거하여 한국인도 관리한다고 밝히고, 이에 따라 러시아측으로부터 안중근과 동료들을 인도받게 되었다.

그리고 만주 주재의 각 일본영사관이 관할하는 사건을 외교상 필요에 따라서 외무대신의 명령으로 관동 도독부 지방법원으로 옮길 수 있었다. 그러므로 10월 27일 외상 고무라 쥬타로는 하얼빈 총영사 가와가미 토시히코에게 안중근의 재판을 여순지방법원으로 옮겨 시행할 것을 명령했다.

10월 28일 여순지방법원 검찰관인 미소부치 다카오는 하얼빈 총영사관에 출두해 총영사 가와가미로부터 이토 살해 사건의 피고인 및 혐의자인 안응칠 외 15명의 신병과 서류, 물건 일체를 인도받았다.

10월 30일 안중근에 대한 첫 번째 취조가 검찰관 미소부치의 주도로 하얼빈 총영사관에서 실시되었다. 서기는 기시다 아이분, 통역은 임시직인 소노키 스에요시였다. 남아 있는 공판기록은 전부 한자와 가타카나로 쓰여진 번역체 일본어였으므로 안중근이 대답한 내용이 한국어 그대로 전해진 것이라 볼 수 없으므로 안중근의 정확한 경력과 진의는 후에 옥중에서 쓰여진 자서전 「안응칠의 역사」를 참조해야 할 것이다. 여기서는 공판기록에 있는 신문 내용을 잠시 살펴보겠다. 먼저 서두 부문이다.

문) 성명, 연령, 신분, 직업, 주소, 본적지 및 출생지는?
답) 성명 안응칠
연령 31세
직업 포수
주소 한국 평안도 평양성 밖
본적 동일

출생지 동일

문) 그대는 한국 국민인가?

답) 그렇다.

문) 한국 병적을 갖고 있는가?

답) 병적은 갖고 있지 않다.

문) 그대의 종교와 신앙은?

답) 나는 천주교 신자다.

문) 그대의 부모, 처자는?

답) 없다.

이와 같이 안중근은 신문 초기부터 동족과 동포에게 화가 미치지 않도록 조심했다. 이 기록에서 혼자 사건을 책임지려는 안중근의 결의가 엿보인다. 그러나 왜 이토를 적대시했느냐는 질문에 대해서만은 단호하게 대답했다. 기록이나 안중근의 술회에 의하면 그 원인, 즉 살해이유가 한둘이 아니므로 그는 이것을 「이토 죄상 15개조」로 열거하여 다음과 같이 진술했다고 전해진다.

제1조 약 10년 전 이토의 지휘로 한국 황후가 시해되었다.

(주) 이것은 1895년 10월의 명성황후 시해사건을 가리킨다.

제2조 5년 전 이토는 무력으로 한국에 매우 불리한 5개조의 조약을 체결시켰다.

(주) 이것은 1905년 11월 17일 이토 전권대사에 의해 조인

된 제2차 한일협약을 가리킨다. 일본에게 한국의 외교권을 전면 위양시키고, 서울에 한국통감부를 두고 보호정치를 강화해 나갔다. 한국병합을 위한 실질적인 제일보가 된 조약이다.

제3조 3년 전 이토가 체결한 12개조의 조약은 한국의 군대와 국권을 더할 수 없이 불리하게 만든 것이다.

(주) 이것은 1907년 7월 24일 이토 초대 한국통감에 의해 조인된 제3차 한일협약을 가리킨다. 전문은 7개조로 이루어져 있는데, 안중근은 제2차 협약 5개조와 합쳐 12개조라고 하고 있다. 이 제3차 협약에서 한국의 내정은 통감 지도하에 완전히 장악되어 다음 달 8월에는 한국군도 해산된 일을 가리킨다.

제4조 이토는 강제로 한국 황제를 퇴위시켰다.

(주) 이것은 1906년 6월 헤이그 밀사사건이 발각되어 한국황제 고종이 이토 통감에 의해 퇴위된 일을 가리킨다. 그 후 제3차 한일협약이 체결되었다.

제5조 한국 군대는 이토에 의해서 해산되었다.

(주) 전술한 제3조와 동일.

제6조 조약체결에 한국 국민이 격분해서 의병을 일으켰다. 이와 결부하여 이토는 한국의 무고한 양민을 무수히

학살했다.

제7조 한국의 국권과 기타 모든 권리를 빼앗았다.

제8조 이토의 지휘로 한국 학교에서 쓰던 양호한 교과서가 소각되었다.

제9조 한국 국민에게 신문구독을 금지시켰다.

제10조 충당할 재정도 없는데, 질이 좋지 못한 한국 관리에게 금품을 주고, 국민에게는 알리지도 않은 채, 함부로 제일은행권을 발행시키고 있다.

제11조 국민에게 부담시킨 국채 2천3백만 원을 관리가 멋대로 분배하게 방관했다. 또 국민의 토지를 수탈했다. 이것은 한국 국민에게 있어서 매우 불이익한 일이 아닐 수 없다.

제12조 이토는 동양의 평화를 교란시켰다. 즉 러일전쟁 당시부터 '동양평화를 유지하기 위한다'고 하면서 한국 황제를 퇴위시키는 등 당초의 선언과는 전혀 다른 반대의 결과를 초래했다. 이에 2천만 한국 국민 모두는 분개하고 있다.

제13조 한국이 희망하지도 않는데, 이토는 한국보호라는 미명하에 한국정부의 일부 인사와 야합하여 한국에 불리한 시정을 하고 있다.

(주) 제6조에서 제13조까지는 한국통감이었던 이토의 '내정개혁'을 비난한 것이다.

제14조 이토는 42년 전에 현 일본황제의 아버지를 시해했다. 이 사건은 한국 국민도 다 알고 있다.

(주) 이것은 1866년 12월 코오메이 천황의 죽음이 시해라는 소문이 있었는데, 당시 이토는 궁중에 출입할 수 있는 신분이 아니었고, 또 고향에서 와병 중이었으므로 이 항목만은 안중근이 잘못 알고 있는 것으로 보인다.

제15조 이토는 전 한국민이 분개하고 있는 데도 불구하고 일본황제나 세계 각국에 '한국은 무사하다'고 속이고 있다.

검찰관 미소부치는 '이토 죄상 15개조'를 다 듣고 나서 크게 놀랐다. '이것은 취조를 받는 「인물」이 말할 수 있는 내용이 아니다'라고 생각해 내심 혀를 내둘렀던 것이다. 하나하나가 정확한 지적이었고, 당시의 상황을 정확히 파악하고 있었다.

안중근의 얼굴을 지긋이 바라보던 미소부치는 무의식중에 말했다.

"지금 당신의 진술을 들어보니 당신이야말로 진정한 동양의 의사(義士)입니다. 의사가 사형을 받는 법은 없습니다. 걱정하지 마십시오."

이에 안중근은 이렇게 대답했다.

"나의 생사에 대해서는 논하지 말아 주십시오. 다만 내가 지금 말한 것을 바로 일본 천황에게 상소해 주시오. 지금 당장이라도 이토의 잘못된 정략을 고쳐서 위급한 동양대세를 구해 줄 것을 간절히 바라는 바이오."

검찰관의 신문은 다시 계속되었다. 이후의 신문은 모두 이토의 살해 동기를 중점적으로 사건의 배후관계에 대해 상세히 추궁했다. 그러나 신문은 그러한 지엽문제보다는 위의 「죄상 15개조」를 점점 더 큰 비중으로 다루었다.

여순에서 파견된 치바를 비롯한 헌병대 12명은 검찰관 미소부치의 뒤를 쫓듯 하얼빈에 도착했다. 그러나 검찰의 피고인 취조가 계속 진행되고 있었으므로 총영사관에 대기하면서 호송을 준비했으며, 안중근 사건과 동시에 진행 중인 또 다른 사건수사에도 협력해야만 했다. 치바는 처음 보는 하얼빈 시가지가 어떤지 기억에 남지 않을 정도로 바쁘고 긴장된 나날을 보냈다.

"검찰관 신문이 끝났을까?"

"아니, 내일 31일에도 있는 것 같던데."

"아마 채가구역에서 붙잡힌 2명의 공범에 대한 신문인 것 같아."

상관들이 작은 목소리로 속삭이고 있었다. 채가구역에서 체포된 두 사람은 사건 전날 안중근과 헤어진 우덕순과 조도선이었다. 그 밖에 안중근과 접촉이 있었던 자와 안면이 있는 자, 조금이라도 수상하다고 생각되는 자를 포함해 16명의 한국인이 사건 용의자로 하얼빈 총영사관에 인도되었다.

"그다음은 일본인 증인 조사인가?"

"모두 환영장에 나와 있던 사람들이래."

"당일 하얼빈역의 상황도를 보니 마치 현장을 직접 보고 있는 것 같더군."

"역시 경비 태세에 문제가 있었던 것 같아."

하급자인 치바와 그의 동료들은 상관들이 주고받는 대화를 들으면서 이들을 호송하는 날만 기다리고 있었다.

11월 1일 검찰관 미소부치는 안중근 외 8명에게 구속영장을 발부하고, 오전 9시에 여순 관동도독부 헌병대에 그들을 인도했다. 마침내 이들을 여순형무소로 이송하게 되었다. 이들 가운데 안중근이 아는 사람은 다섯 사람뿐이었다. 그들의 이름과 혐의점은 각각 다음과 같다.

우덕순(살인 예비) 담배상(32세)
조도선(살인 예비) 세탁업(36세)
유동하(살인 방조) 무직(17세)
정대호(살인 방조) 세관(34세)
김성옥(살인 방조) 약제상(48세)

그러나 나머지 3명은 안중근이 전혀 모르는 사람들이었다.

오전 11시 안중근 외 8명은 여순 헌병대에 의해 호송되어 하얼빈역을 출발했다. 지휘자는 헌병대 대위 히사카에 겐지였다. 사건의 주요 혐의자를 호송하는 만큼 모두 신경을 곤두세웠다. 도중에 어떤 방해가 있을지도 모르고, 혹시 혐의자 중에 누가 자살소동이라도 벌인다면 상황은 더욱 심각해질 수 있었기 때문이다. 그래서 호송임무는 예상했던 것보다 훨씬 엄격하고 힘들었다.

이날은 혐의자들을 하얼빈에서 장춘까지 호송해야 했다. 장춘까지 가는 열차는 동청철도 소속으로 러시아 관할이고, 레일의 폭도 일본의 만철보다 넓었다. 그래서 여순에 가기 위해서는 여기서 갈아타야 한다. 이토도 여기서 러시아 측에서 내준 특별열차로 갈아탔다. 치바는 그때의 이토 모습을 문득 떠올리며 그날 밤은 장춘 헌병대기소에서 묵었다.

다음 날인 11월 2일, 이번에는 일본의 만철을 타고 장춘을 떠났다. 이제 이대로 가면 여순에 닿는다. 그제야 마음이 놓인 치바와 그의 동료들은 차창 밖으로 지나가는 만주벌판의 풍경을 제대로 볼 여유가 생겼다. 이미 늦가을에 접어든 벌판의 풍경은 너무나 썰렁하고 참으로 넓었다. 북해도 벌판에 섰을 때 느꼈던 것과는 비교도 안 될 만큼 끝없이 펼쳐진 광야를 눈앞에서 바라보고 있으려니 이제는 바라보는 사람까지 변하는 것 같은 착각에 빠졌다. 인간이 한결 커진 느낌이라고나 할까? 대지에서 용솟음치는 자연의 생명력에 말할 수 없는 신비스러움마저 느껴졌다. 치바는 이 대지에 숨어 있는 눈에 보이지 않는 신령한 기운을 어릴 적부터 좋아했다.

치바는 차창 밖으로 스치는 만주벌판을 뚫어지게 내다보고 있었다. 헌병대 동료들도 같은 생각으로 밖을 내다보고 있었는지, 모두 조용히 달리는 열차에 몸을 맡긴 것 같았다. 그런데 여순으로 향하는 조용한 차내에 돌연 뜻밖의 문제가 발생하고 말았다. 한 역에 정차했을 때였다. 헌병대 일행이 탄 열차 안에 한 일본인 순사가 갑자기 뛰어들었다. 그는 헌병들의 제지도 뿌리치며 "이 새끼!" 하고 소리를 지르더니 느닷없이 안중근의 얼굴을 후려갈긴 것이다. 열차 안은 순간 떠들썩해졌고 안중근도 이 갑작스런 행동에 격분했다. 그러나 상관인 헌병장교가 재빨리 그 순사를 하차시키고 "일본과 한국 사이에 저런 인간이 있어서는 안 됩니다. 화내지 말아주십시오"라고 사과하자 차내는 다시 평온을 되찾았다.

잠시 후 안중근은 수고해 준 헌병장교에게 감사하면서 "이런 사소한 일로 화를 낸 것은 부끄러운 일입니다. 두 번 다시 화내지 않기로 했습니다"라고 반성하며 머리를 숙였다. 이것으로 일행은 다시 차분한 분위기 속에 여순을 향했다. 안중근은 이후로도 죄수로서의 규율은 물론 어떤 지시에도 예의바르게 대했고, 결코 상대방을 괴롭히는 일이 없었다.

치바는 호송 도중에 일어난 이 갑작스러운 광경을 아무 말 없이 보고만 있었다. 계급이 낮은 하급자의 신분으로 쓸데없이 끼여들 수도 없었지만, 오히려 과묵하고 조심스러운 그의 성격 탓이기도 했다. 한 발 뒤로 물러나 모든 상황을 지켜보는 치바는 사건을 관찰할 수 있는 능력을 갖고 있었다. 그는 방금 보여준 상관의 태도와 그에 대응한 안중근의 태도에서 뭐라고 표현할 수 없는 느낌을 받았다. 여순을 출발할 때 하달된 헌병 복무지침에 과연 이러한 의미도 포함되는 것인가 하는 의문이 들었다. 치바가 안중근의 참모습을 정면으로 본 것은 이때가 처음이었다.

11월 3일 헌병대는 안중근 외 8명을 여순형무소로 무사히 호송했다. 그리고 치바는 이날부터 안중근의 간수로 임명되었다. 간수 임명에 있어서 다음과 같은 '경찰관의 자세'가 시달되었다.

'비(非)는 리(理)로써 다스려야 한다. 또한 다스림을 유지하기 위해서는 훈계가 따라야 한다. 가령 술을 데우는 데는 그 술보다 더 높은 온도가 필요하듯 남을 훈계하는 자는 먼저 자신부터 바르게 다루고, 또 자신도 깊이 반성한 후에 남을 상대해야 한다'는 내용이었다.

간수로 임명받은 치바의 마음은 솔직히 우울했다. 동북지방의 가난한 농촌에서 태어나 순직하고 인정 많은 양친 밑에서 자란 그는 남들보다 몇 배나 순수한 인간미를 갖고 있었다. 더구나 교육 칙어를 항상 염두에 두고 메이지 교육을 받은 치바는 충군애국의 정신 또한 남에게 뒤지지 않았다. 그래서 안중근의 참모습을 접할 때까지 그에 대해 격심한 증오심을 품는 것도 무리는 아니었다. 그러나 지금 마음 깊은 곳에서 증오심이 소리를 내며 무너져내리고 있었다. 무엇보다 호송 도중 목격한 안중근의 예의바른 태도가 치바의 마음을 누그러뜨렸다.

게다가 안중근에게는 작은 힘으로는 대결할 수 없는 사람을 압도하는 듯한 알 수 없는 흡인력마저 느껴졌다. 그는 치바가 품고 있던 분노와 증오까지도 깨끗이 삼켜 버릴 만한 그런 인상을 지니고 있었다. 치바는 이런 알 수 없는 인물과 오늘부터 매일 마주해야 한다고 생각하니 마음이 우울해지기까지 했다. 여하튼 안중근의 간수 임무가 주어졌다. 치바는 배부받은 '경찰관의 자세'를 한 번 더 훑어보고는 마음을 가라앉히고 자성해 나가기로 생각을 바꿨다.

11월 14일 안중근에 대한 제2차 신문이 시작되었다. 안중근이 호송된 후에도 하얼빈에 남아서 참고인 취조를 하던 검찰관 미소부치가 어제 여순으로 왔다. 이날 신문 전에 검찰 측에서는 당사자의 자백과는 별도로 수사를 진행해 왔으므로 이미 안응칠의 신원은 밝혀졌다. 수사결과에 의하면,

— 안응칠의 본명은 안중근이며, 명문가 출신이다. 조부는 진해 군수를 지낸 바 있다. 아버지 태훈은 카톨릭신자다.
— 안중근에게는 동생이 둘이 있는데, 둘째 정근은 서울에서 공부하고 있고, 셋째 공근은 진남포에서 교사로 일하고 있다. 또한 안중근에게는 아내와 다섯 살과 두 살 된 아들이 있으며, 그들은 지금 하얼빈에 와 있다고 한다.

제2차 신문에서 검찰은 이러한 사실을 열거했다. 안중근은 이것을 부정하지 않았고, "지금부터 모르는 사실은 별개지만,

거짓말은 결코 하지 않겠다"고 확실하게 말했다.

이후 안중근은 검찰 측 신문에 의연한 태도로 당당하게 대답했다. 제1차 신문에서는 '경서는 다소 배웠고, 통감도 읽은 적이 있다'고 대답했다. 조부와 부친에게서 유학에 대해 대충이나마 교육받았다는 사실을 명백히 밝혔을 뿐 아니라 세계역사와 조선사에 대한 책도 읽었다고 답하자 그가 보통사람 이상의 교양을 쌓았음이 밝혀졌다.

치바는 검찰취조가 끝나면 안중근을 감방까지 데리고 갔다. 그는 아무 말없이 안중근의 거동에만 주의를 기울였다. 감방 앞에서 헤어질 때면 안중근은 늘 치바에게 수고했다는 뜻으로 목례를 하곤 했다.

제3차 신문은 11월 15일, 제4차는 16일, 제5차는 이틀 뒤인 18일에 실시되었다. 이중 제5차 신문에는 안중근, 우덕순, 유동하 세 사람의 대질 신문이 있었는데, 서로 대면시켜 신문함으로써 각자의 거짓된 진술이 수정되고 정황이 명백해졌다. 그것은 안중근의 태도 자체가 공명성에 유의했던 탓이기도 했다. 여기서 안중근은 "직업은 포수가 아닌가?"라는 검찰의 질문에 "사냥은 했으나 포수는 아닙니다. 직업을 굳이 말한다면 의병이라고 할 수 있죠"라고 대답해서 처음의 진술을 번복했다. 의병투쟁에 인생을 걸어온 안중근으로서는 역시 그 사실을 명확히 해두고 싶었다. 사건에 관계된 세 사람이 동시 대면하게 될 경우도 충분히 고려한 것임에 틀림없다. 어쨌든 이날의 제5차 신문에서 이토 살해에 관련된 사실이 거의 다 밝혀졌다.

안중근에 대한 형무소의 대우는 치바가 보기에도 매우 정중했다. 이곳의 형무소 소장, 간수계장, 기타 관리들까지도 안중근을 특별히 대우했기 때문에 치바는 좀 지나친 게 아닌가 하는 생각이 들었다. 그들도 '안중근의 마음과 그 행위의 의미를 정말로 알고 있는 것인가?' 하는 이상한 생각마저 들었다. 안중근 자신도 이 점에 대해 깊이 감동하여 '같은 일본인이 어찌 이렇게 다를 수 있을까? 한국에 와 있는 일본인은 모두 흉악한데, 여순의 일본인은 모두 어질고 후한 사람뿐이다. 뭔가 잘못된 것이 아닌가?' 하고 느낄 정도였다.

치바가 가장 주목하고 있던 검찰관 미소부치도 안중근을 신문할 때에는 늘 예우를 갖추었다. 취조가 끝나면 언제나 금 파이프에 담배를 끼워 권하며 이야기를 주고받았으며 공정하고 솔직했다. 그래서 그는 안중근의 얘기에 항상 동감하고 그것을 그대로 인정하는 듯했다.

어느 날 미소부치의 배려로 영국인 변호사와 러시아인 변호사 두 사람이 안중근을 면회하러 왔다. 두 사람은 블라디보스톡 거류 한국인들의 의뢰로 온 변호사들이었다.

"우리들은 당신의 동포인 한국인에게 의뢰를 받고 당신의 변호를 맡게 되었습니다. 법원에서도 허가를 받았으니 공판이 시작되면 또 오겠습니다. 모두 당신 일을 걱정하고 있습니다."

그들은 의심스러워하는 안중근을 안심시키고 돌아갔다.

사실 형사피고인 안응칠의 이름이 적힌 변호신고서가 12월 1일부로 관동도독부 지방법원장 마나베 주죠 앞으로 제출되어 있었다. 안중근은 외국인 변호사의 선임이 가능한 재판을 받을 줄은 예상치 못했는지 자신도 모르게 하늘을 바라보며 생각했다. '일본은 세계의 일등국이다. 혹시나 이토에게 사살이라는 과격한 수단을 취한 것이 자신의 경거망동이 아니었을까?' 라고.

치바는 안중근의 면회 시 입회했다. 이런 상황을 통역을 통해 듣게 된 치바는 '일본의 재판도 만국공법에 준해서 집행된다' 는 것을 깨달았다.

11월 24일. 거의 일주일 만에 제6차 신문이 있었다. 이때부터 본격적으로 안중근의 '이토 살해의 동기 및 이유' 에 관한 사항이 다루어졌다. 일본의 입장에 선 검찰관 미소부치는 안중근의 행위가 이유 없는 살해였다고 주장했다. 그러나 '동양의 평화와 한국 독립의 앞길을 가로막고 있는 이토를 먼저 쓰러뜨리지 않으면 안 되었다' 고 주장하는 안중근의 입장을 바꿔 놓지는 못했다.

다시 두 사람의 문답은 계속된다.

문) "청일전쟁은 동양평화를 위한 것이라고 일본이 선언한 것을 알고 있습니까?"

답) "동양평화를 위하고, 한국 독립을 도모한다는 것이었습니다."

문) "한일협약도 한국 독립을 위한 조약이었다는 것을 알고 있습니까?"

답) "그런 선언인 줄은 알지만 그것은 믿을 수 없습니다."

문) "일본의 근세사와 국제공법을 알고 있습니까?"

답) "대강은 알고 있습니다."

문) "동양평화를 주장하는 일본이 한국을 멸망시키고자 해도 열강이 감시하고 있어서 불가능한 일이 아닐까요?"

답) "일본은 한국을 속국으로 만들려는 야심을 품고 있습니다. 열강이 묵시하고 있는 이유도 알고 있습니다."

문) "한국 국민이 자주독립을 하면 일본의 통감정치는 필요가 없게 되고, 자치의 길이 열립니다. 그러니 통감정치에 격분할 이유는 없다고 봅니다. 오히려 한국 국민의 무능함을 한탄해야 하지 않을까요?"

답) "일본이 한국에 대하여 야심이 있건 없건, 그것은 아무래도 좋습니다. 다만 동양평화라는 것을 놓고 볼 때, 이토의 정책이 잘못된 것은 확실합니다. 또 우리 한국 군주제도에 문제가 있는 것이지, 한국 국민의 역량이 부족해서가 아닙니다. 동양평화는 아시아 전체가 각자 자주독립을 누리게 되면 실현이 가능하게 됩니다."

문) "단지동맹(斷指同盟)에 대해서 지난번 진술에 허위가 있었던 것이 아닙니까?"

답) "다소 거짓이 있었다 치더라도 이토의 거짓에 비교하면 아무것도 아닙니다. 그러나 내 신상에 관해서는 거짓말을 하지 않았습니다. 다만 타인과의 관계에 대해서는 다소 거짓말을 했습니다."

문) "이토공의 거짓이란 무엇입니까?"

답) "일본천황의 선언은 한국 독립과 동양평화를 유지하기 위함이라고 천명하고 있습니다. 그러나 이토와 일본 정부는 한국의 독립과 한국민 다수의 생명을 유린하면서 국내는 물론 국외에도 이 비참한 사실을 숨기고, 거짓말만 하고 있습니다."

두 사람의 주장은 완전히 대립된 가운데 이날의 신문은 끝이 났다.

이날 검찰관 미소부치는 일본 정부가 이미 같은 해 4월에 '한국병합'을 결정했다는 사실을 알지 못했다. 그러나 안중근은 한민족의 입장과 의병운동을 통한 넓은 견문으로 정세는 벌써 병합 쪽으로 흐르고 있다는 것을 피부로 느끼고 있었을지도 모른다. 이 두 사람의 인식의 차이는 치바에게도 대단히 큰 의문점이 되었다.

치바 토시치의 마음속에서 '이토 살해에 대한 심판'이 시작된 것도 제6차 신문이 끝날 무렵부터였다. 그것은 안중근을 심판하는 또 하나의 법정이 당시 일본에도 있었다는 것을 의미한다. 치바는 안중근에 대한 미소부치의 취조 내용에 깊은 관심을 갖게 되었다. 물론 일본인 헌병으로서 일본의 원훈을 죽인 안중근의 행위가 막중한 범죄라는 인식에는 변함이 없었다. 그리고 안중근이 주장하는 '일본이 한국을 약탈하고 유린했다'는 것에는 아직도 용납하기 어려운 부분이 있었으므로 치바는 어깨 너머로 엿들은 내용만으로는 그들의 난해한 논쟁을 솔직히 잘 이해할 수 없었다.

그러나 치바는 이제껏 배워온 도덕과 인간으로 사는 방법, 그리고 훈련받은지 얼마 안 된 '비리를 훈계하는 데는 먼저 나 자신을 바르게 하라'는 간수지침 따위를 상기하면서 나름대로 올바른 판단을 할 수 있다고 생각했다. 그리고 안중근이 열거한 '이토의 죄상 15개조'에 대해서도 한 가지씩 사실을 조사하여 상사들에게 해설을 부탁하는 등 깊은 관심을 보였다. 이러한 논쟁들을 머릿속으로 정리하면서 치바는 실제로 접할 수 있었던 안중근의 참모습과 언동을 주의깊게 관찰하는데 노력했다. 그 사이 안중근에 대해 품어 오던 미움이 차차 자기 마음에서 멀어지는 것을 느꼈다. 그뿐 아니라 안중근이 범한 죄에 대해서도 다시 생각해 봐야 된다는 생각을 하게 되었다.

무엇보다 매일 보는 안중근의 예의바른 행동과 독실한 천주교 신자다운 경건한 눈빛과 태도가 치바의 마음을 움직였고, 마치 안중근이 진솔한 마음으로 자기의 진심을 호소하고 있는 듯한 느낌을 받았다.

이것은 뜻 있는 동료들도 모두 인정하고 있었다. 그만큼 치바는 검찰과 안중근과의 대립에서 나타난 「한일 양국의 시비를 둘러싼 논쟁」에 대해 '어느 쪽이 진실한 것일까?' 라고 자문하곤 했다. 그리고 한일 양국 중 어느 쪽이 진실인가 아닌가에 따라 자칫하면 이 사건은 심판하는 자와 심판받는 자의 입장이 정반대로 역전되는 결말을 초래할지도 모른다는 생각이 마음 깊은 곳에서 우러나왔다. 동시에 안중근의 재판이 가까워짐에 따라 치바는 '일본은 지금 어떤 길을 걷고 있으며, 그것을 세계 각국은 어떻게 보고 있을까?' 하는 것에 생각이 미쳤다. 치바에게 있어서 이것은 일찍이 생각해 본 적도 없는 세계관이었다. 이렇게 인간은 상황에 따라 많은 것을 생각하게 되고 때로는 자기 자신에게 솔직하고 싶어진다. 결국 그는 시간이 갈수록 안중근에 대한 생각이 변해 가는 것을 느꼈다.

11월 26일, 사건이 발생한 지 꼭 한 달이 지났다. 이날 개최된 제7차 신문은 간단히 끝났다. 경성의 일본통감부 경보국에서 파견된 사카이 요시아키 경시가 별도로 안중근을 취조했고, 12월 1일부터는 내용을 정리해서 통감부에 보고했다. 그 목적은 한국 내의 경비대책에 있었다.

이 무렵 일본 정부에서는 외상 고무라가 사건 처리를 놓고 고심중이었다. 그것은 한일병합이 기정방침이었으므로 이 사건의 처리가 앞으로 어떤 영향을 미칠까 걱정이 앞섰기 때문이다. 고무라는 한일관계의 장래를 예측하고 사법관계와는 별개로 수습해 보려 했다. 이미 검찰 측 취조 결과는 보고되어 있었고, 별도의 정보도 수집되어 있었다. 그러나 신문도 거의 끝난 여순 관동도독부 지방법원에서는 '안중근의 형량은 무기형이면 족하다' 는 의견이 더러 나오기 시작했다.

이에 대해 한일병합안 작성에 관계해 온 외무성 정무국장 쿠라시리 테츠기치도 큰 충격을 받았다. 쿠라시리는 사건 이후 한국에 와 있었는데 즉시 외상에게 전보를 쳐 의견을 물었다. 외상 고무라는 12월 2일에 회답을 보내왔다.

'일본 정부에 있어 안중근의 범죄는 상당히 중대한 문제다. 죄상의 정도에 따라 극형에 처하는 것이 적당하다고 사료된다.'

엄중한 지시가 내려졌다.

그 결과 안중근의 이토 살해사건에 대한 재판은 외상 고무라의 지시에 따라 진행되었다. 안중근의 판결은 일본의 한국병합 정책에 큰 영향을 미칠 수 있으므로 극형이 선고될 분위기가 조성되었다. 따라서 안중근의 의지나 동기 같은 건 전적으로 무시될 수밖에 없었다. 물론 재판관들조차도 '한일병합정책'에 대해 그때까지도 모르고 있었다.

옥중의 안중근은 여전히 특별대우를 받고 있었다. 이 무렵 치바도 안중근에 대한 대우를 더 이상 이상하게 생각하지 않았다. 차라리 안중근에 대한 판결이 나중에 어떻게 결정되든지 간에 옥중에 있는 동안은 가능한 한 친절히 대해 주고 싶다는 생각을 갖게 되었다. 안중근은 일주일에 한 번은 목욕을 할 수 있었고, 매일 오전 오후 한 차례씩 감방에서 나와 사무실에 갈 수가 있었다. 하루 세 끼 식사는 좋은 쌀밥이 나왔고, 갈아입을 내의와 좋은 의복이 지급되었다. 또 솜이불 네 개가 침구로 지급되었다. 이런 후대에 안중근은 그저 감사하는 마음뿐이었다.

12월 17일, 옥중에 있는 안중근을 찾아 두 동생이 면회를 왔다. 형무소 측의 주선으로 이루어진 3년 만의 재회였다. 그들의 쌓였던 이야기는 끝날 줄 몰랐다. 이윽고 작별할 시간이 되자 안중근은 동생들에게 부탁했다.

"한국인 변호사가 필요하다. 그리고 신부님에게 성사를 좀 부탁했으면 좋겠다."

안중근은 이때만 해도 공정한 재판이 진행될 것이라고 믿었고 재판에서 충분히 진술할 수 있으리라 기대하면서 수감생활을 보내고 있었다.

대륙의 겨울은 빨리 시작된다. 요동반도 남단의 여순은 북위 39도에 약간 못 미친 남쪽에 위치해 있다. 일본으로 말하면 동북지방의 미야기, 이와테현의 경계 부근에 해당한다. 우연히도 그곳은 치바의 고향주변이기도 했다. 12월 중순만 되면 고향에는 눈이 내린다. 치바는 그런 향수에 사로잡혀 여순항에 서 있었다. 발해 해협에서 몰아치는 북풍은 너무나 매서웠다. 살을 에는 듯한 대륙 특유의 추위에 치바는 새삼 자신이 타향에 와 있음을 실감했다.

몹시 추운 12월 20일, 안중근의 제8차 신문이 진행되었다. 그런데 취조에 임하는 검찰관 미소부치의 태도가 갑자기 달라졌다. 무슨 일이 있었는지 태도는 물론 말투까지 변하여 중간중간 안중근의 진술을 가로막거나 멸시하는 말을 했다. 이를 본 안중근은 '이것은 그의 본심이 아닐 것이다. 뭔가 밖에서 큰바람이 불어 닥쳤을 것' 이라고 그의 변심을 이해했다. 그렇지만 아무래도 석연치 않았다.

21일 검찰 측 신문, 22일 제9차 신문, 23일 제10차 신문이 잇달아 이어졌다. 사흘에 걸쳐 미소부치는 이미 명백해진 사실을 재확인하면서 안중근의 이토 살해에는 타당한 이유가 없음을 다시 한번 설득하기 위해 이토의 연설을 인용했다. 그러나 안중근은 이에 대해 이렇게 대답했다.

"나에게 죄가 있는지 없는지는 재판 후가 아니면 판단할 수 없겠지요."

미소부치의 설득에도 안중근은 조금도 동요됨이 없었다.

검찰 측은 일본 정부의 방침상 외상 고무라가 안중근에게 극형을 내릴 것을 지시한 것을 이미 알고 있었을 것이다. 검찰관 미소부치와 안중근과의 대결 역시 결국 그것을 뒷받침하는 것에 지나지 않았다.

문) "인명을 빼앗는 일은 잔혹하기 이를 데 없는 행위로서, 가족과 친척을 비탄에 빠뜨리고 그 나라에 손실을 끼치는 죄악이라고 생각하지 않습니까?"

답) "잘 알고 있습니다. 그러나 이토를 죽인 일은 인도에 어긋나는 행위라고 생각하지 않습니다. 이토 때문에 죽어간 수만 명을 대신해서 이토 한 사람만 죽였으니까요."

문) "이토공 때문에 죽은 수만 명이란 무엇을 의미합니까?"

답) "청일 · 러일 두 전쟁과 한국통감으로서 의병 및 한국 국민 등 수만 명을 죽음에 이르도록 지시한 모든 행위가 살인을 뜻합니다."

문) "천주교 신자로서 살인을 하는 것은 인도주의에 어긋나는 것 아닙니까?"

답) "성경에도 살인은 죄악이라고 했습니다. 그러나 남의 나라를 약탈하고, 인명을 살상하는 것을 수수방관하는 것 역시 죄악입니다. 내 행위는 그 죄악을 청산한 것에 불과합니다."

문) "당신이 존경하는 홍신부가 자신이 세례를 준 사람 중에 당신 같은 자가 나왔다는 것에 탄식하고 있습니다. 그래도 인도와 종교의 정신에 어긋나지 않는다고 생각합니까?"

안중근은 이 물음에는 대답을 하지 않았다.

왜냐하면 이미 검찰관의 신문이 전혀 다른 차원에서 진행되고 있다고 생각했기 때문이다. 사람을 죽인다는 것이 얼마나 큰 죄악인가는 신앙심이 있는 사람이면 누구나 아는 사실이다. 그리고 인간이 저지를 수 있는 죄 가운데 가장 많은 참회가 필요한 것도 살인이며, 남에게는 말할 수 없는 고통을 동반하는 괴로움이란 것을 안중근 자신도 잘 알고 있었다.

안중근은 의병투쟁을 시작하기 전 상해에 갔을 때 곽신부를 만났다. 그로부터 '조국의 위기를 구하기 위해서는 우선 교육부터 시작하라'는 가르침을 받았다. 곽신부는 '만일 그것이 여의치 않다고 생각되면 본인이 가장 좋다고 생각하는 것부터 하라'고 말했다. 안중근은 즉시 사재를 털어 학교를 세우고 자신도 교단에 서서 몸소 교육을 실천하고자 힘써 보았다. 그러나 더 이상 일본이 한국을 잠식해 들어오는 현실을 묵과할 수만은 없었다. 안중근은 한국의 독립이 위태로워질 것이라는 생각에 무슨 일이 있어도 일본에 대항해야 한다고 판단했으므로 마침내 의병투쟁에 참가하게 되었다. 다시 말해 안중근은 어디까지나 의병으로서 이토를 살해한 것이다. 짓밟히고 살해되는 많은 한국인이 한 인간으로서 일본에 저항하는 방법은 여러 가지가 있겠지만, 안중근은 '살해'라는 최후의 선택을 했다.

그래서 안중근은 '한 나라에서 타국의 정치범을 재판할 때는 국제적으로 공인된 재판에 의해서 집행돼야 한다'는 점을 호소하고 싶었다. 안중근은 이 재판에서 이토 살해의 이유를 명백히 밝히고자 했다.

안중근은 가혹하게 대하는 검찰관에게 대답했다.

"만약 일본이 백만 명의 정병과 천만 문의 대포를 갖추고 있다 하더라도, 안응칠 한 사람을 죽이는 일밖에 할 수 없습니다. 그 외에 일본은 아무 권리도 갖고 있지 않습니다. 인간은 죽으면 모든 것이 끝나는데 무엇이 두렵겠습니까? 나는 이제 더 이상 대답하지 않겠으니 좋을 대로 하시오."

안중근의 모습은 왠지 쓸쓸해 보였다. 처음 보는 표정이었다. 그날은 한 해가 저물어가는 12월 하순의 어느 일요일로, 치바가 오랜만에 당직을 서는 날이었다. 이때는 검찰의 취조도 거의 끝난 상태였고, 외상 고무라의 지령으로 안중근에게 극형이 언도될 것이 이미 내정되어 있었으므로 형무소 안은 연말임에도 불구하고 고요함이 감돌았다. 안중근의 우수에 찬 표정에서 그런 분위기가 나오는지도 모른다. 당시 치바는 안중근이 은밀히 옥중기를 쓰기 시작한 것을 알고 있었는데, 최근 그 경위를 듣게 되었다.

여순지방법원에는 자유민권운동이 왕성했던 구 도사번(舊土佐藩, 현 고오치현-옮긴이) 출신자가 많았는데, 이들은 사츠마(薩摩), 조슈(長州) 양 번의 인물이 중추를 이루어 일본 정부를 비판하는 반대세력을 형성하고 있었다. 그리고 이토의 한국탄압정책에 대해 비판하며 온건책을 주장해 왔다. 옥중의 안중근을 은근히 후대한 것도, 또 안중근에게 옥중기를 집필하길 권한 것도 사실은 그들의 배려에 따른 것이었다.

치바는 처음 간수 임무를 맡았을 당시 의아하게 여겼던 안중근에 대한 후대를 이제는 이해할 수 있었다. 그런데 갑자기 엄격해진 검찰취조에 대해서는 안중근의 말처럼 뭔가 다른 이유가 있을지도 모른다는 생각이 들었다.

그러나 공평한 재판을 바라면서도 이미 극형을 각오하고 있던 안중근은 무엇인가 남겨 놓을 것이 있는지 자신의 30년 인생을 회고하며 옥중기의 집필에 정력을 기울이고 있었다. 안중근은 피로를 씻기 위해 점심 식사 후 자리에 누워 허탈한 눈길로 감방의 좁은 천정을 물끄러미 응시하고 있었다. 치바는 그런 그에게 말을 건네고 싶었다.

"안중근 씨, 한 대 피우겠소?"

치바가 담배를 권했다.

"양친께서는 생존해 계신가요?"

자신보다 여섯 살이나 위였지만, 아직 부모는 살아있을 것이라고 생각했기 때문이다.

"아버지는 5년 전에 돌아가셨습니다. 하지만 어머니는 진남포에서 건강히 지내고 계십니다."

안중근은 열흘 전쯤 다녀간 동생들의 얘기를 섞어가며 상세히 얘기해 주었다. 그리고 양친께 아무 효도도 하지 못해 죄송한 마음을 금할 길이 없다며 부끄러워했다. 그리고 무엇보다 자식이 가장 마음에 걸리는 모양이었다. 2남 1녀를 두었지만 벌써 3년째 국사에만 분주하다 보니 본의 아니게 잘 돌볼 수 없었다며 씁쓸한 웃음을 지었다. 그리고 이번 사건으로 어머니와 처자식이 어떻게 될지 걱정하고 있었다.

안중근의 걱정은 당연한 것이었다. 비록 서툰 일본어였지만 그의 심정은 충분히 이해할 수 있었다. 치바는 갑자기 말문이 막혔다. 물어서는 안 될 것을 물었나 싶어 걱정하던 차에 이번에는 안중근이 치바에게 말을 걸었다.

"치바 씨의 부모님은 어떠십니까?"

"덕분에 양친 모두 평안하십니다. 다만 타국에 혼자 와 있는 제가 걱정을 끼쳐드리는 것 같아 부모님 뵐 면목이 없습니다."

치바는 밝은 얼굴로 자신의 고향 풍경을 설명했다.

"참으로 부럽습니다. 부모님께 잘해 드리십시오. 우리들의 목숨은 다 부모님으로부터 받은 것입니다. 생명이란 참으로 불가사의한 것이지요. 내 부모에게 생명을 물려준 부모는 30대만 거슬러 올라가도 10억7천만 명이나 되지요. 참으로 무궁한 흐름이라 할 것입니다. 인간으로 태어나는 것만도 어려운데 참으로 고마운 일이죠."

안중근은 감개무량한 얼굴로 사람의 생명이 얼마나 소중한 것인가를 설명해 주었다.

치바는 안중근이 남달리 가족에 대한 사랑이 깊고 생명을 진지하게 여기는 상냥한 인품의 소유자라는 것을 깨닫고 가슴이 뭉클했다. 그는 안중근에게 "그렇게 소중한 생명을 버리면서까지 왜?"냐고 다그쳐 물어보았다. 치바는 나름대로 사건의 핵심에 접근해 보고 싶었다.

그렇게 묻는 순간 치바는 자신이 좀 이상해진 게 아닌가 하는 생각이 들었다. 안중근과 이처럼 허심탄회하게 얘기해 보는 것도 처음이었지만, 안중근의 이토 살해는 엄연한 범죄행위라고 굳게 믿어 왔던 자신의 생각도 무너져내렸기 때문이다. 순간 두 사람의 마음이 하나로 통해 서로가 똑같은 하나의 진실을 느끼고 있었다. 또 안중근과 치바는 서로 말은 없었지만, 무언중에 서로를 인정하는 하나의 인간관이 형성되어 있었는지도 모른다.

안중근은 조용히 말문을 열었다. 사건을 일으킨 동기와 이유에 대해서는 이미 검찰관에게 대답한 것과 같지만, 오늘은 치바에게 마음을 털어놓고 싶다고 했다.

"인간이 살아가는 모습에는 그 사람이 놓여진 환경과 입장에 따라 아름답게 보이기도 하고 추하게도 보입니다. 정직하게 살건 거짓으로 살건 항상 양면이 있다는 얘깁니다. 이토의 한국 통치는 비록 거짓이라 해도 일본의 입장에서는 아름다운 선정(善政)으로 보일 수 있습니다. 그러나 일본의 탄압에 아무 말도 못하는 우리 한국인은 아무리 정직하게 살아가려 해도 살아가는 것 자체가 힘듭니다. 생존 자체가 위태로운데 어떻게 아름다움이나 추함을 말할 수 있겠습니까? 앉아서 죽음을 기다리며 정의롭게 산다는 것은 지극히 어려운 일입니다. 인간은 혼자서 일어설 수 없습니다. 그래서 서로 돕는 것입니다. 그렇기에 서로 협력하는 마음만 있으면 인간사회는 모두 알뜰하고 평화롭게 살아갈 수 있습니다. 지금 한국에서는 그것이 불가능합니다. 일본인이나 한국인이나 모두 대등하게 살 수 있어야만이 진실로 평화로울 수 있고, 서로 아름다움과 추함, 옳고 그름을 얘기할 수 있을 것입니다.

나는 어쩔 수 없이 이토의 생명을 빼앗았습니다. 한국의 비참한 현실이 이토 한 사람의 책임이라 볼 수 없고, 이토 한 사람을 제거한다고 해서 한국이 위기를 면할 수 있다고는 생각하지 않았습니다. 그렇지만 일본의 중심인물인 이토를 목표로 삼을 수밖에 없었습니다.

나의 행위에 대한 옳고 그름의 판단은 후세 역사의 심판에 맡기기로 했습니다. 나는 내 생명을 하늘에 바치고 조국을 위해서 버리기로 결심했습니다. 조상으로부터 물려받은 무궁한 생명의 흐름 속으로 다시 돌아가는 것이라고 생각했지요. 주어진 이 세상의 인생은 죽고 나면 다시 하늘에 돌아가는 법입니다. 인연이 있으면 또다시 이 세상에 태어나겠지만, 오로지 하늘에 맡길 수밖에 없죠. 이제 와서 구차한 진술은 않겠다고 검찰관에게 말한 것도 다 그 때문입니다. 유구한 한국의 역사에 버려진 하나의 돌이 되더라도 나는 만족합니다. 한국과 일본, 동양에 진정한 평화가 찾아와 주길 바랄 뿐입니다. 치바 씨, 내 마음을 이해해 주시오."

안중근의 말에는 마치 소리쳐 기도하듯 호소력이 있었다. 그리고 마지막으로 한마디를 덧붙였다.

"이토에 대한 사사로운 감정은 전혀 없습니다. 공적으로도 그 가족에게 깊이 사과하고 싶습니다."

대체 어찌 된 일인가? 치바는 놀랐다. 모두 처음 들어보는 말뿐이었지만, 치바는 다시금 안중근의 높은 지식과 깊은 신앙심을 바탕으로 한 견고한 지조와 신념, 한없는 인간애와 충만

한 인생관에 그저 감동할 따름이었다. 그래서 그는 안중근에 대해 더없는 친애와 존경의 마음을 품게 되었다.

해가 바뀌어 1910년 1월 26일 안중근에 대한 제11차 마지막 신문이 있었다. 이미 재판에 대한 일본 정부의 방침이 '극형'으로 확정되어 있었으므로 취조는 사건의 큰 맥락과는 관계없이 끝나고 말았다.

2월 1일 검찰관 미소부치는 안중근을 불러내어 '외국인 변호사에 의한 변호는 허용되지 않는다. 다만 이곳에 있는 일본인 관선변호사는 쓸 수 있다'고 통고했다.

이미 제출된 안중근의 변호 신청서에 적혀 있는 영국인, 러시아인 및 한국인 변호사는 모두 관동도독부 지방법원 판관 마나베 주조의 명의로 부적합하다고 판단되어 취소되었다. 외국인 변호사의 변호가 인정된다고 했던 일본의 태도에 '문명의 진화는 세계에서 일등국'이라고 안중근도 감탄한 적이 있었지만, 그것은 일본의 일시적인 몸짓에 지나지 않았다. 이제 시작하려는 재판은 세계와 차단된 채 비공개로 진행될 것이 틀림없었다.

이날 안중근 외 3명(우덕순, 조도선, 유동하)의 기소장이 지방법원으로 보내져 곧바로 공판이 시작되었다.

빗속의 처형식

1910년 2월 7일 안중근 외 3명에 대한 제1차 공판이 여순 관동도독부 지방법원에서 열렸다.

검찰관 미소부치 타카오의 기소장에 적힌 안중근의 죄상은 다음과 같았다.

'피고인 안중근은 추밀원의장 이토 히로부미 및 수행원의 살해를 결의하고 1909년 10월 26일 오전 9시경 러시아 동청 철도 하얼빈역에서 미리 준비한 권총을 발사하여 이토공을 죽음에 이르게 하고, 또 수행원인 하얼빈 총영사 가와카미 토시히코, 궁내대신 비서관 모리 야쓰지로, 남만주 철도주식회사 이사 다나카 키요지로의 각 수족과 흉부 등에 총상을 입혔으나

위 3명은 죽지는 않았다.'

여순지방법원은 2심제로, 고등법원은 재판관 3인에 의한 합의제이고 지방법원은 단독심리였다. 이날 공판은 재판관 마나베 주죠에 의해 집행되었다. 입회 통역은 소노키 스에요시, 변호사는 관선변호사인 미즈노 요시타로와 가마다 마사하루 두 사람이었다.

재판관 마나베는 네 사람에 대한 인정신문을 마치고 안중근에 대해 일문일답 식으로 신문을 진행했다. 그는 검찰관이 작성한 신문조서를 하나하나 확인하듯이 질문해 나갔다. 그중에서 이토 및 수행원을 살해한 사실에 대해서 질문을 받은 안중근은 의연한 태도로 대답했다.

"내가 3년 전부터 나라를 위해서 생각하고 있던 일을 실행한 것뿐입니다. 나는 의병참모중장으로서 독립전쟁 중에 이토를 죽인 것에 불과합니다. 개인의 범죄가 아니고 어디까지나 참모중장의 자격으로 계획한 것이니, 애당초 이 법원의 법정에서 살인죄의 피고인으로서 재판을 받는 것은 잘못된 것입니다."

그러나 재판관 마나베는 이를 들은 체도 않고 이토 살해의 사실만 추궁했다. 재판에서 안중근은 이토 살해 이유와 의견을 상세히 진술하려고 했지만, 발언을 저지당해 충분히 설명할 수가 없었다. 이미 판결을 결정해 놓은 재판관은 범행사실을 확인하는 것만이 중요할 뿐, 안중근의 의견 따위는 아무래도 상관없었다.

이렇게 해서 공판은 그다음 8일에 2회, 9일에 3회, 10일에

4회로 진행되었고, 2월 12일 5회 공판에서 결심을 맞았다. 공판은 매일 오전 9시부터 시작되어 점심 휴식시간을 사이에 두고 오후까지 계속되었으므로 치바를 포함한 헌병들은 엄중한 경비태세로 안중근을 포장마차에 태워 형무소와 법원 사이를 호송하는 임무를 담당했다. 삼엄한 경비와 빠른 속도로 진행되는 재판을 지켜보며 '무엇인가 서두르지 않으면 안 될 이유가 본국 정부에 있을지도 모른다'는 생각이 문득 치바의 뇌리를 스쳤다.

판결은 제6회 공판으로 언도됐지만 그때까지 심리한 것을 정리해 보면, 우선 기소장의 '이토 히로부미와 수행원의 살해를 결의했다'는 인정은 이토 한 사람뿐이 아니고 다수의 사람을 죽이려 했다는 중죄인임을 강조한 것이었다. 안중근은 여태까지 검찰의 신문에 대해 '이토만을 죽이려 했다'고 진술해 왔으나 그 점은 인정되지 않았다. 기소장에는 이밖에 우덕순과 조도선에게 살인예비죄를, 유동하에게 살인방조죄를 적용하고 있었다. 외상 고무라가 '안중근의 범행은 극히 중하므로 징악의 정신에 따라 극형에 처하라'고 지시한 바 있었기 때문이다. 이것은 안중근의 이토 살해가 한국인들의 공명을 불러일으킬 우려가 있고, 그 영향이 크게 파급될 수 있다는 염려에서 하달된 것임에 틀림없다. 소위 말하는 '정치적 배려'를 치바와 동료들도 어렴풋하게나마 짐작할 수 있었다.

재판관 마나베는 가족상황과 교육정도 등을 물은 뒤 집을 나온 이유와 목적에 대해 계속 질문했다.

"집을 나올 때까지 부모의 재산으로 편하게 생활했습니다. 집을 나설 때 다소의 돈을 가지고 나왔습니다만, 그 후 성금 따윈 받은 적이 없이 친구들의 보조로 살아왔습니다. 집을 나온 목적은 외국에 있는 동포의 교육에 뜻한 바 있었고, 또 의병으로서 한국의 국사에 헌신하기 위함이었습니다. 이 교육과 의병활동은 수년 전부터 계획한 것이었으나, 그 필요성을 통감하게 된 것은 러일전쟁이 계기가 되었습니다. 5년 전에 5개조, 그리고 3년 전에 7개조의 조약이 체결되기에 이르자, 더 이상 견딜 수 없어 외국으로 나가게 되었습니다."

안중근이 말하는 5년 전의 5개조란 1905년 11월 제2차 한일협약을 의미한다. 전문에 '한국의 부강을 인정할 수 있을 때까지'로 기한을 정하고 있으나, 직접 교섭을 맡은 이토 히로부미는 한국의 외교권마저 박탈하고 말았다. 결국 '한국병합'에의 실질적인 첫걸음이 된 조약이었다. 그해 12월에는 이 조약의 실천 기관으로서 한국통감부가 설치되었고, 이토는 초대 통감으로 수도 서울에 입성했다.

또 3년 전의 7개조란 1907년 7월의 제3차 한일협약을 말한다. 통감이 한국 정부를 지도한다고 명기해 한국 정부를 유명무실하게 만든 조약으로, 그해 6월에 일어난 고종의 헤이그 밀사사건과 깊은 관련이 있었다. 이 조약이 체결되기 4일 전 고종은 황제직에서 퇴위당했고, 8월 1일에는 마지막으로 남아 있던 한국군마저 해산당했다.

이 두 조약이 체결되자 서울 시내는 불안에 휩싸였다. 일본 헌병대기소가 습격당하고, 한국 각지에서 의병운동이 격렬하게 일어났다. 이런 상황을 인식하여 의병으로 활동하고 있던 안중근은 재판관으로부터 한국의 앞날에 대한 질문에 아래와 같이 대답했다.

"러일전쟁 당시 일본 천황의 선전(宣戰) 조칙에 의하면, 일본은 동양평화를 유지하고 한국 독립을 위해 러시아와 전쟁을 했다고 했습니다. 한국인들은 이에 감격해서 일본인과 같이 전쟁터로 나간 사람도 있습니다. 또 일본의 승리를 함께 기뻐하며 동양의 평화가 유지되고 한국도 독립이 될 것이라고 믿었습니다. 그러나 이토가 한국에 와서 5개조의 조약을 체결했습니다. 그것은 천황의 선언에 위배되고, 한국에 대한 야심이 포함된 것이기에 국민 모두는 크게 불평을 했습니다. 그런데 또다시 7개조의 조약을 체결했습니다. 통감이었던 이토가 병력으로 협박하여 조약을 체결하기에 이른 것입니다. 국민들은 모두 격분해서 일본과 싸워서라도 전 세계에 호소해야 한다고 생각했습니다. 원래 우리 한국은 일본같이 무력에 의존하지 않고 문필로써 나라를 지켜왔습니다."

안중근은 '무슨 목적으로 행동하고 있었나?' 라는 질문에 계속 답변했다.

"이토는 일본에서도 제1인자로서 한국에서 통감직을 맡았습니다. 앞서 말한 두 개 조약을 맺은 것은 일본 천황의 취지가 아니었다고 생각합니다. 나는 이토가 천황뿐만이 아니라 한국 국민도 기만했다고 생각해 왔기 때문에 한국 독립을 위해서는 그를 제거해야겠다고 마음먹었습니다. 그런 목적 때문에 마침내 블라디보스톡 부근에 가서 몸을 돌보지 않고 독립운동을 했던 것입니다."

여기서 안중근의 진술에서도 자주 등장했던 일본의 대 러시아 선전조칙의 내용을 살펴보면, '생각건대 문명을 평화에서 추구하고 열강과 우의를 돈독히 함으로써 동양의 치안을 영원히 유지하고 각국의 권익을 손상함이 없이 제국의 안전을 길이 보장할 사태를 확립한다'는 것을 개전의 목적으로 들고 있다. 그러나 청일전쟁 시 조칙에 있던 '한국 독립을 위한다'는 개전 목적의 문구는 없어지고, 대신 한국의 보전 및 한국의 존망이라는 문구가 쓰이고 있다. 이것은 러일전쟁 개전 시 이미 일본에게는 '한국 독립을 보장한다'는 생각이 없었던 것을 의미한다. 치바도 나중에 이 차이를 깨닫게 되었다. 이 무렵 안중근을 포함해서 이것을 알아차린 사람은 거의 없었다. 조칙이라고 하는 점에서 모두 선의로 해석했던 것이다.

제2회 공판이 열린 2월 8일 우덕순과 조도선에 대한 신문이 있었고, 다음 날 9일 열린 제3회 공판에서는 오전 중으로 유동하에 대한 신문이 끝났다. 오후에는 증거서류와 물건확인 과정을 거쳐 피고인들의 진술이 서로 틀린 부분에 대해 신문했다. 그러나 얘기의 큰 줄거리는 안중근의 진술과 다른 피고들의 진술이 그대로 일치했다.

신문이 끝나자 각 피고인들에게 최종 의견을 진술할 기회가 주어졌다. 이때 예기치 못한 사태가 일어났다. 다른 피고들은 별다른 의견이 없어 안중근의 진술이 진행되고 있을 때였다. 안중근은 '이제까지도 반복해서 대강 줄거리는 말했지만, 사회로부터 오해를 받지 않기 위해서 재차 말씀드리고 싶은 것이 있다'고 전제하고 다음과 같이 말했다.

"이토 살해는 한국의 독립전쟁 수행 중에 의병 참모중장으로 조국을 위해서 한 것이지, 일반 자객의 신분으로 한 일이 아닙니다. 그렇기 때문에 나는 지금 피고가 아니라 적군에 잡힌 포로입니다.

오늘날 한국과 일본의 관계를 보면 일본인이면서 한국 관리도 되고, 한국인이면서 일본의 관리도 되는 상황입니다. 그러니 서로서로 일본과 한국을 위해서 충성을 다하지 않으면 안 됩니다. 그런데 통감으로서 한국에 온 이토는 원칙적으로 자신도 한국 신민으로 여겨야 할 터인데 강제로 조약을 체결하고 황제를 억류해 퇴위까지 시키고 말았습니다. 황제는 국가에서 가장 존귀한 불가침의 존재임에도 불구하고 이토는 황제를 침해했으니 이것은 신하로서 막심한 불충입니다. 한국 각지에서 지금도 의병이 봉기하여 싸움이 그치지 않는 것은 바로 이 때문입니다.

또 통감으로서 한 행위가 일본 천황의 지시에 어긋나는 것뿐이기에 지금도 양국은 싸우고 있는 것입니다. 그리고 한국의 독립이 확고해질 수 없습니다. 이토는 한국과 일본의 역적입니다. 이토가 수상을 역임할 때 명성황후를 시해한 일도 있습니다. 일본의 천황폐하에 대해서도 역적이라는 말을 들었습니다."

계속해서 이토의 죄목 중의 하나인 '코오메이 천황 시해'건에 대해서 발언하려던 때였다.

방청석에서 동요가 일기 시작했다. 이를 본 재판관 마나베는 공판을 중지시키고 방청인을 퇴장시켰다. 공개정지 후 재판관은 변호사와 상담하고 나서 피고들을 설득했다. '정치에 관련된 의견은 문서로 제출하는 것이 어떠냐?' 고 의견을 묻자, 안중근은 '정치 관련 의견은 공개를 금지하니 공증이 없는 곳에서는 말할 필요가 없다' 고 주장했다.

재판관은 살해목적에 대해 더 할 말이 없느냐고 재차 물었다. 안중근은 여전히 한국 통감이었던 이토의 죄상을 폭로하고자 했다. 이 때문에 재판관은 마침내 정치상의 의견은 그만 진술하도록 주의시키고 나서 '만일 그런 의견을 진술하지 않는다면 다시 심리를 공개해서 재판을 계속하겠다' 고 말했다. 이에 안중근은 이렇게 대답했다.

"이토를 살해한 이유가 개인적인 원한에 의한 것이 아니라 정치적 이유에 있었기 때문에 정치적 소견을 밝힐 필요가 있다고 생각합니다. 그리고 의견 공개를 금지하는 이유는 알고 있습니다. 또 유명인의 명예를 손상시키는 것 역시 유감입니다만, 꼭 필요하기 때문에 말했을 뿐입니다. 지금부터는 다시 그런 얘기를 하지 않겠습니다."

안중근은 이때의 심경을 옥중기 「안응칠의 역사」에서 아래와 같이 서술하고 있다.

"나는 당당한 대한민국의 국민인데 왜 일본 감옥에 갇혀서 일본 법률의 적용을 받아야 하는 것인가? 일본에 귀화라도 했단 말인가? 재판관도 일본인, 검사도 일본인, 변호사도 방청객도 모두 일본인이니 대체 이것이 어찌 된 일인가? 정말 꿈처럼 느껴지는구나."

2월 10일, 제4회 공판에서 벌써 검찰관 미소부치에 의한 논고구형이 진행되었다. 안중근은 이토를 살해한 살인죄 및 가와카미 총영사, 모리 비서관, 다나카 만철 이사 3인에 대해 살의를 가지고 저격했다는 살인미수죄를 적용, 형 중에 가장 무거운 사형을 구형받았다.

우덕순과 조도선은 살인 예비행위죄로 징역 2년 이하를, 유동하는 살인방조죄로 정상참작을 하여 최단기 징역 1년 6개월로 구형받았다.

이 구형에 앞서 행해진 안중근에 대한 논고에서 검찰관 미소부치는 다음과 같이 강변했다.

"안중근은 정치적 사상을 가지고는 있다. 그러나 사실 이토 살해는 사업실패 등에 의한 개인적인 원한에 의한 것이다."

이제까지의 신문조서 내용은 물론 공판의 공개 및 공개정지 후에 진술한 정치적 주장들을 전부 무시한 내용이었다. 또 재판 관할권에 관해서는 제2차 한일협약의 제1조에 있는 '일본국의 외교 대표자 및 영사는 외국에 있는 한국 국민과 그 이익을 보호한다'를 최종적으로 적용했다.

검찰관의 논고구형에 대해서 안중근은 옥중기에서 이렇게 적고 있다.

'요컨대 사형을 구형한 이유는 나 같은 사람을 살려두면 많은 한국인들이 나를 본받아서 같은 행동을 할 것을 두려워한 까닭이다. 생각건대 옛날부터 세계 여러 나라에서 협객이나 의사는 끊이지 않고 있었다. 이것이 모두 개인적인 원한 때문이라는 말인가? 속담에 '열 사람의 재판관과 친하기를 바라기보다는 한 가지의 죄상도 없기를 바라라' 는 말이 있는데, 정말로 옳은 말이다.

만일 일본인이 죄가 없다면 어찌 한국인을 두려워할 필요가 있겠는가? 많은 일본인 중에 하필 이토만이 피해를 입은 것은 왜일까? 한국인을 꺼리는 일본인은 모두 이토와 같은 목적을 가졌기 때문이 아닌가. 하물며 내가 원한으로 이토를 살해했다는 것은 대관절 무슨 소리인가? 나는 이토를 알지도 못했다. 어찌 개인적인 원한이 있을 수 있겠는가?

만일 내가 이토에게 개인적인 원한이 있었다면 검찰관도 나에게 개인적인 원한으로 이런 구형을 내렸단 말인가? 만일 검찰관의 말대로라면 이 세상에는 공법도 공사도 없어지고 만다. 모든 것은 개인적인 원한에서 기인한 것이라고 할 수 있다. 그렇기 때문에 미소부치 검찰관이 개인적인 원한을 갖고 나에게 사형을 구형했다면, 또 다른 검찰관이 미소부치의 개인적인 원한에 대한 죄도 심사해야 하고, 그 뒤에 정식으로 구형하는 것이 공리에 합당한 것이 된다. 그렇다고 한다면 세상사는 언제까지고 끝나지 않을 것이다' 라고.

안중근의 감개에 대해서는 치바도 본인에게 직접 들은 일이 있다.

'개인적인 원한을 이유로 한다면 논고자체가 부당한 것이 되고 만다' 라고 뜻 있는 관계자로부터 지적을 받았다.

즉, 안중근의 행위가 설사 이토 한 사람뿐 아니라 몇 사람의 수행원들까지도 개인적인 원한의 대상으로 한 것이라면, 그 개인적인 원한의 근거는 많은 일본인에게까지 확대될 것이다. 아니 어쩌면 일본 민족까지도 대상으로 해야 한다. 단 한 인간이 타국의 민족 전체를 상대로 원한을 품는다는 것은 아무리 소극적인 생각으로 판단해 봐도 '거기에는 개인적인 원한과는 관계가 먼 정치적인 이유가 있었을 것이다' 라고 치바는 생각하게 되었다.

'역시 사형이 구형됐군.'

치바는 안중근을 다시 옥중으로 호송하면서 중얼거렸다.

여순형무소의 안중근에 대한 감시나 대우도 지금까지와는 많이 달라졌다. 특히 공판에서 사형이 구형되고 나자 헌병대의 분위기도 현저히 엄중해졌다. 간수로서 안중근을 대하는 치바의 태도도 전보다 신중해지지 않을 수가 없었다. 그러나 안중근에 대해 경애하는 마음이 사라지는 일은 결코 없었다.

2월 12일 오전 9시 반부터 제5회 공판이 개시되었다. 결심을 앞두고 변호인의 최종 변론이 진행되었다. 또 안중근과 다른 피고인에게도 최후 진술이 허용되었다. 우선 오전 중에 가마다 마사하루 변호사가 변호를 시작했다.

"본 건은 청국 영토 내에서 발생한 범죄로서 피고들은 한국 국적을 가진 한국인입니다. 청국 영토 내에서 한청통상조약(1889)에 근거해 한국인은 치외법권의 권리를 가집니다. 그러므로 한국법이 적용될 수 있습니다.

그러나 제2차 한일협약(1905년에 체결된 한일보호조약)에 따라 일본은 한국의 위임을 받아 한국을 보호하게 되었기에 외국에 있는 한국인은 한국법에 따라서 일본의 보호를 받는 것이 옳다고 봅니다.

그러므로 본 건의 경우 한국 법익을 보호하기 위해서 일본 형법을 적용할 것이 아니라 한국의 형법을 적용해야 할 것입니다. 그렇지 않으면 한일협약에 의한 위임의 범위를 넘어서 한국의 사법권을 침해하는 것과 같은 결과가 되고 맙니다.

이상과 같은 이유에서 본 건에 한국 형법을 적용해야 된다면 한국 형법에는 외국에서의 범죄에 대해 처벌할 규정이 전혀 없으므로 본 건의 피고들은 처벌받아서는 안 됩니다.

가령 검찰 논고와 같이 일본 형법을 적용해야 한다 하더라도 피고 안중근의 경우 범죄사실은 논할 여지가 없는 바이지만, 이미 죽을 각오를 하고 실행한 것이기 때문에 사형을 언도한다 해도 형법이 목적하는 징계 또는 위협의 효과는 없을 것입니다. 따라서 안중근을 사형할 필요는 없다고 봅니다. 특히 피고의 범죄는 나라를 걱정한 나머지 저지른 행위이므로 그 심정을 동정할 여지가 있습니다. 정상을 참작하여 될 수 있는 한 죄를 감하여 가벼운 징역형으로 해야 될 것입니다."

오후에는 미즈노 요시타로 변호사가 변호했다.

"피고 안중근은 지식이 부족하여 국가에 충성하는 것을 잘못 이해한 것으로 보입니다. 그러므로 동정의 여지가 충분히 있습니다. 한국의 상황도 유신전후의 일본과 흡사합니다. 사쿠라다 몬가이의 이이 타이로 습격사건을 비롯, 오츠사건(大津事件, 일본에 온 러시아황태자를 오츠시에서 경계중인 일본인 순사가 칼로 찌른 사건-옮긴이)이나 정치가 호시 토오루 살해

사건의 소행에 비하면 안중근의 행위는 동정할 만한 부분이 있습니다. 피해자인 이토공도 소장이었을 때 히나가와의 영국 공사관을 불태우는 등 안중근과 같은 짓을 저질렀습니다. 세계 각국이 주목하고 있는 만큼 안중근에게는 과중한 형보다는 징역 3년의 가벼운 형을 내려야 한다고 봅니다."

재판관 마나베는 두 변호인의 변론이 끝나자 각 피고에게 최종 진술을 요구했다.

유동하와 조도선은 모두 본 사건과는 관련이 없음을 재차 강조했다. 우덕순은 "이토는 일본과 한국과의 사이에 장벽을 만든 사람입니다. 암살에 뜻을 두어 사건에 가담했으니 별로 이견(異見)이 없습니다. 다만 이제부터라도 일본의 천황이 일본인과 한국인을 균등하게 취급해서 한국보호를 확실히 해주었으면 하는 마음뿐입니다"라고 진술했다.

마지막으로 안중근이 일어섰다. 장문으로 된 안중근의 진술기록을 그대로 옮긴다.

"검찰관의 논고를 듣고 보니 검찰관이 나를 오해하고 있다는 생각이 듭니다. 가령 검찰관이 하얼빈에서 다섯 살 난 내 아들에게 내 사진을 보이고 '아버지가 맞다'는 확인을 받았다고 합시다. 내가 집을 떠날 때 겨우 두 살이었고, 그 뒤로 한 번도 나를 만난 적 없는 아들이 내 얼굴을 알 턱이 없습니다.

애당초 이번 이토 살해는 나 개인이 아닌 한일관계를 위해서였습니다. 그러나 사전 심리가 진행될 때에도 재판관을 위시하여 변호인과 통역까지도 모두 일본인이었습니다. 한국 변호사도 와 있으니 변호의 기회를 주는 것이 타당하다고 생각합니다. 또 변론도 개요만 통역을 해주니 불만이 큽니다. 제3자가 보아도 편파적이란 비난을 면할 수 없을 것입니다.

검찰관이나 변호인의 말을 빌리자면 통감으로서의 이토의 시정방침은 완전무결하다고 합니다. 되레 내가 오해하고 있다고 하는데 그것은 천만부당합니다. 오히려 나는 진실을 꿰뚫고 있으니 이토의 시정방침에 대해 있는 그대로 말해 보겠습니다.

1905년에 체결된 5개조 보호조약 관계에 대해 먼저 거론하겠는데, 이는 한국 황제를 비롯해 모든 국민은 보호를 희망한 것이 결코 아니었습니다. 그러나 이토는 한국 황제와 국민 모두가 체결을 희망한다는 미명 아래 일진회(합방운동을 추진한 한국의 친일단체)를 부추겨 황제의 옥새와 총리대신의 부서가 없었음에도 불구하고 대신들을 돈으로 매수하여 끝내 조약을 체결시키고 말았습니다. 그래서 이토의 정책에 대해서 당시 뜻있는 자들은 모두 분개할 수밖에 없었습니다. 교양 있는 자들은 황제에게 상소하고 이토를 힐책했습니다.

러일전쟁 시 일본 천황의 선전 조칙에는 동양의 평화를 유지하고 한국의 독립을 견고히 한다는 조항이 포함되어 있었습니다. 때문에 한국 국민들은 일본을 신뢰하고 일본과 함께 동양의 주역이 되기를 희망했습니다. 그러나 이토의 정책은 그와는 정반대였으므로 각지에서 의병이 봉기했습니다.

최익현이 힐책했다가 송병준 때문에 체포당해 그는 츠시마에 구금됐는데, 그때 그가 목숨을 잃자 최초의 의병이 일어나게 되었습니다.

그 후에도 힐책이 계속되었지만 방침은 달라지지 않았습니다. 마침내 헤이그 평화회의에 밀사로 이상설을 파견해서 세계에 호소하기에 이르렀는데, 내용의 5개조 조약은 이토가 무력으로 강제로 체결한 것이니 만국공법에 의해서 처분해 주기 바란다는 것이었습니다. 그러나 당시 이 회의에서는 물의가 일고 있던 터라 일이 여의치 않았던 것입니다. 그 뒤 이토는 밤중에 칼을 빼들고 황제를 위협해 강제로 7개 조약을 체결하고 황제를 퇴위시켰으며 일본에 진사사절을 보내기까지 했습니다.

특히 경성 부근의 한국 국민 모두는 이에 분개했고, 그중에는 할복한 자도 있었습니다. 백성은 맨손으로 군인은 병기를 들고 일본군과 맞서 싸웠습니다. 이것이 바로 경성사변입니다.

그 후 십만 이상의 의병이 전국 각지에서 봉기했습니다. 게다가 태상황제(太上皇帝)가 조칙을 내려 나라의 위급 존망에 수수방관하는 것은 국민된 도리가 아니라고 공포하자 국민들은 울분을 참지 못하고 오늘날까지 일본군과의 싸움을 계속하고 있습니다. 그 결과 십만이 넘는 한국 국민들이 목숨을 잃었습니다. 국가를 위해 바친 목숨이었다면 여한이라도 없겠으나 그들 대부분이 이토의 명령에 의해서 학살당했던 것입니다. 일본인들은 한국 국민의 머리를 새끼줄에 꿰어 효수하는 잔악무도한 짓도 서슴치 않고 자행했습니다. 이로 인해 수많은 의병장교들이 죽어갔습니다. 이토의 불합리한 정책으로 한 사람을 죽이면 열 명, 열 명을 죽이면 백 명의 의병이 일어나는 형편이었습니다. 시정방침을 고치지 않으면 한국보호는커녕 한일 양국의 전쟁이 영원히 계속될 것입니다. 이토는 영웅이 아니고 교활한 간웅이었습니다. 그는 그 교활한 지혜로 한국의 개명이 일취월장 진보하고 있다고 신문에 게재하도록 했습니다. 한국은 일본 천황, 일본 정부와 원만한 관계를 유지하고 있으며 관계도 점점 개선되어 가고 있다고 한국 국민을 기만하였습니다. 그래서 한국 동포들은 모두 그의 죄를 미워하여 이토를 살해하고 싶은 마음이 생겨났습니다. 인간은 누구나 즐겁게 살길 바라지 아무도 죽기를 바라지 않습니다. 그러나 한국 국민은 십여 년간이나 도탄에 빠져 울면서 지내왔습니다. 그러므로 평화를 희망하는 마음은 일본 국민의 그것보다 훨씬 간절합니다.

그리고 나는 이제까지 일본의 군인과 상인, 도덕가 등 여러 계층의 사람들을 만나 많은 이야기를 들어왔습니다.

한국에 와 있는 일본 수비대의 한 사람을 만났을 때의 일입니다. 나는 그에게 고국에 부모와 처자가 있을 텐데 이렇게 외국에 나와 있으면 꿈 속에서도 가족이 그립고 고생이 많겠다고 위로했습니다. 그 사람은 고향에 처자가 있긴 하지만, 국가의 명령으로 파견되었으니 어쩔 수 없다며 울면서 호소했습니다. 그래서 나는 만약 동양이 평화롭고 한일관계가 지금 같지 않다면 수비대로 파견될 필요도 없지 않겠느냐고 했습니다. 그러자 그는 '사실 그렇습니다. 개인적으로는 싸움을 좋아하지 않지만 군인이기 때문에 필요에 따라서는 싸워야만 합니다' 하고 말했습니다. 수비대로 온 이상 귀국하는 것은 쉽지 않겠다고 했더니 그 사람은 '일본에는 평화를 어지럽히는 간신이 있습니다. 그 때문에 우리의 뜻과는 무관하게 이런 곳까지 와 있는 것입니다. 이토와 같은 사람은 나 한 사람의 힘으로는 물론 어찌할 수 없겠지만 어떻게 해서라도 죽이고 싶다'고 울면서 말했습니다.

그리고 농부와도 이야기를 나눈 적이 있었습니다. 그 사람은 한국의 토질이 농업에 적합해서 수확이 많다는 말을 듣고 일본에서 한국으로 건너온 사람이었습니다. 그러나 그는 도처에 폭도가 일어나 안심하고 일할 수가 없었습니다. 그렇다고 고향으로 돌아가는 일도 불가능했습니다. 과거 일본은 살기 좋았지만 지금은 전쟁 때문에 재원을 마련하기 위해 일본 정부도 어려움을 겪고 있고, 농민에게 과다한 과세를 부과하기 때문에 농사도 지을 수 없었습니다. 그는 이래서야 어찌 살아갈지 막막하기만 하다고 탄식했습니다.

한 일본 상인은 '한국은 일본제품의 수요가 많다고 듣고 왔는데, 도처에 폭도가 일어나 교통은 두절되고 생활조차 할 수가 없습니다. 이토를 제거하지 않으면 장사도 할 수 없을 겁니다. 나 한 사람의 힘으로 가능하다면 그를 죽이고 싶을 정도입니다. 어쨌든 평화가 오기를 기다리는 수밖에 없다'고 말했습니다.

어느 기독교 전도사의 얘기도 들려드리겠습니다. 나는 그 사람에게 아무 죄도 없는 사람을 학살하는 일본인에게 과연 전도가 가능한지 질문해 보았습니다. 그는 도덕에는 너와 나의 구별이 없다라고 전제하며, 학살하는 사람은 참으로 불쌍한 사람으로 하나님의 힘으로 회개시키는 길밖에 도리가 없으니 차라리 불쌍히 여겨달라고 했습니다.

내가 이토를 살해한 이유는 이토가 동양의 평화를 어지럽히고 일본과 한국의 사이를 가로막고 있었기 때문에 한국의 의병 중장의 자격으로 부득이 죽일 수밖에 없었습니다. 본래 나는 한일 양국이 더욱 친밀해지고 평화로운 관계를 유지해 장차 5대주에 모범이 되기를 염원해 왔습니다. 결코 오해로 인해 이토를 살해한 것이 아닙니다. 앞에서 말한 바와 같이 목적을 달성하기 위해서 단행한 것뿐입니다. 그러므로 이토의 시정방침이 잘못되어 있었다는 것을 일본 천황에게 주청해 주신다면 천황도 반드시 내 의견을 이해하고 기뻐하실 것입니다. 천황의 지시에 따라 한국에 대한 시정방침이 개선된다면 한일 양국 간의 평화는 틀림없이 만세에 걸쳐 이어질 것입니다.

변호인의 변론에 따르면 1899년에 체결된 한청통상조약에 의해 한국 국민은 청국 내에서 치외법권을 소유하게 되었으므로 본 건은 한국 형법대전에 의해 다스려져야 한다고 합니다. 그러나 한국 형법에는 처벌할 규정이 없다는 것은 부당한 우론입니다. 오늘날 인간은 누구나 다 법을 지키며 살아가고 있습니다. 실제로 사람을 죽인 인간이 처벌받지 않고 생존한다는 도리는 있을 수 없습니다. 내가 어떤 법에 따라 처벌받을지가 문제인데, 나는 한국의 의병이며 적의 포로가 되어 와 있는 것이니 만큼 모든 재판절차는 만국공법에 의해 결정되어야 한다고 생각하는 바입니다."

안중근의 진술은 한 시간을 넘겼다.

그의 논지는 청일전쟁에서 러일전쟁 이후 오늘에 이르기까지, 십 년이 넘게 일본이 한결같이 걸어온 '한국 침략'을 일관되고 적나라하게 파헤치는 것이었다. 검찰관이 어떻게 조작하든 공판 그 자체가 전부 일본인에 의해 처리되는 상황에서는 이토가 명분으로 내걸던 인정(仁政) 문제는 고사하고 한국의 보호마저 불가능했다. 마치 그것을 검증하기라도 하듯 계속되는 안중근의 진술은 마치 어둠 저편에서 밀려온 파도가 해변에 버려진 온갖 더러운 잔해를 집어삼키고 있는 것같이 음산하게 느껴졌다. 폐정 후 저녁때가 되어 안중근을 감방으로 호송하던 치바는 조금 전 진술에서 보여준 안중근의 모습이 애처롭게만 느껴졌다. 이날 안중근은 감방으로 들어서며 치바에게 겸연쩍은 웃음을 띠며 노고를 위로했다.

관동도독부 지방법원의 공판에서 이날 결심이 내려졌고, 이틀 후인 2월 14일 오전 10시 마침내 판결이 언도되었다. 사건이 발생된 지 불과 111일 만이었다. 이상할 정도로 모든 것이 빠르게 진행되었다.

치바는 다음 날 상사로부터 '안중근의 최후진술은 정말로 당당했다'는 얘기를 전해 들었다. 물론 치바의 생각도 그와 같았다. 안중근에 대한 동정이 한층 더 깊어질 따름이었다. 그날 밤 치바는 오랜만에 고향에서 온 아버지의 편지를 읽으며 이토 살해사건이 일본의 산간 벽지에까지 큰 반향을 일으키고 있음을 알게 되었다. 편지에는 모두가 이토의 죽음을 애석하게 여기고 있다고 쓰여 있었다. 치바와 동료들이 하얼빈에서 여순으로 안중근의 호송을 끝냈을 무렵 도쿄에서는 이토의 국장이 성대하게 거행되었으며, 일본에서는 다시 살벌한 시대를 맞이하게 되는 건 아닌가 하는 걱정이 커지고 있다는 등 일본의 실정이 자세히 적혀 있었다. 치바는 마치 보이지 않는 큰 소용돌이 속으로 빠져 들어가는 것 같은 답답함을 느꼈다.

'우리 일본인이 언제나 바른 일만 해왔다고는 생각하지 않았다. 그러나 이제와 돌이켜 보니 역시 안중근이나 한국에 적잖은 부담을 주었다는 사실을 부정하기 어렵다. 게다가…….'

잠자리에 든 치바는 새삼 자문자답해 보았다.

안중근과의 만남으로 인해 치바의 인생관은 크게 변했다. 처음에는 증오감에서 이토를 살해한 주범인 안중근의 살해 동기에 관심이 있었다. 그러나 검찰관의 신문과 재판을 통해서 밝혀진 한국의 비참한 현실과 애절히 호소하는 안중근의 조국애와 평화에 대한 소원이 치바의 마음을 감동시켰다. 그때까지만 해도 나라의 장래를 걱정한다는 것을 생각조차 해본 일이 없었던 치바는 차츰 부끄러움을 느끼게 되었다. 그리고 안중근에 대해서는 외경의 마음마저 품게 되었다.

'결국 인간은 어떻게 인간답게 살아가느냐가 중요하겠지. 사람을 지키고 나라를 지키는 것도, 더구나 애국심이라는 것도 모두 다 거기에서…….'

치바의 인생관은 안중근과의 만남을 통해 크게 달라졌다.

물론 그 배경에는 간수의 입장으로 날마다 접하게 되는 안중근의 품위 있는 태도가 치바의 마음에 투영되어 있었다. 사형을 구형받은 후 안중근은 옥중기를 집필하느라 분주했다. 그러나 형무소의 규칙을 충실히 지켰고, 치바와 다른 간수의 지시와 명령에도 순종하여 한 가지도 어기는 법이 없었다. 뿐만 아니라 그의 한마디 한마디에는 전보다 더 큰 교양의 깊이가 담겨져 있었으므로 더욱 그 인물됨을 엿볼 수 있었다. 치바는 안중근을 위해 때때로 필묵과 용지는 물론 독방생활에 필요한 신변일용품을 보충해 주는 등 간수로서 할 수 있는 모든 성의를 다하려고 애썼다. 그러나 치바는 자신의 능력으로는 도저히 '안중근보다 뛰어나게 안중근을 훈계해야 한다' 는 간수지침을 수행하기에는 역부족이라고 생각했다.

안중근은 독실한 천주교 신자여서 조석으로 기도를 거르는 법이 절대로 없었다. 철저한 신앙심 탓인지 그의 행동거지에는 인간적인 따뜻함이 배어 있었다. 치바는 진심으로 '흔치 않은 인물' 이라고 탄복했다.

"……살인자는 죽어야 한다."

최종 진술에서 안중근이 한 말도 치바의 마음에 깊이 새겨졌다. 그 강한 윤리관은 바로 천주교의 깊은 신앙심에서 기인된 것이라고 생각했다. 안중근은 이미 죽음을 기다리고 있다는 것을 의미하기도 했다. 치바는 일종의 동경심에서 안중근을 더욱 따뜻하게 보살펴주었다.

1910년 2월 14일 오전 10시부터 제6회 공판이 시작되었다. 관동도독부 지방법원 재판관 마나베는 안중근 외 3명에 대해 드디어 판결을 내렸다. 판결내용은 이러했다.

'피고 안중근은 사형에 처한다.

피고 우덕순은 징역 3년에 처한다.

피고 조도선, 유동하를 각각 징역 1년 6개월에 처한다.

또한 압수물 중

안중근이 소유하던 권총 1정(탄환 1개 장전), 탄환 7개

우덕순이 소유하던 권총 1정, 탄환 16개

이상은 몰수하고 나머지는 각 소유자에게 돌려준다.'

다음으로 안중근에 대한 판결이유이다.

'피고 안중근은 1909년 10월 26일 오전 9시경 러시아 동청 철도 하얼빈 정거장에서 추밀원의장 이토 히로부미와 그 수행원을 살해할 의사를 가지고 이들을 향해 소지한 권총을 연발했다. 세 발은 이토공을 명중시켜 죽음에 이르게 하고, 또 수행원인 하얼빈 총영사 가와카미 토시히코, 궁내대신 비서관 모리 야스지로, 남만주 철도 주식회사 이사 다나카 키요지로에게는 각각 한 발을 명중시켜 그 수족과 흉부에 총상을 입혔으나 3명에 대해서는 살해의 목적을 달성하지 못했다.'

그리고 이어서 형을 언도하면서 아래와 같이 말했다.

"피고 안중근이 이토공을 살해한 행위는 그 결의가 개인적인 원한에 의한 것은 아니라 하더라도 심사숙고한 계획 끝에 삼엄한 경호를 뚫고 저명인사가 모인 장소에서 감행한 것이기에 살인죄로 극형에 처하는 것이 당연하다고 인정된다. 이에 피고 안중근을 사형에 처한다."

즉 안중근의 이토 살해는 계획적이며 대담해서 정상참작의 여지가 없다는 판결이었다.

판결은 문제의 재판 관할권과 적용법률에 관해서도 다음과 같이 인정했다.

'피고 안중근 등의 범죄 사실에 대해 법률을 적용함에 있어

서 우선 본 건에 관해서는 관동도독부 지방법원이 법률상 정당한 관할권을 가진다는 것을 설명해 두는 바이다.

본 건의 범죄지 및 피고인의 체포지는 모두 청국 영토이나 하얼빈 정거장은 러시아 동청철도의 부속지로서 러시아 정부의 행정권 아래 있다. 그러나 본 건 기록에 첨부된 러시아 정부 측 형사소송기록에 의하면 러시아 관헌은 피고를 체포한 직후 즉시 취조하고 증거를 수집한 결과, 피고는 한국 국적을 가진 한국인이 분명하므로 러시아의 재판에 부칠 수 없다고 결정했다.

한편 1905년 11월 17일에 체결한 한일협약(보호조약)에 의하면 일본 정부는 한국의 대외관계 및 사무를 일본 외무성이 관리 지휘하도록 하고, 일본의 외무대신과 영사가 외국에 있는 한국인과 그 이익을 보호하게 되어 있다.

또 1899년 9월 11일 체결된 한청통상조약에는 청국 내에 있어서 한국이 치외법권을 가진다는 취지가 명기되어 있다. 그러므로 본 건의 범죄지와 체포지를 관할하는 하얼빈 일본 영사관이 본 건 피고들의 범죄를 심판할 권한을 가진다 할 수 있다.

그러나 1908년의 법률로 만주 주재의 영사관이 관할하는 형사사건에 관해서 외교상 필요할 때는 외무대신이 관동도독부 지방법원에서 재판을 집행시킬 수 있다고 규정되어 있다. 이에 근거해 외무대신은 1909년 10월 27일에 본 건 재판을 이 법원에서 행할 것을 명령했다. 이 명령은 적법이므로 본 법원이 본 건의 관할권을 갖는 것 또한 당연하다 할 수 있다.

피고 변호인은 일본 정부가 전술한 한일협약에 의해서 외국에 있는 한국인을 보호하는 것은 원래 한국 정부의 위임에 따르는 것이니 만큼 영사관은 한국 국민의 범죄를 처리함에 있어서도 한국 형법을 적용해야 하며, 일본 형법을 적용할 것이 아니라고 변론했다.

그러나 한일협약의 취지는 일본 정부가 일본 국민에 대해서 가지는 공권 아래 한국 국민도 동등하게 보호하는 것으로 해석되어야 한다. 따라서 이 공권 적용의 일부인 형사법의 적용에 있어서는 한국 국민을 일본 국내와 동등한 지위에 두고 그 범죄에도 일본 형법을 적용하는 것이 협약의 본지에 가장 걸맞은 것이라고 할 수 있다. 따라서 본 원은 본 건 범죄에 일본 형법을 적용하고 한국법은 적용할 수 없다고 판정했다.'

재판 관할권의 인정은 제2차 한일협약에 의한 한국 외교권을 일본에 위임한 것에 근거한 것이지만, 이 위임도 한일 교섭사에서 이미 보아온 바과 같이 '이토가 최소한 외교권만이라도 남겨달라'는 한국 황제 고종의 부탁을 뿌리치고 강제로 빼앗은 위양인 것이다. 그러므로 한국 국민의 이익을 보호한다는 협약의 취지로 볼 때, 이 인정은 이미 위임의 범위를 넘어선 것이며 안중근의 법익은 없는 것과 마찬가지였다. 즉 안중근과 다른 피고들에 대한 일본의 재판은 억지이며 또한 '병합국민'으로서 취급받았다고 할 수 있다.

'역시 그렇게 되고 말았구나.'

치바는 판결을 숙연히 받아들였다.

재판권 문제가 공판에서 거론되자, 아래와 같이 심한 얘기까지 오갔다.

'안중근이 일본인이라면 당연히 사형이겠지. 일본의 보호국이라고는 하나 독립국 한국의 국민인 이상 재판 관할권도 분명하지 않은데 일본 형법을 적용해서 단숨에 사형한다는 것은 다소 무리다. 차라리 한국을 병합해서 일본에 귀속시켰다면 문제가 없었겠지만…….'

안중근의 판결문제에 있어서는 한국을 일본의 일부로 만들 수 있을 정도로 법 근거를 구축하지 않고는 타국 영토에서 일어난 타국 정치범의 소행을 재판한다는 모순은 해결될 수 없을 거라는 뜻 있는 관계자들의 지적이 많았다.

문제가 많았던 재판 관할권도 차츰 외교권 위양이라는 근거로 한일협약의 본래의 취지인 한국 보호와 한국 국민의 이익을 지킨다는 윤리를 뛰어넘어 오로지 강자의 패권욕에 의한 일본의 뜻대로 되어가고 있었다.

'고향 조상들이 오랑캐로 천시당했던 것이나 같은 형편'이란 생각이 들자 치바는 쓸쓸한 마음이 들었다. 에조(蝦夷)라고 해서 일본의 동북지방에서 치바가 자라나던 때만 해도 학대의 흔적을 도처에서 찾아볼 수 있었다. 아버지 신기치로부터 정직하게 살라는 가르침을 듣고 자란 치바에게 있어서 가장 혐오스러운 일이었다. 그 본성을 안중근의 나라, 한국을 대상으로 드러내고 있다니 참으로 한심스럽게 느껴졌다.

어쨌든 안중근은 사형 판결을 받았다. 재판관 마나베는 판결을 언도한 후, '이 판결에 불복하면 5일 이내에 고등법원에 공소할 수 있다'고 했다. 공판은 오전 11시경에 폐정되었다.

일본의 한 신문은 다음과 같이 이날의 공판 상황을 전하고 있다.

'(14일 여순발) 오늘 정시에 시작된 재판은 방청인으로 인산인해를 이루었다. 그중에는 러시아 법학사 야브젠스키 부처, 한국 변호사 안병찬, 러시아 변호사 미카예로프 씨와 동행한 러시아 영사 관원, 안중근의 두 동생 및 어제 도착한 안중근의 종형제 안명근 등이 있었다. 정각 10시 30분에 개정, 마나베 재판관에 이어 미소부치 검찰관 및 서기관, 통역들이 차례로 입장해 각자 지정된 좌석에 착석. 이때 피고는 물론 수십 명의 눈은 일제히 재판관에게 쏠렸고, 신문기자들은 펜을 잡고 마른 침을 삼키며 대기했다. 곧 재판관은 피고 4명에 대하여 판결을 언도하고 각각의 범죄 이유 및 사실과 아울러 판결에 대해 불복하면 5일 내로 공소할 수 있음을 알려주었다. 그때가 오전 11시. 우덕순 및 조도선은 판결에 별다른 이의가 없고, 유동하는 빨리 집에 보내달라고 울음을 터뜨렸다. 안중근은 '진술을 더 하려면 공소를 해야 하는가' 라고 통역에게 물어왔다. 안중근과 유동하는 공소할지 알 수 없다. 안중근은 사형을 선고받았으나 지극히 태연했다. 아마도 그는 이미 사형을 각오한 모양이다.' (1910년 2월 16일, 아사히)

또 안중근의 법정진술을 연재하던 「시사(時事)」는 안중근의 주장을 다음과 같이 전했다.

'이토 살해는 나라를 구하기 위함이었고, 자신은 의병의 참모중장으로서 독립전쟁을 하얼빈에서 수행한 것뿐이다. 결코 개인적인 원한에 의한 행위가 아니다. 오늘 이런 법정에서 취조를 받는 것은 잘못된 것이다."

"이미 예상한 바였다. 옛날부터 많은 충신 지사들도 다 죽음을 각오하고 충언했다. 그리고 훗날 그들의 행위가 옳은 것으로 밝혀졌다. 나는 동양의 대세를 걱정하고 충성을 다하여 몸을 바쳐서 올바른 정책을 주장하려 했다. 그러나 그것도 다 부질없는 일이 되고 말았다. 비통할 일이라 아니할 수 없다. 그래도 머지않아 일본의 4천만 민족도 나를 칭찬할 날이 올 것이다. 동양평화가 이같이 결렬되어 있다 해도, 언젠가 백 년의 풍운이 걷힐 날이 올 것이다. 일본의 당국자가 좀더 현명하다면 이러한 정략을 쓰지는 않았을 것이다."

공판을 끝내고 감방에 돌아온 안중근은 원통한 마음에 탄식할 뿐이었다.

그러나 차츰 안중근은 사형이라는 사실에 분노가 치밀어올랐다. 겉보기에는 태연해 보였지만, 아직 그의 몸에는 31세 젊은 청년의 피가 끓고 있었다. 몸과 마음이 모두 중대한 판결에 침착하게 대처하기 위해서는 좀더 시간이 필요했다. 생사에 대한 번뇌에서 벗어날 수 있는 깨달음의 순간을 기다리고 있는 안중근은 몸도 마음도 고뇌와 갈등으로 한없이 지쳐 있었다.

'지난 1895년 주한공사 미우라 고로는 군대를 지휘해서 궁중을 습격하고 명성황후를 시해했다. 그러나 일본 정부는 처형

은커녕 그들을 석방시켰다. 죄목이 명백했음에도 불구하고 오늘까지 별다른 처리가 없다. 나의 죄와 비교하여 어느 쪽이 더 무거운 죄인가?'로 안중근은 심한 번민과 괴로움에 시달렸다. '과연 나의 죄는 무엇이며, 내가 저지른 일은 대체 무엇이었던가' 하고 생각하던 끝에 안중근은 문득 깨달은 바가 있었다. '그렇다. 내가 바로 대죄인이다. 내 죄는 나의 인(仁)이 약해서 저지른 일이다. 그 인이 약했던 것은 또한 한국인의 죄이기도 하다'는 결론에 이르렀다. 인이 약했다고 함은 국민 한 사람 한 사람의 책무가 부족했다는 것을 의미하며, 안중근은 일본의 불법 아래 허덕이는 한국인의 죄와 일체감을 느끼며 바로 자신의 천명을 깨달은 것이었다.

치바와 안중근은 그로부터 얼마 안 되어 다시 깊은 얘기를 나눌 수 있었다. 판결 이후 안중근은 이전과는 달리 조용하고 침착하여 마치 깨달음의 경지에 도달한 사람 같았다. 그리고 자신의 생애를 후세에 전하기 위해 서두르던 옥중기 「안응칠의 역사」도 거의 완성 단계에 있었다. 그러나 안중근은 자서전 말고도 이번 사건을 시점으로 그가 지금까지 호소해 오던 「동양평화론」도 집필하고자 했다.

이런 안중근의 모습을 볼 때마다 치바는 '이 사람이 살아남게 되면 한국을 짊어지고 나갈 큰 인물이 될 것'이라는 생각과 함께 안중근과의 작별이 가까이 왔음을 직감했다. 치바는 불행한 삶을 강요당한 인물에 대한 연민이라기보다 시대의 흐름을 정확히 파악하고 강렬한 의지로 살아온 사람 '안중근' 그 자체에 대한 존경심이었다.

'일본인은 이 사람에게 좀더 배워야 한다'고 생각하던 치바는 어느 날 굳게 마음을 먹고 안중근을 향해 머리를 숙였다.

"안중근 씨, 일본이 당신 나라를 짓밟게 된 것에 대해서는 뭐라 드릴 말씀이 없습니다. 일본인의 한 사람으로서 사과드리고 싶습니다."

"치바 씨, 송구스럽습니다. 역사의 흐름은 개인의 힘으로는 어쩔 수 없는 것인지도 모릅니다. 지난번에 말씀드린 것처럼 한일관계가 이렇게 불행하게 된 것도 이토 한 사람의 책임이 아닐지도 모릅니다. 그리고 이번 나의 행동으로도 역사의 흐름을 바꿀 수는 없을 것입니다. 그러나 폭거와도 같은 나의 이번 행동은 가까운 장래에, 아니 먼훗날이 될지도 모르겠지만 한국 동포들에게 독립심을 불러일으킬 수 있는 계기가 될 것입니다. 나는 특히 내 뒤를 이을 한국의 젊은이들의 애국심을 굳게 믿고 있습니다."

안중근은 치바의 두 손을 꼭 잡으며 마음을 위로했다.

"안중근 씨, 나는 일본의 군인으로서 당신같이 훌륭한 분을 중대 범인으로 감시한다는 것이 너무나 괴롭습니다."

치바도 안중근의 손을 다시 한번 굳게 잡으며 자신의 심중을 솔직하게 털어놓았다. 그러자 안중근은 따뜻한 눈길로 이렇게 말했다.

"아니, 당신은 군인으로서 당연한 임무를 수행하고 있는 것입니다. 이미 재판에서도 여러 번 진술했듯이 나는 한국군이 이토에 의해서 굴욕적으로 해산당했기 때문에 동지들과 같이 한국독립 의병군에 참가하여 참모중장의 임무를 받았습니다.

의병에 속해 있던 동지들은 각각 생업에 종사하면서 독립운동을 하기로 결의했습니다. 내가 이토를 죽인 것도 내 임무를 수행하기 위함이었습니다. 나라를 지키되 유사시에는 나라를 위해 몸을 바치는 것이 군인의 본분입니다. 그러니 서로가 각자의 입장에서 자신의 임무에 최후까지 충실하는 것이 중요하지 않을까요?"

안중근은 결국 사형판결에 대해 공소하지 않았다. 1910년 2월 14일 최종 공판에서 안중근에게 사형을 언도한 여순지방법원 재판관 마나베는 판결에 불복하면 5일 내로 고등법원에 공소할 수 있다고 말했음에도 불구하고 안중근이 공소를 단념하게 된 데에는 몇 가지 이유가 있다. 공소기간 중 어느 날 고등법원장 히라이시가 안중근을 면회왔다. 이때 안중근은 '나는 한국의 의병으로서 포로가 된 몸이니 만국공법에 의해서 처벌받고 싶다. 일본 형법에 따라 사형판결을 받은 것은 승복할 수 없다' 고 이미 공판 최종진술에서도 명백히 밝힌 것처럼 자신의 입장을 재차 설명하고 다시 동양평화의 정략에 대한 의견을 개진했다. 이에 히라이시는 공감과 동정을 표하면서도 판결은 일본의 주권에 근거한 정부기관에서 하는 것인 만큼 바꾸기는 어렵다고 대답했다.

이때 안중근은 '만약 허락이 된다면 동양평화론을 책으로 정리해 두고 싶은데, 최소한 한 달쯤 형집행을 연기해 줄 수 없겠냐?' 고 부탁했다. 그러자 히라이시는 '한 달이 아니라 몇 개월 정도는 연기할 수 있으니 그건 염려하지 않아도 된다' 고 대답해 주었다. 안중근은 그 말을 믿고 감사하며 감방으로 돌아갔다.

사형을 연기하기 위해 형무소장 구리하라도 일본 정부에 진정서를 냈으나 결국 실현되지 않았다. 안중근은 많은 관계자로부터 '아까운 인물'이라는 평가를 받았으나 정부의 '즉각사형' 방침에는 변함이 없었다.

공소기한이 다가오면서 결단이 절박해진 안중근은 마침내 '공소해도 역시 소용없다'는 결론을 내렸다.

안중근은 이미 사형을 각오했었다. 그러나 공소는 약간 차원이 달랐다. 공소를 하게 되면 어디까지나 한국 국민으로서 또 의병의 입장에서 공평한 재판을 정당하게 요구할 수 있어야 한다고 생각했다. 그러나 공소권을 포기한 이유는 딴 곳에 있었다. 그것은 모친, 바로 어머니의 충고 때문이었다.

안중근의 어머니는 사형이 구형되자 안중근에게 이렇게 전했다.

"네가 만약 늙은 어미보다 먼저 죽는 것을 불효라 생각한다면 이 어미는 조소거리가 된다. 너의 죽음은 너 한 사람의 것이 아니라 한국인 전체의 분노를 짊어진 것이다. 네가 공소한다면 그것은 목숨을 구걸하는 것이 된다. 네가 국가를 위해 이에 이르렀으니 죽는 것은 영광이나 모자가 이 세상에서는 다시 상봉할 수 없는 심정을 어찌 말로 다 할 수 있으리……천주님께 기원할 따름이다."

물론 간수인 치바는 이미 이 일을 알고 있었다. 이 말을 처음 듣는 순간 치바의 가슴이 뭉클해지면서 강하게 마음을 사로잡는 무엇인가를 느꼈다. 그리고 이때부터 치바는 안중근에게 사죄할 것을 결심했다. 시대의 흐름이 어떻게 변할지 예측할 수 없는 가운데 '어머니로서 자식의 목숨을 구걸하지 않고 깨끗한 죽음을 바라는 것은 자기 아들의 행동이 분명 의거였다는 믿음에서 비롯된 것이며 늙은 어머니로서도 참을 수 없는 일본을 향한 분노의 표출이었다. 나아가 이토 히로부미로 대표되는 일본의 정치에 대한 한국인 전체의 절규일 것이다' 라는 생각이 들었다.

이렇게 안중근의 사형이 확정되었다. 마음의 평정을 찾은 안중근은 자서전 「안응칠의 역사」의 탈고를 서두르는 한편, 동양평화론에 대한 구상을 시작했다. 사형집행이 시시각각 다가오는 가운데 안중근의 집필은 계속되었다.

그러던 어느 날 치바는 안중근에게 전부터 염원했던 일을 부탁했다.

"안중근 씨, 오늘은 부탁이 하나 있습니다. 비단천을 준비했는데, 글씨 한 폭 써줄 수 있겠습니까? 오래도록 아니 평생토록 소중하게 간직하고 기도하며 살아가고 싶습니다."

"오늘은 아무래도 쓸 기분이 안 납니다. 양해해 주세요."

안중근은 한참 동안 주저하더니 끝내 정중히 거절했다.

사실은 이 무렵 안중근의 글씨가 훌륭하다는 것을 알게 된 법원과 형무소 관리들이 비단천을 가져와 기념으로 휘호를 받아갔다. 안중근은 마지못해 매일 몇 시간씩을 글쓰는 데 소비해야 했는데, 안중근에게는 큰 고통이었다. 치바도 그것을 알고 있었기에 다음 기회로 미루겠다며 안중근에게 사과했다. 안중근도 미안한 눈길로 가볍게 인사하고 그날은 집필에만 몰두했다.

3월 8일 한국에서 홍신부가 찾아와 안중근을 면회했다. 죽음을 앞두고 일찍부터 안중근이 소원하던 홍신부와의 대면이 겨우 실현된 것이다. 게다가 안중근의 두 동생도 함께 오자 안중근은 한없이 즐거워했다. 작년 12월 17일 두 동생이 면회왔을 때 천주교 신부에게 성사를 받을 수 있도록 해달라는 부탁이 이제야 이루어진 셈이다.

안중근은 열일곱 살 때 홍신부로부터 세례를 받고 '토마스'라는 본명을 받았다. 홍신부는 안중근의 소년기에서 청년기에 걸친 인격형성기에 가장 많은 영향을 준 은인이었다. 옥중기에서 안중근은 이 일에 관해 다음과 같이 쓰고 있다.

"천주교회의 홍신부가 나를 위해 영생영락의 성사를 전수하기 위해 한국에서 이곳까지 오셨다. 홍신부를 만나다니 꿈 같기도 하고 몽롱한 기분이다. 신부는 원래 프랑스 사람으로 파리의 동양 전도교회 신학교를 졸업하여 동정을 지키고 성직을 지망하여 신부가 되셨다. 신부는 재능이 뛰어나고 박식하며 영어, 불어, 독어, 라틴어에도 능통하다. 1890년경 한국에 오게 된 그는 경성과 인천에 여러 해 머물다 1895년경 다시 황해도에 와서 전도하고 있을 때 나는 그의 가르침과 인도로 세례를 받았다. 오늘 이곳에서 그와 재회하니 감개무량할 따름이다. 신부는 금년 53세이다."

이날 홍신부는 안중근에게 천주교 교리를 설교했다. 그리고 9일에는 안중근의 참회라고도 할 수 있는 고해를 들어주었고, 10일에는 미사의 대례에 의해서 성체수여식을 거행했다.

다음 날인 3월 11일 신부는 한국으로 돌아가기 위해 안중근에게 작별을 고했다.

"사랑이 넘치는 천주는 당신을 버리시지 않을 것입니다. 반드시 당신의 영혼을 받아주실 것이니 안심하십시오. 영원한 생명으로서 영생을 믿으며……."

신부는 안중근의 두 손을 꼭 잡고 격려해 주었다.

안중근은 마음의 평화를 되찾았는지 고해와 성체수여가 거행된 지 나흘 뒤인 3월 15일 옥중기를 예정대로 탈고했다. 다음으로 해야 할 일은 그가 그렇게도 염원하던 〈동양평화론〉을 완성하는 것이었다. 안중근의 두 동생 정근과 공근은 그런 형의 소원을 지켜보려 했는지, 아니면 슬픈 사형집행을 지켜보기 위함이었는지 계속 여순에 머물렀다.

안중근의 사형집행은 몇 차례 연기를 거듭한 끝에 3월 26일로 결정되었다. 동양평화론을 쓸 시간이 열흘밖에 없었다. 안중근은 자신이 바라던 1개월의 여유는 얻은 셈이었으나, 고등법원장 히라이시가 약속했던 몇 개월은 불가능했다.

결국 안중근은 동양평화론 집필 목적을 밝힌 서론과 본론에 해당하는 제1장 전감을 시작하는 대목에서 집필을 중단하고, 이하 제4장까지의 구상은 목록을 제시하는 것만으로 끝내야 했다. 그 내용의 일부분을 소개하고자 한다.

'무릇 합성(合成)과 산패(散敗)는 만고에 정한 이치이다. 현재의 세계는 동서 양반구로 갈라져 인종은 다르고 상호 경쟁하는 것은 인간의 정상적인 감정인데 청명해야 할 세계가 과연 어떤 모습을 하고 있는 것일까? 그 본말을 규명해 보면 고대로부터 동양민족은 문학에만 힘을 써 자기 나라를 지킬 뿐이었다. 절대로 유럽의 한 치, 한 자의 땅도 침범해 빼앗은 적이 없다. 그런데 최근 유럽열강들은 도덕심을 상실한 채 무력을 앞세워 경쟁적으로 동양을 침략하는데 일말의 거리낌도 없다. 그 중에도 러시아가 가장 심해서…….'

이어서 러시아의 침략정책에 대해서 이렇게 적고 있다.

'하늘은 어쩌다 기회를 주어 동해의 작은 섬나라에 불과한 일본으로 하여금 강대한 러시아를 만주대륙에서 일거에 타도케 했다. 이때 만일 한청 양국 국민이 상하일치했다면 일본은 절대로 대승을 거두지 못했다. 그러나 한청 양국민은 그런 행동을 취하지 않았음은 물론이고 도리어 일본군을 환영하고 운수, 도로건설, 정찰 등의 노고를 마다 않고 협력했다.'

하늘의 이치를 설명한 다음 그 두 가지 이유를 들고 있다.

'첫째는 러일전쟁 개전 시에 일본 천황의 선전 조책에는 동양평화를 유지하고 한국 독립을 지킨다고 명시되어 있다. 이 대의명분에 한청 양국민 모두는 합심해서 찬동하고 협조했던 것이다. 또 한 가지는 러일전쟁의 개전은 황백 양인종의 대결이라고 할 수 있으므로 한청 국민들에게 남아 있는 일본이 원수라는 심정은 당장에 사라지고 오히려 황색인종으로서 단결심이 생기게 되었다. 이 또한 인정의 순서이며 이치에 합당한 것이었다. 백인종의 선봉이라고 할 수 있는 러시아가 대패했을 때 한청 양국민은 흡사 자국이 이긴 것처럼 기뻐했던 것은 바로 그 때문이다.

그런데 기쁨도 잠시, 러일전쟁에서 승리한 일본은 가장 가깝고 가장 친하며 인약(仁弱)한 동종인 한국에 대해 조약을 강요하고 만주의 장춘 이남을 조차하여 점령하고 말았다. 그래서 일본의 위대한 명성과 정대한 공훈은 순식간에 러시아의 만행보다 더 심한 것이 되고 말았다.'

'동양 인종은 일치단결해서 적극적으로 방위하는 것이 최상책이라고 모두 알고 있는데 왜 일본은 그것과 전적으로 반대되는 길에서 동종의 이웃을 분할하고 우의를 단절하는 정책을 취하게 되었을까?'

그리고 원칙적으로 서양의 압력이 커지는 것에 위와 같이 말하고, 청일전쟁에서 러일전쟁까지의 추이와 열강의 동향 등을 냉철히 관찰했다.

'일찍이 러시아는 동으로 침략하고 서로 정벌했기 때문에 구미열강은 러일전쟁에는 중립을 지키고 원조하지 않았다. 그러나 백인의 러시아가 황색인종인 일본에 패하고 나자 구주의 백인들은 재차 우호관계를 회복하게 되었다. 이러한 인정과 세태는 자연의 추세이다.'

'자연의 형세를 돌아보지 않고 동종의 이웃을 박해하는 것은 결국 독부의 화를 면할 수 없을 것이다.'

아쉽게도 미완의 동양평화론은 여기서 끝나고 말았다.

안중근이 집필을 중지한 것은 사형집행 사흘 전이었다. 그 후로 안중근은 기도의 세계에 빠졌다. 물론 미완의 동양평화론에 대한 아쉬움은 남아 있었지만, 이미 생각할 시간이 없었다. 다만 평소 그가 주장하던 동양평화론에 대한 이정표를 제시하는 데 그치고 만 것에 대해 아쉬워했다.

이제 안중근은 시시각각으로 다가오는 사형집행을 기다리며 '살인자는 죽는다'는 하늘의 이치를 깊이 믿으며 인생 최후의 감상에 젖어들었다.

집행 전날이 되자 여순에 대기하고 있던 두 동생의 면회가 허락되었다. 입회한 검찰관은 '오늘이 마지막이니 남김없이 얘기하라'며 악수도 허락했다. 삼형제는 무의식중에 손을 잡으려다 이내 단념하고 서로 얼굴을 쳐다보고는 형의 마음을 위로하듯 무릎을 꿇고 잠시 기도를 올렸다. 그리고 나서야 세 사람은 겨우 손을 잡았으나 동생들은 그저 눈물만 흘릴 뿐이었다. 중근은 동생들에게 뒷일과 특히 어린 자식들을 부탁한다는 말 외에는 아무 말도 할 수가 없었다. 검찰관이 지켜보는 가운데 동생들은 곧 큰형 중근에게 마지막 작별을 고했다.

1910년 3월 26일 마침내 집행의 날이 왔다. 이날 여순의 하늘엔 아침부터 짙은 비구름이 드리우더니 이내 부슬부슬 음산한 봄비가 내리기 시작했다. 아침 일찍 어머니가 보내준 순백색 명주 한복으로 갈아입은 안중근은 조용히 집행을 기다리고 있었다. 형무소 내는 점점 어수선해지더니 긴장감마저 감돌고 있었다. 이날은 달은 달랐지만 이토의 기일이었다.

치바도 역시 이 사실을 기억하고 있었기에 뭐라 형용할 수 없는 착잡함으로 마음을 가눌 수 없었다.

"반년도 못되는 짧은 기간에 두 사람이나 귀한 생명이……."

치바의 가슴은 슬픔으로 가득 찼다. 일본의 원훈으로 받들던 이토의 죽음도 슬펐지만, 존경하고 사모하는 안중근과의 작별 역시 이루 말할 수 없이 괴로웠다. 어떤 인연이 있었던 것일까, 가슴이 조여들었다. 하지만 그는 간수로서 여느 때와 같은 부동자세로 감방 앞을 지키고 서 있었다. 마침내 형장으로 갈 시간이 가까워졌다.

그때 안중근이 치바에게 말을 건넸다.

"치바 씨, 일전에 부탁하던 글씨를 지금 씁시다."

치바는 순간 자신의 귀를 의심했다. 그리도 소원하던 일이었지만, 이제 글씨 같은 건 받지 못할 거라 체념하고 있었기 때문이다. 그는 급히 비단천과 필묵을 준비했다. 안중근은 자세를 바로 하고 먹물을 흥건하게 묻혀 단숨에 써 내려갔다.

'爲國獻身軍人本分(위국헌신군인본분)'

경술 3월 여순옥중에서 대한민국 안중근 근배

그리고 동지들과의 맹세로 왼손 약지가 잘려나간 손바닥에 먹을 묻혀서 손도장을 찍었다. 순간 치바는 숨이 멎는 듯했다. 안중근은 마지막으로 치바를 바라보며 이렇게 말했다.

"친절하게 대해 주셔서 진심으로 감사합니다. 동양에 평화가 찾아오고 한일 간에 우호가 회복되는 날 다시 태어나서 만나고 싶습니다."

"고맙습니다."

치바는 눈시울이 뜨거워 그저 합장만 하고 있었다.

안중근은 붓을 손에서 놓았다. 그리고 위로하듯 치바에게 절했다. 바로 처형 5분 전의 일이었다. 두 사람의 이별을 재촉하듯 감방의 작은 창문을 때리는 빗소리가 점점 세차게 들리는 가운데 안중근은 천천히 일어섰다. 치바는 마지막까지 성의를 다하고자 정중히 신발을 정돈해 주고 형장에 가는 길을 손으로 가리켰다.

'안중근 씨, 잘 가세요. 언젠가는 나도 당신 곁으로……'

치바는 마음속으로 고별을 했다.

'당신의 마음을 일본인들도 반드시 알아줄 날이 머지않아 올 것입니다.'

그는 마음속으로 이렇게 외치고 있었다. 이것은 그의 소원이었는지도 모른다.

형장에 도착한 안중근은 검찰관 미소부치, 형무소장 구리하라, 변호인 등이 입회한 가운데 교수대의 계단을 올랐다. 교수대에 오른 안중근은 허락을 얻어 몇 분간 마지막 기도를 올렸다. 기도가 끝난 오전 10시 4분 사형이 집행되었고, 안중근은 10시 15분에 절명했다.

검시가 끝나고 입관된 안중근의 유해는 치바와 그의 동료에 의해 차갑게 쏟아지는 봄비 속에 형장에서 1.5킬로미터 정도

떨어진 곳에 있는 여순감옥 묘지에 매장되었다. 치바는 문득 몇 년 전에 사별한 아버지가 떠올랐다. 인생의 마지막 가는 길의 감회는 이렇게 묘지에서만 실감할 수 있는 쓸쓸하고 허무한 것인가? 황량한 무덤 구덩이에 치바는 비에 젖은 흙을 던져 넣으며 죽은 죄수의 명복을 빌고 또 빌었다.

비는 하루 종일 그치지 않았다. 마치 안중근의 처형을 거부하듯, 아니 애도하듯 때때로 바람까지 강하게 불었다. 어둠이 내린 여순의 거리는 싸늘하게 식어 있었다. 형무소로 돌아온 치바는 한동안 혼이 나간 시체를 대하듯 안중근이 사라진 독방을 바라보며 말로 표현할 수 없는 전율 속에 언제까지나 그곳에 머물러 있었다.

'얼어붙은 감방의 공기는 내 마음의 문을 굳게 닫아버리는 것 같았다' 고 그는 그때의 심경을 일지에 남겼다.

치바는 안중근과 나눈 마음의 인연을 남에게 말하고 싶지 않았다. 헌병대에서도 안중근에 대한 화제는 차츰 금기시되었다. 감옥에 처음 들어왔을 때는 그리도 후대하며 돌보던 관계자들도 마지막에는 이토 살해 사실만을 추궁했다. 안중근이 '뭔가 외압이 있음에 분명하다' 고 의심을 했듯 검찰 취조는 종반부터 일본 정부가 지시한 극형으로 인해 싸늘한 분위기가 감돌았던 것은 분명 사실이었다. 가련한 주인공이 사라진 형무소가 치바의 눈에는 그저 텅 빈 공간으로만 여겨졌다.

'이제 공공연하게 안중근을 칭찬해서는 안 된다' 고 느낀 치바는 다음과 같이 일지에 남겼다.

'안중근에 대한 심판은 후세에 반드시 세계 역사로부터 규탄받을 것이다. 또 그날이 오지 않으면 한국에도 진정한 평화는 오지 않을 것이다. 이것은 현재의 정세이다. 지금부터 한일관계는 한참 동안 부드럽지 못한 관계가 될지도 모른다. 그래서는 안 되겠지만…….'

이때부터 치바는 안중근의 영혼을 위해 아침저녁으로 두 손 모아 참회했다고 한다. 그렇게 하지 않고는 하루도 마음이 편치 않았다고 고백하고 있다. 그의 참회는 안중근에 대한 양심의 가책인 동시에 사죄이기도 했다. 그러나 그것은 아무에게나 말할 수 있는 것이 아니었고, 다만 자기 인생의 회오와 무언가에 대한 깊은 두려움 속에서 계속해온 축원이었다. 즉 '인생을 어떻게 살 것인가' 라는 성찰 속에서 싹튼 것이다. 말년의 그는 '안중근의 죽음을 접한 순간 나는 내 인생에 대한 깊은 업보를 느꼈습니다' 라고 술회했다.

1910년 8월 22일 안중근의 뜻과는 반대로 한국은 일본에 병합되었다. 이후 1945년 8월 15일까지 35년간 그 상태가 지속되었다.

조국으로 돌아간 유묵

'안중근의 유묵이 조국으로'
'이토공 암살자 처형 후 70년'
'미야기의 농가가 비장'
'일본인 간수에게 증정한 글씨'

1979년 12월 12일 아사히신문 조간 사회면은, 1910년 3월 26일 안중근이 여순형무소에서 처형 직전 당시 자신의 간수였던 일본 헌병 치바 토시치에게 써준 유묵「위국헌신 군인본분」을 간직하고 있던 치바의 질녀 미우라 구니코가 그 유묵을 안중근 의사의 고국에 반환한 사실을 이렇게 보도했다.

미우라 구니코를 비롯한 치바의 친척들이 말하는 후일담을 마지막으로 이야기를 마치고자 한다.

1921년 4월 36세의 나이로 퇴임하여 고향으로 돌아온 치바는 만년에 불치병과 싸우며 안중근과 한국 국민에 대한 참회로 하루하루를 보냈다. 치바는 가족들에게 자주 '아마 내 마음속에도 벽지의 풍토에서 배양된 선인들의 혼이 내재되어 있었음에 틀림없다' 고 말하곤 했다고 한다.

즉 그가 자라난 일본의 동북지방에는 옛날부터 중앙권력의 학대에 대한 반발심과 소박한 생활 속에서도 항상 간직해온 약자에 대한 동정심, 그리고 혹독한 대자연 속에서 평안히 살아가기 위해 산신을 믿으며 하늘의 이치를 따르고 성심을 소중히 하는 기풍이 있었기 때문이 아니었을까 싶다. '약자를 동정하는 기질' 이나 '천리에 순종하는 성심' 을 가진 인간에게는 정직하게 사는 마음이 시한을 초월해 잠재하여 때로는 시대의 사회통념마저 타파하고 선과 악을 식별할 수 있다. 이것은 속된 말로 결벽증적인 정의감이자 숭고한 신앙심이기도 하다. 치바는 차츰 시대의 풍조에 따라가지 못하는 자신이 안타까웠다. 그러나 동시에 '내가 살아온 시대와 세태에 문제가 있었다. 전쟁 덕에 강자만이 득세한다면 인간의 정사(正邪)와 귀천의 판단은 모조리 욕망 속에서 조작되는 법이다. 이런 강자의 야욕이 그치지 않는 한 일본도 언젠가는 망할 것이다' 라고 반성하게 되었다. 치바에게 있어서 일본의 전쟁과 대륙진출은 '욕망에 찬 일본 민족의 죄상' 으로 밖에 보이지 않았던 모양이다.

어느 날 치바는 무사히 귀국한 것을 조상에게 보고하러 간

김에 청일, 러일 두 전쟁에서 전사한 마을 선배들에게도 기도를 올렸다. 경내에는 낯익은 충혼비가 서 있었다. 이 비석은 러일전쟁에 출정한 마을 사람들의 무운을 빌기 위해 세워진 것으로, 뒷면에는 출정자의 이름이 빽빽이 새겨져 있었다. 그곳에 적혀 있는 선배들의 이름을 살펴보니 무사히 돌아온 사람은 그중 반도 안 되었다.

치바가 소학교를 졸업하고 농사 일을 하는 부친을 도우며 병역지원을 위해 열심히 공부하던 시절, 선배들은 이미 농업을 계승할 사람을 제외하고는 대부분 마을을 떠나고 없었다. 들리는 바에 의하면 러일전쟁 후 국내의 생활이 심각하게 궁핍해지자 어느 농가나 할 것 없이 모두 빚을 지고 고생했다고 한다.

특히 치바가 귀국하기 직전인 1918년 7월에 일어난 쌀 소동으로 동북지방의 농촌 역시 집집마다 난리였다. 소작인이 많았던 치바의 마을도 가난에 못 이겨 욕지거리를 하는 농민들의 모습을 어디서나 흔히 볼 수 있었다.

소학교 시절 곧잘 도움을 청했던 한 상점은 마을 사람의 외상값이 한 푼도 걷히지 않는 바람에 망해 버렸다. 이런 상황 속에서도 세금의 징수는 혹심하기 그지없었는데, 정직한 주인은 집을 팔아 세금을 내려 애썼지만, 전기 분을 낸 게 고작이었다. 관공서에 낸 상신서마저 받아들여지지 않자 결국 전 가족이 마을을 떠났다. 성실하고 남 돌봐주기를 좋아하던 주인은 끝까지 곤경에 빠진 마을 사람들을 진심으로 도왔다. 그러나 정작 자신은 아무에게도 도움을 받지 못한 채 마을을 떠나고 말았다.

치바는 대륙에서도 이러한 고향의 형편을 전해 듣고 있었다. 실제로 돌아와 만나본 마을 사람들의 모습에는 아직도 그때의 그늘이 가시지 않고 있는 것 같았다. 때로는 노골적으로 비웃으며 "헌병생활은 좋았겠지?" 하고 묻는 사람도 있었다. 치바는 '돌아오기는 했지만 더는 못 살 곳이 되었구나' 하는 생각에 몹시 허전하고 외로웠다.

고향에 돌아가면 동료의 성공을 시기하는 사람들 때문에 적응하기 힘들 거라는 말을 듣긴 했지만, 치바는 '이것은 전쟁으로 인해 인심이 메마른 탓'이라는 생각에 오히려 마을 사람들이 측은하게 느껴졌다. 사실 그는 군인의 꽃이라는 헌병이라기보다 상처 입고 잠시나마 쉬기 위해 고향의 호수에 고단한 날개를 접은 한 마리 철새에 지나지 않았다. 얼마 후 그는 생가를 떠나 아내가 태어난 이웃 마을로 이사해 그곳에 정착하게 되었다.

치바는 1934년 12월 17일 50세를 일기로 병사했다. 그는 생전에 보잘것없지만 훈 8등 서보장(瑞寶章)을 받은 군인이었으나, 마지막에는 모든 것을 부처님의 자비에 맡긴 채 연명십구관음경과 그 사람의 이름, '안중근 의사'를 외우며 생애를 마쳤다.

안중근 의사가 처형된 후 그의 사상과 인품에 깊은 감동을 받은 치바는 평생 그의 유덕을 기리며 날마다 불전에 향을 바치고 명복을 비는 동시에 한결 같은 마음으로 한일양국의 독립되고 명예로운 우호와 평화의 회복을 기원했다. 아내 기츠요도 남편의 유언에 따라 불단에 '유묵'과 안중근 의사의 사진을 남편의 위패와 함께 모시고 조석으로 공양을 계속하다 1965년 10월 22일 향년 74세로 이 세상을 떠났다. 대림사에 있는 묘비에는 아래와 같은 계명이 생전의 고인의 인품을 기리고 있다.

'헌충원의관일진거사(憲忠院義貫逸盡居士)
고 치바 토시치 향년 51세
자온원정관묘상대자(慈温院貞貫妙相大姉)
고 토시치의 처 기츠요 향년 74세'

치바 부부의 사후에도 친족들이 치바의 뜻을 이어 안중근 의사의 유묵을 70년간 소중히 보관해 왔다. 가족들이 숨겨왔던 치바의 뜻을 많은 사람들에게 알리게 될 날이 마침내 온 것이다.

서울에서 '안중근 의사 탄신 백주년 기념식'이 거행된다는 것을 전해 들은 치바의 유족들은, 태평양전쟁 이후 새로이 독립한 아시아의 우방 한국의 발전을 기원하면서 1979년 늦가을에 안중근의 유묵을 그의 고국에 반환했다.

12월 11일 유묵 반환식에서 미우라 구니코는 눈물을 흘리며 이렇게 말했다.

"생전의 이모부는 항상 말씀하셨지요. '안중근 선생님은 단순한 살인범이 아니라 민족독립투쟁 때문에 만부득이하게 나라를 위해 몸바친 의사이다. 처형하기에는 너무나 아까운 청년이었다. 한국이 독립될 때 반드시 민족의 영웅으로 재평가될 것이다'라고 말씀하셨습니다. 제가 아들이 없는 이모 내외분에게 이 유묵을 물려받아 유언하신 대로 오랜 세월 불전에 모시고 공양해 왔습니다. 이제 시대도 바뀌어 당당하게 조국으로 돌아가게 되니 참으로 기쁜 일입니다. 그러나 70년간 소중히 간직했던 유묵을 떠나 보내려니 마음이 아픕니다."

치바의 유족들은 유묵의 반환으로 안중근 의사와 치바가 영원히 이별하게 되는 것이 아닐까 염려했던 것이다. 보리사 주지는 그런 가족의 마음을 헤아리며 위로했다.

"이것은 이별이 아니라 두 사람의 영생영락이라고 할 수 있는 재생으로 이어지는 것입니다. 그뿐 아니라 서로 염원해 마지않던 한일 양국 국민의 영원한 우정으로 이어지게 될 것임에 틀림없습니다."

얼마 후 안중근의 유묵은 고국의 수도 서울에 있는 '안중근의사숭모관'에 봉안되었다. 주지들의 얘기가 계기가 되어 2년 후인 1981년 3월 26일 치바의 보리사인 미야기현 구리하라군 와카야나기정에 있는 대림사(大林寺)에 비석이 세워졌다. 이 비석에는 안중근 의사와 치바의 '유래 없었던 우정'을 기념하고 아울러 저 불행했던 병합 35년간의 한민족에 대한 비참한 탄압지배와 아직도 사라지지 않은 차별에 대해 일본의 뜻 있는 많은 인사들의 진심 어린 사죄가 담겨 있다. 비문의 말미에 평화가 오기를 희구하는 양국 국민의 소원이 새겨져 있다.

'안 의사의 기일에 즈음하여 한일 양국의 영원한 우호를 기원

하며
미야기현 지사 야먀모토 소이치로’

그러나 그 소원을 수용할 정도로 시대의 흐름은 아직 따뜻하지 못했다. 당연한 것처럼 여겼던 ‘병합’ 아래 배양된 해묵은 감정의 굴레는 이 비문에 대해서도 냉정했다. 비석 건립비 모금에 힘썼던 한일친선협회 동경지부 사무국장 야먀구치 타쿠치는 당시의 고충을 이렇게 회고하고 있다.

“유묵을 반환한 해인 1979년 10월 26일은 박정희 대통령이 암살 당한 비상시국이었다. 생각해 보면 이날은 마침 이토공이 피살된 날이기도 해서 운명적인 무언가를 느끼게 했다. 전후 한국이 독립한 지도 34년이 지났지만, 북한과 대치한 국내사정은 물론 한일관계 또한 부드럽지 못했다. 그래서 모금에 앞서 안 의사에 대한 평가도 조사하고 국내의 여러 의견을 모아 전국 각계각층의 인사는 물론 당시 미야기현 내 많은 인사들의 찬동을 얻어 협조를 받게 되었다. 그러나 한 구좌당 3천 엔이란 소액이었기에 건립비 2백만 원을 마련하는 데는 1년여의 긴 시간이 걸렸다.

그만큼 일본에서 안중근은 이해하기 어려운 인물이었고, 전쟁 전부터 계속된 한국인 차별 속에서 박대받고 있었다. 오랜 감정의 굴레로부터 강한 반감이 작용하고 있었던 것으로 보인다. 그런 정세 속에서 치바가 평생 안중근 의사의 명복을 빌며 존경해 왔다는 사실은 오늘날 한일관계를 전망할 때 큰 교훈을 남겼다고 생각한다. 한일 근세사를 올바르게 이해하는데 있어서도 그렇다."

야마구치의 말을 이어 치바의 보리사 주지는 자책의 뜻을 담아 아래와 같이 얘기했다.

"안중근 의사를 공양하는 것에 대해 많은 일본인은 바람직하지 못한 일이라고 생각할 것이다. 솔직히 말해 일본의 원훈을 죽인 인물을 왜 받드느냐는 의문은 평범한 일본인이라면 갖는 것이 당연하다. 여기에 우리들의 슬픈 역사가 있는 것이다. 약자였던 한국인에 대한 멸시도 지금까지 사라지지 않고 있다. 그러나 치바 토시치라는 한 사람의 일본인이 군국주의 시대부터 줄곧 숭배하고 경애해 왔다는 것은 그만큼 안중근 의사가 훌륭하다는 의미이다. 우리도 그에게 배울 것이 많다. 선인들이 저지른 과오를 재검토하고 한일 간의 마음의 굴레를 빨리 극복하고 싶다. 그런 의미에서도 '안중근 의사와 치바의 공양'은 치바 부부가 일생 동안 계속해온 불도행사를 올바른 것으로 인정하고 참회하면서 지켜드리고 싶다. 그것이 한민족에 대한 사죄라고 생각한다…… 지금은 고인이 된 이토공에 대해서도 마음속으로나마 공양하고 있다."

그로부터 3년 후 한국에서 온 전 서울시장이자 국회부의장인 윤치영옹은 눈시울을 닦으며 인사했다.

"일본인 여러분들이 이렇게 안 의사와 치바 토시치 씨의 공양을 해오셨다니 참으로 꿈 같은 얘기입니다. 저는 이제 90이 되었습니다. 일정하에서 받은 구금과 고문 등 수많은 압제는 지금의 일본인 여러분은 도저히 알 수 없을 것입니다. 그런 고

통들도 오늘 이 행사로써 깨끗이 사라질 것 같습니다. 진심으로 감사드립니다."

그때 동석했던 전 경단련(經團蓮) 부회장 안도 토요로쿠는 자신도 윤 옹과 같은 나이가 되었다며 오랜 추억 하나를 소개하고자 했다. 그것은 하얼빈역에서 죽은 이토를 수행했던 전 만철 이사 다나카 키요지로에게 직접 들은 이야기라고 했다. 그는 어느 날 자신의 대선배이자 오랫동안 여러 모로 지도해준 다나카 씨에게 물었다.

"선배님이 지금까지 만난 세계의 명사들 가운데 가장 훌륭한 인물은 누굽니까?"

그러자 즉석에서 이렇게 대답했다.

"유감스럽게도 그건 안중근일세."

"선배님은 바로 그의 총에 맞아 큰 부상을 당하지 않았습니까?

"맞아. 정말 유감스럽게도……."

그는 두 번이나 유감이란 말을 사용했다.

"선배님은 죽은 이토공과 같은 조슈의 사람이 아닙니까?"

그러자 다나카 씨는 지난 일을 회상하는 얼굴로 말했다.

"훌륭한 사람은 순간의 짧은 만남으로도 알 수 있네. 인간의 깊이란 긴 세월이 흘러도 잘 알 수 없는 것이지만, 순간적으로 알 수 있는 경우도 있지. 그 사람의 행위가 순간적으로 이해될 때도 있다네. 안중근이 이토공을 향해 던진 눈길에는 뭐라 형언할 수 없는 청량감이 깃들어 있었지. 순간 나는 '이 자는 여느 사람이 아니다' 라는 생각이 들었네. 묘한 얘기지만 나는 총에 맞은 아픔보다도 안중근의 눈망울에 정신이 팔려 있었네. 사건 현장에 있었던 것은 겨우 2분에 불과했지만 그 짧은 순간에도 나는 안중근이라는 비범한 인물됨에 완전히 감복하고 말았다네. 이것은 바로 인스피레이션, 즉 영감이라는 거겠지."

그 후 안도는 다나카 씨가 지적한 한일 역사와 일본 근대사에 대해 살펴보면서 한 가지 깨달은 것이 있었다. 그것은 바로 안중근에 대한 것이었다.

"안중근이 처형됐을 당시 나는 13세의 소년이었는데 어린 내게도 그 사건은 대단히 인상깊은 것이었습니다. 후에 여러 가지 공부를 해보니, 과연 이토공 살해사건을 안중근의 '암살, 또는 테러' 라고 할 수 있을까? 하는 생각이 들었죠. 환한 대낮에 그것도 삼엄한 경계 속에 세계의 명사들이 모여 있는 그곳에 태연하고 대담하게 이토를 노리고 권총을 발사해 세 발이 전부 치명상이 된 암살 사건은 세계 어느 곳에서도 없었습니다. 아무래도 암살이라는 말과 현장 상황과는 잘 들어맞지 않죠.

또한 당시 안중근이 공판에서도 진술했듯 독립 의병투쟁이라는 전시 태세로 임한 것인 만큼 '테러' 란 말도 걸맞지 않습니다. 이토를 수행했던 다나카 씨의 얘기로는 권총소리가 나는 순간 이미 쓰러져 있던 이토는 한마디 말도 남기지 못한 채 죽어갔고, 한국 만세를 외친 안중근은 그 자리에서 바로 결박을 받았다고 합니다. 그 후 사형판결을 받은 안중근은 공소도 하지 않고 자신의 죄로 인정하고 죽어갔습니다. 이 일을 대체 어떻게 해석해야 할지 아직도 잘 모르겠습니다. 메이지의 시작부터 일본정치의 최대 목표였던 조선수탈정책 속에 몰린 한민족이 안중근이라는 한 사람의 인간을 통해 '생존의 선택'을 막다른 한계점에서 보여준 것입니다."

이야기를 마친 안도는 안중근과 치바의 유영(遺影, 죽은 사람의 초상-옮긴이)에 합장했다.

대림사에서는 가을마다 조출하게나마 안중근 의사와 치바 토시치의 추도불사를 계속하고 있다. 쏟아지는 중상과 비판에 주지를 포함한 여러 관계자들은 많은 고민을 했지만, 종교적 행사라는 관점에서 이만큼 숭고한 참회는 없다는 생각에 위안이 되었다.

유묵이 한국에 반환된 지 10년이 되는 1989년 봄부터 센다이와 서울 간에 정기항공로가 개설되었다. 개항 전 당시 미야기현 당국과 관계 단체는 한국과 관계가 있는 관광지로 대림사를 채택했다. 일본인의 마음에 호소하고 한국 관광객에게 민족의 의사 안중근을 공양하는 사찰로 인식시키기 위해서였다. 한국에서 시찰 온 보도진과 관계자들은 이런 일본의 산골 벽지에 안중근 의사가 모셔져 있는 데 대해 기이하게 여겼다.

당연한 일인지도 모른다. 이 지방 주민들조차 아직 제대로 알지 못하는 '안중근과 치바의 마음'이 한국에까지 알려졌을 리 없을 테니 말이다. 그러나 두 사람이 염원했던 '그날'이 평화와 함께 찾아왔다. 이해하기 어려운 이 역사의 작은 비화도 시대의 흐름과 함께 다시 보게 되었기 때문이다.

그중에서도 치바의 조카인 변호사 카노 다쿠미는 대림사에 안중근과 치바의 기념비가 건립된 다음 해 봄부터 매년 한국을 방문하고 있다. 3월 26일 서울의 안중근 의사 숭모관에서 거행되는 기일 추념식에 참석하기 위해서이다. 군 출신인 그는 치바의 조카로서 뿐만 아니라, 한 사람의 일본인으로서 평화로운 오늘을 감사하며 안중근 의사의 유영에 고한다.

"안 의사와 한국의 여러분에게 깊이 사과하기 위해서 올해도 당신의 조국에 찾아왔습니다."

또 그는 매년 가을 대림사에서 열리는 추도회에도 참석하고 있다.

"이 불사는 어떤 일이 있어도 매년 계속하고 싶습니다. 비록 참석하는 사람이 없어서 나 한 사람이 되더라도 나는 꼭 이 불사를 계속하고 싶습니다. 왜냐하면 그것은 치바라는 한 일본인이 존경하고 사모하던 안중근을 위한 매우 소중한 불사인 동시에 우리 일본인의 참회이기 때문입니다. 치바 씨는 생전에 '안중근은 훌륭한 인물이었다. 처형 5분 전에도 '위국헌신군인본분' 이라고 써준 그 따스한 마음씨는 평생 잊을 수 없다' 고 말씀하곤 하셨습니다. 그에 보답하는 길은 우리도 이웃을 사랑하는 훌륭한 일본인이 되어야 한다는 것입니다."

이것은 카노 자신의 조그마한 소원이기도 했다.

그는 법조인의 입장에서 안중근의 복권을 위해 안중근의 사형판결에 대한 재심청구를 진지하게 생각한 적이 있었다. 일본의 신문에서도 그 경위를 소개함으로써 여러 사람의 주목을 받았으나, 그 후로 카노는 이 문제에 대해서 별로 거론하지 않게 되었다. 그 이유에 대해서 그는 이렇게 말했다.

"재심청구를 하기 위해서는 안중근의 상속인인 직계 친족의 위임장이 필요하고, 또 재판과정에서는 증거를 제시하여 정당성을 입증하지 않으면 안 됩니다. 이 발상에 대해 많은 한국인 법학자들은 호의적인 반응을 보여주었지만, 법률론이나 감정론이 되면 여러 가지로 의문점이 있습니다."

그리고 그 의문점에 대해서 이렇게 말했다.

"안중근의 이토 살해는 안중근에게 있어서는 법 이전의 문제입니다. 일본 재판소에 재심을 요구하는 것은 한국에 대한 과거 일제의 행위, 즉 '병합에 이르기까지의 역사의 과정, 경우에 따라서는 병합 후 35년간에 걸쳐 일본이 저지른 행위의 옳고 그름을 새삼 따지려면 대단한 에너지 낭비를 각오하지 않으면 안 됩니다. 이것이 싫은 건 아니지만 곤란한 것은 재심에서는 1910년 2월 14일의 관동도독부 지방법원의 판결이 대상이 된다는 것입니다. 그러면 '역사적 사실로서의 일제지배를 인정하고 마는 것'이 되므로 한국인들은 강한 거부반응을 보이게 될 것입니다. 그리고 무엇보다도 마음에 걸리는 것은 새삼스레 일본 재판소에서 일본 법률로 시비해 봤자 도마에 올려지는 것은 안중근의 행위이고, 이렇게 되면 모처럼 한민족의 의거로서 일어섰다가 분사한 우리의 '영웅'을 모독하는 것이 되기 때문이죠."

지난 1989년은 안중근 의사가 순국한 지 80주년이 되는 해였다. 그 추념행사로 옥중에서 미완성으로 끝난 안중근의 동양평화론의 정신을 검증하는 '한 · 중 · 일 국제 심포지움'이 최초로 10월 26일에 중국에서 개최되었다. 3국의 역사학자들이

한 자리에 모여 하얼빈에서 당시의 현장을 재현하고 당시의 중국대륙의 상황을 되새겼다. 그리고 아직도 여순 묘지에 안장되어 있는 안중근 의사 유해의 본국 귀환 문제도 모색되었다고 한다.

토론회에 참가한 안중근 연구가 아시아대학 나카노 야스오 교수는 귀국 후 '하얼빈에 가서 지난 일을 생각하니 안중근이 구축한 동양평화론이 무엇에 근거했는지 알 수 있었다' 고 했다. 그리고 '타국 영토는 한 치도 침범해서는 안 된다고 주장한 안중근의 사고는 올바른 것이다. 그것은 또 오늘날 한·중·일 3국의 변함없는 입장일 것' 이라고 지적했다.

그 토론회에도 참석한 카노는 그해 5월부터 전국 순회를 계속하여 세계종교의회 일본회의가 주최하는 '새 한일관계의 원점—안중근' 의 강연회에 강사로도 초청되었다. 12월 2일, 센다이에서 열린 강연회에는 새로 개설된 서울—센다이 간 정기항로를 이용하여 한국에서도 많은 불교인들이 참가해서 열띤 토론을 벌였다.

카노는 슬라이드 사진을 보면서 한일 역사를 회고하고 그 격동기에 생애를 보낸 안중근의 숙명과 그를 만나게 된 치바의 상상을 초월한 인간애에 대해 숙연하게 얘기를 이어 나갔다. 생전의 치바에게 들었던 안중근의 인품에 자신도 모르게 안중근을 추모하게 되었다는 것이다. 슬라이드의 사진이 황량한 여순형무소 묘지로 가는 포장마차로 바뀌자 카노는 북받치는 감정을 누르며 이야기를 매듭지었다.

"안중근의 유해는 곧바로 이 공동묘지에 매장되어 지금까지 이곳에 잠들어 있습니다."

조명이 켜지자 연단 정면으로 커다란 사진 하나가 눈에 들어왔다. '위국헌신군인본분'이라는 사형 직전에 치바에게 써준 안중근의 유묵 옆으로 작은 불단이 있고, 불단 오른쪽에 안중근의 사진이 나란히 모셔져 있다. 치바의 처 기츠요가 유언대로 그렇게 모신 것이다.

"치바 씨는 오랫동안 안 의사의 명복을 빌어주셨군요."

한국에서 온 승려 한 사람이 중얼거렸다. 한국 종교인 일행은 저녁 때 대림사로 이동해 '안중근과 치바의 추도법회'를 거행하고 한일자매교류 결연식도 가졌다.

다음 해 1990년 초여름 한국의 노태우 대통령이 내방하여 국회에서 특별연설을 했다. 연설은 과거의 어두웠던 부분을 언급하면서 미래의 진정한 한일 우호관계를 구축하도록 일본의 이해를 구하는 내용이었다. 노 대통령 방일을 맞아 일본 정부도 일찍이 없던 배려로 관심을 드러냈다. 외무성이 협력지인 「외교포럼」에 '새로운 차원을 맞이한 한일관계'라는 제목으로 안중근의 사상과 생애를 소개하고 국민의 넓은 이해를 촉구했기 때문이다. 이 내용을 쓴 필자는 안중근 연구가이기도 한 아오모리대학의 이치가와 마사야키 교수이다. 그로부터 시간이 조금 지난 7월 어느 날 생각지도 않던 사람이 대림사를 찾아왔다.

그는 전 미야기현 지사를 지낸 야마모토 씨였다. 야마모토 씨는 대림사에 세운 안 의사와 치바의 기념비 비문에 '한일 양국의 영원한 우호를 기원하면서'라고 현직 중에 글을 썼던 사람이다. 지금은 지방의 국제교류협회장으로서 활약하고 있는데, 이날은 비밀리에 그곳을 방문했다.

야마모토는 대림사 방문의 이유에 대해 이렇게 말했다.

"갑작스럽게 외무성에서 안 의사와 치바의 기념비 건립에 관계가 있는 나에게 당시의 추억을 하나 써달라는 의뢰가 있어서 또 한 번 자세히 취재하고자……."

「외교포럼」지의 기고 때문이라는 것이었다. 주지는 오랜만에 내방한 전 지사의 노고를 위로했다.

"생각하면 10년 전만 해도 상상조차 못할 일이었지요. 세상이 변했어요. 정말이지 그때 나는 상당히 당황했습니다. 한국에서는 구국의 영웅으로서 경모의 대상인 안중근이 메이지의 원훈 이토공을 살해하여 사형을 당한 인물이라는 것을 알았기 때문입니다. 여순 옥중에서 간수를 맡았던 본 현 출신 치바와의 훌륭한 인간애와 깊은 우정을 알게 되자 당황스런 마음이 순식간에 사라졌습니다. 치바도 훌륭했지만 치바가 흠모하여 평생 명복을 빈 안중근은 더욱 훌륭했다고 봅니다."

치바가 사랑했던 고향의 수봉 구리고마산은 한여름을 맞아 더욱 푸르고 선명했다. 산줄기를 바라보며 느긋하게 앉아 있던 야마모토 씨는 문득 감개어린 표정으로 중얼거렸다.

"치바 씨의 마음도 이 웅대한 자연 속에서 자라났겠지요."

그리고 묻지도 않았는데 계속 말을 이어갔다.

"지난 10년 동안 여러 가지로 괴로웠지만 지금은 잘했다는 생각이 듭니다. 무엇보다도 치바 씨의 유지를 이은 가족들이 자국의 원훈을 살해한 사람을 공양하고 그 글씨를 소중히 보관했다는 것은 그 당시로서는 생각할 수도 없는 어려운 일이었는데도 불구하고 국민감정을 초월해 70년간이나 두 사람의 우정을 지켜온 것에 고개 숙일 따름입니다. 우리들도 이 일을 길이 전해 가야 할 것입니다."

그는 마지막으로 기념비 앞에서 조용히 합장하면서 이렇게 말했다.

"이 비석은 오늘날 한일 양국 국민에게 많은 것을 말해 주고 있습니다."

풀뿌리 국제교류를 추진하고 있는 자신의 입장을 회고하는 듯했다.

이 해 「외교포럼」 9월호에는 '옥중에 생긴 한일우호의 유대, 비운의 독립운동가 안중근과 간수 치바 토시치의 우정 비화'라는 제목으로 야마모토의 기고문이 실렸다. 그 내용은 위에 얘기한 줄거리에 입각해서 안중근과 치바와의 운명적인 만남과 진지한 마음의 교류를 소개한 것이었다.

사람은 대체로 권위 있는 자에게 약하다고 치바는 자주 얘기했다. 권위는 권력으로 통하기 때문일까? 아니면 사람은 진실을 확인하는 것을 싫어해서일까? 그 옛날 기독교를 탄압하던 시절, 예수의 그림을 밟고 지나가게 하여 신자를 판별한 일이 있었다. 에도시대 초기 1630년대의 얘기다. 기독교 신자에게 있어서 예수의 얼굴을 밟는다는 것은 도저히 있을 수 없는 일이다. 당시 금기된 종교라고는 하지만 이것을 믿는 자로서는 얼마나 고통스러운 일이었을까? 이것은 인간의 삶의 신조를 권력으로 말살한 좋은 예다. 예라고는 하지만 생각조차 하기 싫은 얘기다. 사람들은 오랜 세월 동안 반강제적으로 혹은 습관적으로 신불 숭배에 의해서 그 이외의 신앙이나 신조를 수용하는데 소홀해졌다. 결국 사람들은 자신의 공동사회에서 만들어진 권위에 도전하는 사람들에게 냉혹한 보복을 서슴지 않는다. 소위 배타나 차별의 감정이다.

물론 이것은 일본의 지역 사회에 아직도 남아 있는 의식의 일례이다. 거기에는 선과 악의 문제가 아니라 다만 오랫동안 배양되어 온 전통적인 견해와 사고방식의 문제이다. 하지만 법률상 처벌이 따르는 성격의 것이 아니므로 크게 문제될 것은 없다. 그리고 사람들은 전통적인 범절과 사고에 따라 '남들이 가는 길로 가면 무난하다' 는 생각에 모두 그렇게 살아가며 안심한다. 남이 하지 않는 것을 하면 이단이라고 생각해 전통이라는 권위로 깔아뭉개고 만다고 말년의 치바는 자주 술회하곤 했다.

그리고 또 '전통적인 것 중에는 훌륭한 것이 많이 있지만, 때로는 그 내용을 수정하지 않으면 안 된다" 고도 말했다. 치바는 소년 시절부터 산신이라는 자연신을 마음의 지주로 삼았다. 그리고 만년에는 이토와 안중근의 죽음을 둘러싸고 인생의 무상을 뼈저리게 느꼈다. 그리하여 치바는 인간사회의 허례와 허식으로 꾸며진 권위를 버리고 오로지 실상만을 주시하게 되었다.

결국 치바는 마을 사람들에게는 그의 마음을 이해시키지 못한 채 눈을 감았다. 이토 사건이 있은지 80년이 지난 지금 외무성과 야마모토 씨 등의 협력으로 '안중근과 치바의 비화'가 출신지 마을 사람들에게도 겨우 알려지기 시작했다. 만약 이런 일들이 사람들의 진심에서 우러나오는 것이라면 지하에 묻힌 치바에게 얼마나 큰 위로가 될까? 그러나 외무성이나 야마모토라는 권위자의 공언(公言)이기 때문에 이 비화가 훌륭한 것으로 받아들여진다면 이 역시 허망한 일이 아닐 수 없다. 그만큼 이토 사건을 통해 본 메이지의 한일사는 아직까지도 어려운 문제를 안고 있는 것인지도 모른다. 그러나 일본의 국제화라는 절박한 요청에 부응하기 위해서는 이 과제를 극복하지 않으면 안 된다. 대림사를 방문한 지식인들은 이 점을 강조했다.

1992년 9월 6일, 교류가 활발해지자 한일양국 관계자와 지방민들의 부탁으로 안 의사 유족을 대림사에 초대할 수 있었다.

안중근 가계약보(家系略譜)에 의하면 중근의 부친 태훈은 5남 3녀의 자녀를 두었다. 하얼빈 사건 당시 적어도 30명 이상의 혈족이 있었다는 얘기다. 중근에게 있어서 혈족이라 함은 종질까지를 가리킨다. 이토 살해사건 이후 일본통치시대 대다수 혈족들의 인생에 어두운 그림자가 드리워졌다. 물론 안중근의 자손들의 생활도 말이 아니었다.

중근에게는 두 아들과 딸 하나가 있었다. 바로 그 딸 현생(賢生)의 소생인 황은주(黃恩珠) 여사가 친족인 안춘생(安椿生) 퇴역장군과 함께 대림사의 '안 의사와 치바 부처의 추도법회'에 참석했다. 안중근의 외손녀이자, 얼마 남지 않은 유족중의 한 사람인 황 여사를 일본측에서 초대했던 것이다. 서울에서 멀리 일본의 시골벽지까지 찾아온 여사는 기자회견에서,

"그 사건이 일어나고 나서도 여전히 일본의 탄압하에 있던 시절이라 우리 가족은 엄청난 박해를 피해 블라디보스톡으로 망명했습니다. 이번에 여러분의 초대를 받고 방문하게 되어 제 인생 64년 만에 참으로 감개무량함을 금할 길이 없습니다. 더욱이 이곳에 할아버지의 위패와 기념비가 있다는 사실이 믿어지지 않습니다."

황 여사는 처음 보는 동북지방의 전원풍경을 바라보며 그렇게 얘기했다.

어딘가 외조부 안중근의 모습을 연상시키는 그녀는 일본의 어디서나 볼 수 있는 상냥한 어머니의 얼굴을 하고 있었다.

안중근 의사와 치바의 추도회는 어느 때보다 조용하고 엄숙하게 치러졌다. 함께 참석한 치바 부처(夫妻)의 조카와 질녀들도 여사의 일거일동을 따뜻한 눈으로 지켜보며 선대의 기이한 인연을 다시 한번 기리고 있었다. 법당에서의 식이 끝나고 경내의 기념비를 참배한 여사는 마지막으로 절 후면에 있는 치바 부처의 묘를 참배했다.

"치바 씨, 여순 옥중에서 당신이 친절히 보살펴준 안중근의 손녀가 한국에서 찾아왔습니다. 할아버지와 당신은 적이었지만 서로의 진실된 마음이 통해서…… 오늘은 천국에서 무슨 얘기를 나누고 계시는지요? 여러분들이 당신의 유언을 잘 지켜주신 덕택으로 오늘 이렇게 훌륭한 모임이 실현되었습니다. 지금부터 한일 간에 친분을 더욱더 돈독히 하여 할아버지의 동

양평화의 꿈이 실현되도록 지켜봐 주십시오."

묘 앞에 엎드린 여사는 이렇게 말하고는 눈을 감고 합장했다.

황은주 여사와 함께 초대된 안춘생 퇴역장군의 대림사 방문은 이번이 두 번째다. 자못 과묵하고 근엄한 그는 이날도 그저 미소만 지으며 여사의 말을 듣고 있었다. 장군은 안중근의 백부 태진의 손자로, 안중근의 종질이며 황 여사의 어머니 안현생 씨와는 6촌 남매간이다. 퇴역 후에는 독립기념관장으로서 후진들에게 모국의 지난 역사를 알리는 데 힘쓰고 있다. 자신도 일제시대부터 군인이었으므로 오늘의 명예로운 독립의 그늘에 핀 안중근과 치바의 비화에는 평소부터 깊은 감동을 받고 있었다고 한다. 작년 한국불교단 방문 때도 참가했으며 지역을 망라한 특별법회에도 참가했는데, 그저 눈물을 흘릴 따름이었다.

올해로 80세가 되는 장군은 하얼빈 사건 후에 태어났으나, 종숙인 안중근의 의거가 오늘날 많은 일본인들의 이해를 얻게 된 것도 '헌병 치바 토시치의 역할이 컸다' 면서 대림사와의 교류를 통해서 친선에 진력해 왔다. 그의 청렴결백하고 경건한 인품은 과연 의사 안중근의 혈족답게 독립 후의 한국에서도 신망이 두터웠다. 말없이 지켜보는 이 사람의 모습에서 표현할 수 없는 존재감과 친근감을 느낄 수 있었다.

그가 문득 "비가 오네요" 하며 곁에 있던 주지에게 한국어로 말을 걸었다. 그리고 잔뜩 찌푸린 하늘을 쳐다보았다. 어느새 모여들었는지 색색의 한복 차림의 부인들이 각자 준비해온 꽃다발을 치바의 묘 앞에 바치고 다같이 합장했다. 잠시 후 누군가가 한국 국가를 선창하자 그 소리가 점점 큰 화음이 되어 넓은 경내에 울려퍼졌다.

"기어코 비가 많이 오네" 하며 노 장군은 또 하늘을 쳐다보았다.

하지만 아무도 움직이려 하지 않았다. 모두 어깨를 모으고 노래를 계속했다.

"할아버지의 혼령이 감격해서 울고 계신 것이 아닐는지요."

촉촉히 비가 내리고 있는 하늘을 올려다보며 황여사가 중얼거렸다.

부인들의 노랫소리는 어느새 아리랑 합창으로 이어지고 있었다. 차츰 빗줄기가 거세졌지만, 노랫소리는 끊임없이 울려퍼졌다.

'언젠가는……' 하는 심정으로 날마다 새로운 불도행사를 올리며 평생 안중근을 위해 기도하다 세상을 떠난 치바 토시치의 마음에 보답하기라도 하듯.

저자 후기

인간의 일생은 언제나 타인과의 '만남'에서 비롯되며 헤어짐의 고통에 몸부림치고, 원하는 것을 얻지 못하는 고통에서 헤어나지 못한 채 목숨이 있는 한 자기의 업을 태워 나간다.

본서의 주인공인 치바 토시치 역시 메이지의 원훈 이토 히로부미를 살해한 한민족의 지사 안중근과의 만남으로 그가 처형된 이후로 평생 참회의 길을 가게 되었다.

그 마음의 도정에 관심을 가진 지 십 년, 그 심오함을 다소나마 살피며 쫓아 보았으나 치바의 마음속에는 미처 헤아리지 못한 무언가가 남아 있을 거란 생각이 든다. 아무튼 주인공의 만년은 고민의 나날이라고 했다.

무엇 때문에…….

여기에는 말로 할 수 없는 갖가지의 심정도 있었겠지만, 한 가지는 대한민국에 대한 일본의 '죄'에 대한 깊은 반성이라 해도 그릇되지 않을 것이다. 옥중의 안 의사를 지켜보면서 그의 인격에 감복한 치바로 하여금 '그가 더 오래 살았더라면 반드시 한국을 짊어지고 일어설 인물일 텐데……'라고 느끼고, '한국 사람들에게는 면목도 할 말도 없다'고 되뇌며 안 의사의 유영에 매일 합장을 올리던 그의 모습이 전해져 왔기 때문이다.

그 모습을 살펴보는데 있어서 메이지유신 후 일본이 깊이 관계한 조선교섭사의 배경과 아울러 제 문제에 대해 아래 소개한 여러 선생님들의 연구의 성과에 많은 도움을 받았기에 깊은 감사를 드립니다.

▷ 中野泰雄 著 『안중근-한일관계의 원상』(亞紀書房)
▷ 市川正明 著 『안중근과 한일관계사』(原書房)
▷ 杵淵信雄 著 『한일교섭사-메이지 시대의 신문으로 보는 병합의 궤적』(採流社)
▷ 鹿野琢見 著 『법대로』(海龍社)
▷ 田中彰 著 『일본의 역사 24』(小學館)
▷ 李瑜煥 著 『일본 속의 38선』(洋洋社)
▷ 同 著 『한국에서 본 일본문화』(五月書房)

또 자료를 제공해 주신 아사히신문사, 미야기현 구리고마쵸 교육위원회, 와카야나기정 향토사연구가 사토 씨, 그리고 편집을 맡아주신 오월서방의 고바야시 씨, 미야기현 모노우쵸 묘원사 주지 여러분께 진심으로 감사 말씀 올립니다.

1993년 11월
대림사에서 저자

증보판을 내며

1994년 1월 초판을 낸 이후로 한일사의 '비화'라 할 수 있는 '치바 토시치와 안중근의 인연'을 접하신 많은 분들이 전국 각지에서 이곳까지 찾아오시어 다음과 같이 많은 감상을 말씀해 주셨습니다.

「예로부터 밀접한 역사를 공유해 온 한일 양국의 관계는 근대 일본의 부국강병책과 함께 시작된 장기간에 걸친 조선침공 정책에 의해 극히 불행한 관계로 변질되고 말았다. 그 비참한 역사적 소산은 한국 국민들의 마음에 깊이 증폭되어 반일 감정은 좀처럼 사라질 수 없을 것으로 헤아려진다. 그러나 새로운 한일 선린 관계를 희구할 때, 이러한 한국 국민의 마음에 대해 우선 우리들부터 '일본인으로서의 진심', 즉 근대 일본이 걸어온 '한국과의 역사를 정확하게 이해해 나가는 마음'을 표하는 것이 중요하다고 생각한다.」

「양국의 역사상 커다란 전환점이 된 이토 사건의 배경을 검증해 보는 것도 중요한 요소일 것이다. 이 사건에서 한민족 독립운동의 의사로서 등장한 안중근의 생애를 보면 처음 대하는 한국의 현실이 떠오른다. 이것을 당시의 현장에서 마음 깊이 이해하고 사죄한 사람이 바로 치바 토시치 헌병이었다.」

이와 같은 마음으로 치바가 잠든 대림사를 찾아 참배하는 사람들의 모습을 증보판 발간에 즈음하여 권두 사진으로 수록하였다. '치바 토시치와 안중근 의사의 비화'를 읽으시는데 다소나마 도움이 되었으면 하는 바이다.

1997년 1월

대림사에서 저자

역자 후기

번역 의뢰를 받기 몇 달 전 이미 책의 내용을 어렴풋이 나마 알고 있었다. 미리 이 책을 읽어 본 것은 아니고, 모 방송국에서 준비중인 안중근 의사를 주제로 한 광복절 특집 프로그램의 일본 현지 촬영 분을 번역한 적이 있었기 때문이다. 그 작업을 하면서 한일 합작으로 안중근 의사와 치바 토시치의 국경과 이념을 초월한 우정을 주제로 영화까지도 제작하고 있다는 사실을 알 수 있었는데, 이 두 인물의 인연을 알게 된 것도 그때가 처음이었다(이 영화는 여러 가지 문제로 취소되었다고 한다). 그 이전까지는 안중근 의사 하면 우리 민족의 원흉인 이토 히로부미를 만주 하얼빈역에서 총으로 쏜 애국지사란 것과 '대한국인(大韓國人)' 이란 글씨 아래 낙관 대신 약지손가락이 잘린 손도장이 찍힌 유묵을 떠올리는 게 고작이었다. 부끄러운 일이나 안중근 의사에 대해 내가 알고 있는 상식이란 게 그 정도였다.

그런데 이 책을 번역하면서 일본의 입장에서는 용서할 수 없는 중죄인인 안중근 의사와 그의 간수였던 치바 토시치의 인연은 물론, 한국인으로서 이국 땅의 하얼빈역에서 일본의 원훈이자 추밀원의장인 이토 히로부미를 저격하기에 이르기까지 청년 안중근이 걸어온 발자취, 인간적인 고뇌, 그리고 자세히 알지 못했던 여순 감옥에서의 수감생활과 재판의 진행과정을 상세히 알 수 있는 기회를 접할 수 있었다.

서로의 입장을 떠나 한 시대를 공유한 젊은이로서 가장 가까운 곳에서 매일 일거수 일투족을 지켜보며 서로의 생각까지 읽을 수 있었던 두 젊은이 사이에 우정이 싹튼 일은, 어쩌면 당연한 귀결이었는지도 모른다는 생각이 든다. 게다가 그 주인공이 고매한 인격과 훌륭한 정신을 지닌 만형뻘의 안 의사와 누구보다 순수하고 넓은 가슴을 지닌 치바 토시치이고 보면 더욱 그렇다.

특히 자기 나라의 원수임에도 불구하고 왜곡되지 않은 시선으로 안 의사의 있는 그대로를 보았던 치바 토시치. 처음 사건이 일어난 직후부터 처형에 이르기까지의 하루하루 달라져 가는 심경변화가 매우 인상적이었다. 또한 그 후로도 남은 평생 안 의사를 잊지 않고 추모하며 살아가는 그의 모습과 오늘에 이르기까지 고인의 뜻을 받들고 있는 분들의 모습에서 숙연함마저 느껴졌었다.

처음엔 번역 후기를 의뢰받고 책의 내용이 내용이니 만큼 제법 그럴듯한 글을 써야 한다는 부담이 있었다. 그러나 역시 이 책의 주제는 단순히 일본의 원훈 이토 히로부미를 저격한 안중근을 여순 감옥에서 일본 헌병 치바 토시치가 간수로서 감시했다는 객관적인 사실이 아니었다. 정열과 투지에 불타는 한 조선 젊은이와 순수하고 사려 깊은 한 일본 젊은이와의 정신적인 교류였기에 인간적인 측면에서 이 책을 얘기했으면 했다.

부디 이 세상에서 못다한 인연이 치바 토시치의 바램대로 내세에서 좋은 모습으로 이어지길 기원하며 두 분의 명복을 빌어본다.

마지막으로 정말 좋은 책을 번역할 수 있는 기회를 주신 집사재에 감사드린다.

2010년 여름

이송은